Das Drehbuch zum Film ›Echoes – Stimmen aus der Zwischenwelt‹ basiert auf dem vorliegenden Roman von Richard Matheson. Aus dramaturgischen Gründen wurde die Handlung und einige Charaktere an verschiedenen Stellen geändert. Die Bilder und Bildunterschriften beziehen sich auf die Filmversion. Wir wünschen viel Spaß und Spannung mit dem Original!

Der Autor

Richard Matheson ist ein Klassiker der Horror-Literatur. So schrieb Stephen King: »Der Autor, der mich als Schreiber am meisten beeinflußt hat, ist Richard Matheson.« Oder Dean Koontz: »Seine Geschichten unterhalten nicht bloß, sie treffen dich am Herzen und fordern deinen Verstand.«

Im Wilhelm Heyne Verlag erschienen von ihm Werke wie ›Höllenhaus‹, ›Ich, der letzte Mensch‹ oder ›Die unglaubliche Geschichte des Mister C.‹.

Richard Matheson

ECHOES

Stimmen aus der Zwischenwelt

DER ROMAN ZUM FILM

Aus dem Amerikanischen
von Bettina Zeller

WILHELM HEYNE VERLAG
MÜNCHEN

HEYNE ALLGEMEINE REIHE
Band-Nr. 01/20052

Titel der Originalausgabe
STIR OF ECHOES

Umwelthinweis:
Dieses Buch wurde auf
chlor- und säurefreiem Papier gedruckt.

Redaktion: Claudia Alt

Deutsche Erstausgabe 2/2000

Printed in Germany 2000
Umschlag- und Innenillustration:
Mit freundlicher Genehmigung von Highlight Film
Umschlaggestaltung: Nele Schütz Design, München
Satz: Schaber Satz- und Datentechnik, Wels
Druck und Bindung: Ebner Ulm

ISBN: 3-453-17078-4

http://www.heyne.de

Für Chuck und Helen
voll Zuneigung

Manchmal höre ich im Geist
– diesem alten Spukschloß –
von fern,
vor einer längst vergessenen Tür,
eine Musik, ein schaurig-verhaltenes Gelage
und ein leises Echo, das über knarzenden
Dielen weht.

»CHAMBERS OF IMAGERY«
ARCHIBALD MACLEISH

EINS

An dem Tag, an dem alles anfing – ein heißer Samstag im August – hatte ich kurz nach zwölf zu arbeiten aufgehört. Mein Name ist Tom Wallace, und ich arbeite in der Werbeabteilung von North American Aircraft in Inglewood, Kalifornien. Wir wohnen in Hawthorne, wo wir ein kleines Haus mit zwei Schlafzimmern gemietet haben, das unserer Nachbarin Mildred Sentas gehört. Normalerweise fuhren Frank Wannamaker, auch ein Nachbar, und ich zusammen zur Fabrik, die eine Woche mit seinem Wagen, die nächste mit meinem. Doch Frank, der am Wochenende nur sehr ungern arbeitete, hatte es so hingebogen, daß er an diesem Samstag nicht antreten mußte. So kam es, daß ich allein nach Hause fuhr.

Als ich in die Tulley Street einbog, sah ich, daß ein 51er Mercury Coupé vor unserem Haus parkte. Anscheinend war Annes Bruder Philip zu Besuch gekommen. Er studierte in Berkeley an der Universität von Kalifornien im Hauptfach Psychologie und kam manchmal fürs Wochenende runter nach L. A. Jetzt besuchte er uns zum ersten Mal in unserem neuen Zuhause, in das wir erst vor zwei Monaten eingezogen waren.

Ich fuhr den Ford in die Zufahrt und parkte ihn vor der Garage. Auf der anderen Straßenseite saß Frank Wannamakers Frau Elizabeth auf dem Rasen und zupfte Unkraut. Sie lächelte unsicher und hob eine Hand, die in einem weißen Handschuh steckte. Ich stieg aus dem Wagen, ging zur Veranda hinüber und winkte ihr zu. Während ich beide Stufen auf einmal nahm, sah ich, daß Elizabeth sich schwerfällig erhob und ihr Umstandskleid glattstrich. Das Baby sollte in drei Monaten auf die Welt kommen. Nach sieben Jahren Ehe war dies das erste Kind der Wannamakers.

Ich öffnete die Haustür, trat ins Wohnzimmer und sah Phil mit einer Dose Coca Cola am Küchentisch sitzen. Er feierte demnächst seinen zwanzigsten Geburtstag, war großgewachsen und schlank, hatte dunkelbraune Haare und trug einen Bürstenschnitt. Er warf mir einen kurzen Blick zu und grinste.

»Hi, Bruder«, sagte er.

»Hi.« Ich legte meine Anzugsjacke ab und hängte sie in den Garderobenschrank. Anne empfing mich mit strahlender Miene und einem Kuß im Küchentürrahmen ab.

»Wie geht es der jungen Mutter?« fragte ich und tätschelte ihren Bauch.

»Fett«, sagte sie.

Ich kicherte und küßte sie gleich noch mal.

»Wie heißt es noch gleich«, sagte ich, »ist es für deinen Geschmack heiß genug?«

»Wag es ja nicht, auch nur darüber zu reden«, antwortete sie.

»In Ordnung.«

»Hungrig?« wollte sie wissen.

»Ich habe einen Bärenhunger.«

»Gut. Phil und ich wollten gerade anfangen.«

»Ich komme gleich.« Ich wusch mir die Hände, nahm gegenüber von Phil Platz und beäugte sein grellgrünes Polohemd.

»Was soll das denn?« fragte ich. »Warnt man damit Flugzeuge?«

»Leuchtet im Dunkeln«, sagte er.

»Hilft deinen Kommilitonen sicherlich, dich in der Nacht aufzuspüren«, sagte ich. Phil schmunzelte.

»Jetzt fangt ihr beiden aber nicht wieder an«, warnte Anne. Sie stellte eine Platte mit kaltem Aufschnitt auf den Tisch.

»Was meinst du damit?« fragte Phil sie.

»Wie auch immer«, sagte sie, »ich möchte dieses Wochenende keine Sticheleien hören. Es ist zu heiß.«

»Geht klar«, sagte Phil, »Sticheleien sind gestrichen. Einverstanden, Bruder?«

»Ich soll mich damit einverstanden erklären, daß mir mein Wochenende versaut wird?« scherzte ich.

»Laß das«, sagte Anne. »Eure Sticheleien und gleichzeitig diese Hitze, das ist mir einfach zuviel.«

»Wo steckt Richard?« fragte ich.

»Spielt hinten im Garten mit Candy.« Mit einem leisen Seufzer setzte Anne sich neben mich. »Was für eine Erleichterung, bei dem Gewicht nicht mehr stehen zu müssen.«

Ich tätschelte ihre Hand, und wir begannen zu essen.

»Wo wir gerade von Candy sprechen«, sagte Anne, »ich hoffe doch, daß du die Party heute abend bei Elsie nicht vergessen hast.«

»O mein Gott«, sagte ich. »Ich habe sie vergessen. Müssen wir hingehen?«

Anne zuckte mit den Achseln. »Sie hat uns schon vor einer Woche eingeladen. Da hätten wir noch absagen können. Jetzt ist es zu spät.«

»Chaos.« Ich biß in mein mit Schinken belegtes Roggenbrot.

»Unser Bruder wirkt ja nicht gerade erfreut«, sagte Phil. »Sind Elsies Feten denn so öde?«

»Sehr öde«, bestätigte ich.

»Wer ist sie?«

»Unsere Nachbarin gleich nebenan«, erklärte Anne ihm. »Candy ist ihre Tochter.«

»Und Partys sind ihr Steckenpferd«, sagte ich. »Man könnte sie auch als die Elsa Maxwell der Armen bezeichnen.«

Anne lächelte und schüttelte den Kopf. »Arme Elsie«, sagte sie. »Wenn sie wüßte, was für schreckliche Dinge wir hinter ihrem Rücken sagen.«

»Langweilig, hm?« sagte Phil.

»Was soll ich sagen?« erwiderte ich. »Komm mit auf die Party und bild dir deine eigene Meinung.«

»Ich werd da schon für Stimmung sorgen«, versprach Phil.

So gegen Viertel nach acht schlief Richard in seinem Bettchen ein, und wir gingen nach nebenan in Elsies Haus. Bei den meisten Paaren geht man davon aus, daß das Haus, in dem die beiden leben, auch *beiden* gehört. Bei diesem Haus lag der Fall anders. Ron war vielleicht derjenige, der die Raten abstotterte, doch das Haus gehörte ausschließlich Elsie. Das spürte man.

Es war Ron, der auf unser Klopfen hin an die Tür kam. Er war vierundzwanzig und ein paar Jahre älter als Elsie. Er war auch ein paar Zentimeter größer als sie, von schmächtiger Statur, hatte sandfarbenes Haar und ein jungenhaftes Gesicht, das meistens ausdruckslos wirkte. Das war auch jetzt der Fall, obwohl er lächelte und seine Mundwinkel leicht nach oben zeigten.

»Kommt herein«, bat er höflich mit seiner leisen Stimme.

Frank und Elizabeth waren schon eingetroffen. Wie eine zaghafte Patientin im Wartezimmer eines Zahnarztes saß Elizabeth auf der roten Couch. Franks dünne

Gestalt lümmelte in einem der roten Sessel. Seine Miene hellte sich bei unserer Ankunft ein klitzekleines bißchen auf. Er hob den Blick von dem grünen Teppich, richtete sich in seinem Sessel auf und erhob sich dann. Ich stellte Phil vor.

»Hallo!«

Ich lenkte meinen Blick in die entsprechende Richtung und sah, daß Elsie aus dem Küchentürrahmen spähte. Mir fiel auf, daß ihre dunklen Haare noch kürzer waren als sonst. Als wir in diese Gegend gezogen waren, hatte sie sie noch lang und gelbblond getragen.

Wir alle begrüßten sie, und sie verschwand für einen Moment, ehe sie mit einem Tablett mit Drinks in der Hand in den Raum zurückkehrte. Sie trug ein rotes, netzartiges Kleid, das sich eng an die Kurven ihres fülligen Körpers schmiegte. Als sie sich vorbeugte und das Tablett auf den Wohnzimmertisch aus hellem Holz stellte, rutschte der Ausschnitt des Kleides herunter, so daß man ihren engen, schwarzen Büstenhalter sehen konnte. Mir fiel Franks unmißverständlicher Blick auf, doch dann richtete Elsie sich auf, lächelte verführerisch und sah Phil dabei an. Anne stellte die beiden einander vor.

»Hal-*lo*«, sagte Elsie. »Ich freue mich so, daß ihr kommen konntet.« Sie schaute uns an. »Nun«, sagte sie, »verratet mir, auf welches Gift ihr steht.«

Was sich an jenem Abend zutrug bis zu jenem Augenblick, an dem meine Geschichte ihren Anfang nahm, ist eigentlich unwichtig. Es gab die üblichen Stippvisiten in die Küche und ins Badezimmer. Wie gewöhnlich bildeten sich kleine Gruppen, die sich dann wieder auflösten – die Frauen, die Männer, Frank, Phil und ich, Elizabeth und Anne, Elsie und Phil, Ron und ich – und so weiter; flüchtige Gespräche, wie sie auf jeder Party geführt werden.

Platten wurden gespielt und hin und wieder unternahm jemand den Versuch zu tanzen. Irgendwann kam Candy blinzelnd und noch im Halbschlaf ins Wohnzimmer gestolpert und wurde wieder ins Bett gebracht. Und es gab – wie zu erwarten – die Zurschaustellung der verschiedenen Eigenarten: Frank gab sich zynisch und gelangweilt, Elizabeth schien während ihrer Schwangerschaft verhalten zu strahlen, Phil war amüsant und aufgeweckt, Ron stumm und freundlich, Anne zurückhaltend und ungezwungen, Elsie war üppig und bemüht lebhaft.

An eine Unterhaltung erinnere ich mich: Ich war auf dem Weg nach nebenan, um nach Richard zu sehen, als Elsie irgend etwas dahingehend sagte, daß wir dringend einen Babysitter bräuchten.

»Das ist nicht nötig, wenn ihr nur nach nebenan geht wie heute abend«, behauptete sie, »aber ihr müßt doch ab und zu ausgehen.« Bei Elsie hieß ab und zu so viel wie durchschnittlich vier Mal die Woche.

»Das würden wir auch gern«, antwortete Anne, »aber wir haben bislang noch nicht den richtigen gefunden.«

»Versuch es doch mit unserem«, schlug Elsie vor. »Sie ist ein nettes Mädchen und sehr zuverlässig.«

In dem Moment verabschiedete ich mich kurz, um nach Richard zu sehen. Es kam nicht selten vor, daß ich mitten in der Nacht an seinem Bettchen stand und tiefe Bewunderung empfand, die sich immer dann einstellt, wenn man im Halbdunkel vor dem Bett seines Kindes steht und es betrachtet. Mehr braucht es nicht. Man steht einfach nur da und schaut in dieses kleine, vom Schlaf gerötete Gesicht und spürt diese absolute Liebe in sich, die einen beinahe überwältigt. Und dann spürt man etwas Göttliches in diesem kleinen Wesen, das einen noch am gleichen Nachmittag fast auf die Palme gebracht hätte.

Ich schaltete die Heizung eine Stufe höher und kehrte danach auf die Party zurück.

Die anderen unterhielten sich gerade über Hypnose. Ich sage *die anderen,* doch einmal abgesehen von Phil, Anne und vielleicht Frank wußte niemand darüber Bescheid. In Wahrheit hielt Phil einen Vortrag über eines von seinen Lieblingsthemen.

»Ach, das glaube ich einfach nicht«, sagte Elsie, als ich mich neben Anne setzte und ihr ins Ohr flüsterte, daß es Richard gutgehe. »Leute, die behaupten, sie wären hypnotisiert gewesen, waren es in Wirklichkeit gar nicht.«

»Selbstverständlich sind sie es gewesen«, sagte Phil. »Wenn nicht, wie kommt es dann, daß man ihnen mit Hutnadeln in den Hals piekst und sie nicht bluten? Oder laut brüllen?«

Elsie drehte den Kopf etwas zur Seite und warf Phil einen von jenen übertriebenen und anklagenden Blicken zu, die Menschen immer dann aufsetzen, wenn sie ihre eigenen Zweifel und Unsicherheiten überspielen müssen.

»Bist du *wirklich* mal dabei gewesen, als jemandem mit einer Hutnadel in den Hals gepiekst wurde?« fragte sie.

»Eine zwölf Zentimeter lange Hutnadel steckte in *meinem* Hals«, antwortete Phil. »Und einmal habe ich in der Schule einem Freund so ein Ding halb durch den Arm gestoßen … nachdem ich ihn hypnotisiert habe.«

Elsie tat so, als würde ihr ein kalter Schauer den Rücken hinunterlaufen. *»Uhh«*, sagte sie, »das ist doch *gräßlich.«*

»Ganz und gar nicht«, sagte Phil in diesem lässigen

Tonfall, den Studenten gern anschlagen, wenn sie die Absicht haben, intellektuell nicht ganz so begnadete Superbräute vor den Kopf zu stoßen. »Weder ich noch mein Freund haben etwas gespürt.«

»Ach, das denkst du dir doch nur aus«, sagte Elsie und spielte die Nachdenkliche.

»Überhaupt nicht«, sagte Phil.

Frank war derjenige, der die Sache dann wirklich ins Rollen brachte.

»Na gut«, sagte er, »dann laß uns doch mal sehen, wie du jemanden hypnotisierst.« Er rang sich eines von seinen leicht grausamen Lächeln ab. »Hypnotisiere Elsie.«

»O nein, das tust du nicht!« kreischte Elsie. »Ich werde auf gar keinen Fall in Gegenwart meiner Gäste schreckliche Dinge tun.«

»Ich dachte, du glaubst nicht daran«, erwiderte Phil vergnügt.

»Das tue ich auch nicht, das tue ich auch nicht«, beharrte sie. »Aber … ähm, nicht *mich.*«

Franks dunkle Augen suchten den Raum ab. »Na gut«, sagte er, »wer wird dann hypnotisiert?«

»Ich bin keine geeignete Kandidatin, es sei denn, ihr möchtet die halbe Nacht hier ausharren«, sagte Anne. »Phil hat schon viele Stunden mit dem Versuch verschwendet, mich zu hypnotisieren.«

»Du bist eine lausige Kandidatin, das ist alles«, meinte Phil und grinste sie an.

»In Ordnung, wer soll es dann sein?« Frank ließ nicht locker. »Was ist mit dir, Lizzie?«

»O …« Elizabeth senkte den Blick und lächelte verlegen.

»Wir versprechen, wir werden dich nicht dazu bringen, dich auszuziehen«, sagte Frank.

»*Frank.*« Elizabeth war einunddreißig, errötete aber immer noch wie ein kleines Mädchen. Sie sah niemanden an. Elsie kicherte. Frank schien nicht ganz auf seine Kosten gekommen zu sein. Elizabeth war für ihn eine zu leichte Beute.

»Komm schon, Elsie«, sagte er, »hab dich nicht so. Laß dich von ihm hypnotisieren. Wir werden dich schon nicht dazu bringen, auf dem Küchentisch einen Striptease hinzulegen.«

»Du ...« begann Ron.

»Ach, du bist schrecklich!« rief Elsie hocherfreut.

»Was wolltest du sagen, Ron?« fragte ich.

Ron schluckte. »Ich ... ich wollte Phil fragen«, sagte er, »man ... kann doch nicht jemanden ... zu etwas zwingen, was derjenige nicht tun *möchte,* oder? Ich meine ... was er niemals tun *würde?* Wenn derjenige bei vollem Bewußtsein wäre, meine ich.«

»Oh, was weißt *du* schon über Hypnose, Ronny?« fragte Elsie. Sie gab vor, sich zu amüsieren, doch es gelang ihr nicht, ihre Gehässigkeit zu verbergen.

»Nun, das ist wahr und auch wieder nicht«, sagte Phil. »Man kann den Kandidaten nicht dazu bringen, seine eigenen Moralvorstellungen über Bord zu werfen. *Aber* ... man kann dafür sorgen, daß fast jede Handlung seinen Moralvorstellungen entspricht.«

»Wie meinst du das?« fragte Frank. »Das klingt vielversprechend.«

»Na, wenn ich«, sagte Phil, »beispielsweise deine Frau hypnotisieren würde ...«

»Könntest du sie dazu bringen, etwas *Niederträchtiges* zu tun?« fragte Frank und warf Elizabeth einen vielsagenden Blick zu.

»Frank, bitte«, flüsterte sie.

»Nehmen wir mal an, ich drücke ihr eine geladene

Waffe in die Hand«, sagte Phil, »und sage ihr, daß sie dich erschießen soll. Das würde sie nicht tun.«

»Das denkst du«, sagte Frank und kicherte höhnisch. Wieder schaute ich zu Elizabeth hinüber und sah, daß sie schwer schluckte. Sie war eine von diesen blassen und bemitleidenswerten Wesen, die permanent verletzt wurden und sich nicht wehren konnten. Man möchte sie beschützen und kann es doch nicht. Natürlich war Frank, was das Zusammenleben anging, bestimmt nicht gerade der einfachste Mann auf der Welt.

»Nun, rein theoretisch«, fuhr Phil fort und unterdrückte ein Lächeln, »gehen wir mal davon aus, daß sie dich nicht erschießen würde.«

»Gut, rein theoretisch«, sagte Frank. Er warf Elizabeth einen Blick von der Seite zu. Wieder umspielte diese grausame Lächeln seine Lippen.

»Aber«, sagte Phil, »wenn ich Elizabeth klarmachen würde, daß du sie umbringen willst, und ihr einbleue, daß sie sich nur retten kann, wenn sie dich sofort erschießt – nun, dann würde sie dich aller Wahrscheinlichkeit nach erschießen.«

»Wie wahr«, sagte Frank.

»Ach, das glaube ich nicht«, meinte Elsie.

»Es stimmt aber«, meldete ich mich zu Wort. »Wir haben einen Freund namens Alan Porter, er ist Psychiater, und er hat genau so einen Fall demonstriert. Er hatte eine junge Mutter hypnotisiert und ihr gesagt, er werde ihr Baby töten, und daß sie ihn nur dadurch aufhalten könne, indem sie ihn mit dem Messer ersticht, das sie in Händen hält. Das Messer war aus Pappe. Aber sie hat auf ihn eingestochen.«

»Na, das ist doch etwas anderes«, sagte Elsie. »Wie dem auch sei, sie hat vermutlich einfach nur bei dem Spielchen mitgemacht.«

»Hört mal«, sagte Phil und wedelte dramatisch mit den Händen. »Ich werde es dir jetzt sofort beweisen, wenn du willst. Laß dich einfach von mir hypnotisieren.«

»Nein, *Sir*«, sagte Elsie, »ich nicht.«

»Wie steht es mit dir?« fragte Phil Ron.

Ron murmelte etwas, schüttelte den Kopf und lächelte matt. »Er steht ja schon halb unter Hypnose«, sagte Elsie gönnerhaft.

»Finde ich denn keinen Interessenten?« fragte Phil. Er klang enttäuscht.

»Was ist mit dir, Frank?« fragte ich.

»Ähm«, sagte er, schmunzelte und stieß Zigarettenrauch aus. »Ich möchte nicht, daß die gute Lizzie erfährt, was so alles in meinem dreckigen alten Unterbewußtsein lauert.«

Elsie kicherte. Elizabeth preßte die Lippen zusammen, nachdem es ihr nicht gelungen war, ein Lächeln zustande zu bringen.

»Na, dann bleibst nur noch du, Bruder«, sagte Phil und sah mich an.

»Du glaubst doch nicht im Ernst, daß du mich hypnotisieren *kannst,* oder?« stichelte ich.

»Sei dir da nur nicht so verdammt sicher«, sagte er und drohte mir mit dem Zeigefinger. »Die Arroganten kippen immer am schnellsten um.«

Ich grinste und zuckte mit den Achseln. »Was habe ich schon zu verlieren?«

ZWEI

Zuerst bat Phil darum, daß alle Lichter bis auf eine schwache Wandlampe über dem Kamin gelöscht wurden. Dann sorgte er dafür, daß ich mich aufs Sofa legte, während Ron in die Küche ging, um zusätzliche Stühle zu holen. Nach und nach setzten die anderen sich. Als das Geraschel, die Kommentare und Hüsteleien endlich verstummt waren, fing Phil an.

»Nun, ich kann nichts versprechen«, meinte er.

»Willst du damit sagen, daß wir das alles ganz umsonst mitmachen?« fragte Elsie.

»Manche Menschen lassen sich schwerer hypnotisieren als andere, das ist alles«, sagte Phil. »Wie das bei Tom läuft, weiß ich nicht. Aber du, Elsie, wärst beispielsweise eine gute Kandidatin, dessen bin ich mir sicher.«

»Schmeicheleien werden dich nicht weiterbringen«, sagte Elsie. »Hypnotisiere nur deinen Schwager.«

Phil wandte sich wieder an mich.

»Gut, Bruder, bist so soweit?« wollte er wissen.

»Ja, Sir, Mr. Cagliostro.«

Phil zeigte auf mich. »Nimm dich in acht«, warnte er mich, »ich habe das Gefühl, daß du ein guter Kandidat sein wirst.«

»Ja, das bin ich«, sagte ich.

»Okay.« Er nahm eine andere Sitzposition ein. »Jetzt seid bitte alle still. Jede Ablenkung kann stören, solange die eigentliche Hypnose noch nicht eingetreten ist.« Er beugte sich vor und erhob wieder den Zeigefinger.

»Konzentriere dich darauf«, forderte er mich auf.

»Hübscher Finger«, sagte ich. Frank kicherte.

»Ruhe, bitte«, sagte Phil. Sein Zeigefinger schwebte ungefähr fünfzehn Zentimeter vor meinem Gesicht. »Behalte ihn im Auge. Schau dir nichts anderes an, sieh nur auf meinen Finger.«

»Wieso, was wird er tun?« fragte ich.

»Er wird sich direkt in dein rechtes Auge bohren, wenn du nicht endlich deine große Klappe hältst.« Phil stieß mit seinem Finger zu, woraufhin ich instinktiv die Augen schloß.

»Na gut«, sagte Phil, »mach sie wieder auf. Laß es uns noch mal probieren.«

»Ja, *Sir*«, sagte ich.

»Sieh jetzt auf den Finger. Nur auf den Finger. Auf nichts anderes. Sieh immer auf den Finger, den Finger. Ich möchte nicht, daß du etwas anderes als den Finger siehst.«

»Deine Nägel sind dreckig«, sagte ich.

Alle lachten. Phil ließ sich auf seinen Stuhl zurückfallen, schnitt eine Grimasse und massierte mit Daumen und Zeigefinger seine Augen.

»Wie ich schon sagte«, meinte er, »ein lausiger Kandidat.«

Er warf Elsie einen Blick zu.

»Wie wäre es?« sagte er. »Ich bin sicher, dich könnte ich hypnotisieren.«

»Uh-uh.« Elsie schüttelte vehement ihren Kurzhaarschopf.

»Laß es ihn doch probieren, Elsie«, schlug Ron vor.

»*Ne-ein.*« Elsie warf ihm einen derart finsteren Blick zu, als hätte er etwas unaussprechlich Widerwärtiges vorgeschlagen.

»Los, Kumpel«, sagte ich zu Phil, »hypnotisier mich jetzt endlich.«

»Wirst du mitmachen«, fragte er, »oder wirst du für die anderen eine Show abziehen?«

»Ich werde richtig mitmachen, Sir, Mr. Mesmer, Sir.«

»Es wird dir gefallen ...« Phil beugte sich zuerst vor, lehnte sich dann aber wieder zurück. »Na, vergessen wir den Finger«, sagte er. »Schließ die Augen.«

»Ich schließe die Augen«, sagte ich. Und tat es.

»Dunkel, nicht wahr?« fragte Frank.

Ich machte die Augen auf. »Jetzt nicht mehr«, sagte ich.

»Würdest du jetzt deine Augen schließen, du Blödmann«, sagte Phil. Das tat ich. Ich holte tief Luft und legte mich aufs Kissen. Ich konnte den gedämpften Atem der anderen und das Knarzen ihrer Stühle hören.

»Gut«, sagte Phil. »Ich möchte, daß du mir jetzt zuhörst.«

Ich tat so, als würde ich schnarchen. Ich hörte, wie Elsie in Gelächter ausbrach, öffnete die Augen und sah, daß Phil sauer war.

»Na gut, na gut«, versprach ich. »Ich werde mich zusammenreißen.« Ich schloß die Augen. »Weiter«, sagte ich. »Ich werde mich zusammenreißen.«

»*Indianer*ehrenwort?« fragte Phil.

»Ist ein ziemlich starkes Stück, so was in Gegenwart von anständigen Frauen zu sagen«, meinte ich. »Trotzdem, wie du so schön sagst, Indianerehrenwort.«

»Na gut. Schließ die Augen, du Penner.«

»Nun, das ist nicht der richtige Weg, mein Vertrauen zu gewinnen«, sagte ich. »Wie soll ich dich achten, wenn du so mit mir sprichst? Alan Porter ist nicht ...«

»Würdest du deine verquollenen Augen schließen?« unterbrach Phil mich.

»Sind zu. Sind zu«, meldete ich. »Du kannst losschießen, wenn du soweit bist, Redley.«

Phil holte tief Luft. »Na dann«, sagte er und redete weiter.

»Ich möchte, daß du so tust, als wärst du in einem Kino«, sagte er. »In einem sehr großen Kinosaal. Du sitzt ziemlich weit vorn. Und drinnen ist es ganz schwarz.«

Ich hörte, wie Elizabeth sich auf der anderen Seite des Raumes ganz verhalten räusperte.

»Im Kino gibt es kein Licht«, fuhr Phil fort. »Es herrscht vollkommene Dunkelheit – wie schwarzer Samt. Die Wände sind mit schwarzen Samt bespannt. Die Sitzplätze sind mit schwarzen Samt überzogen.«

»Teuer«, meinte ich.

Alle lachten. »Ach ... *Mist*«, sagte Phil. Ich schlug die Augen auf und grinste ihn an.

»'tschuldigung, 'tschuldigung«, sagte ich.

»Ach ... es tut dir überhaupt nicht leid!«

»Doch, bestimmt.« Ich schloß die Augen. »Siehst du? Siehst du? Ich bin wieder im Kino. Ich bin oben auf dem Rang. Welcher Film wird gezeigt?«

»Du bist ein richtiger Schweinehund«, meinte Phil.

»Sir«, sagte ich, »halten Sie sich im Zaum. Mach weiter. Wenn ich von jetzt an nicht den Mund halte, darfst du mir meinethalben einen Schlag auf den Kopf verpassen.«

»Glaub ja nicht, daß ich das nicht tun werde«, sagte Phil. »Gibt mir mal jemand diese Lampe da?« Er schwieg kurz. Dann fragte er: »Willst du wirklich weitermachen?«

»Bruder«, sagte ich.

»Du ...« Phil räusperte sich. »Na gut«, meinte er geduldig.

Ich werde die Hypnose nicht in voller Länge beschreiben, dazu dauerte sie zu lange. Es ist schwierig, ernst zu bleiben, wenn man sich in so einer Runde aufhält. Vor allem da Phil und ich es gewohnt waren, uns gegenseitig zu foppen. Ich fürchte, ich zog des öfteren die Bremse, wenn er dachte, er hätte mich hypnotisiert. Nach einer Weile begann Elsie sich zu langweilen und ging in die Küche, um das Essen vorzubereiten. Frank fing an, sich leise mit Anne zu unterhalten und ließ hin und wieder einen giftigen Kommentar in unsere Richtung los. Gut eine Stunde später waren wir noch nicht recht weitergekommen. Keine Ahnung, wieso Phil es nicht abgebrochen hat. Er muß es gespürt haben. Ich war eine Herausforderung, Aufgeben kam nicht in Frage. Er fuhr fort mit dieser Kinosache, und nach einer Weile hörte Frank auf zu reden und sah zu, und dann war da – einmal abgesehen von dem leisen Klappern des Geschirrs in der Küche – nur noch Phils monotone Stimme zu hören, die mit mir sprach.

»Die Wände sind aus schwarzem Samt, auf dem Boden liegen schwarze Samtteppiche. Drinnen ist es schwarz, ganz und gar schwarz. Mit einer Ausnahme. In dem ganzen schwarzen Kino gibt es nur eine Sache, die du sehen kannst. Die Buchstaben oben auf der Leinwand. Große, dünne weiße Buchstaben auf der schwarzen, schwarzen Leinwand. Die Buchstaben bilden das Wort *Schlaf*. Schlaf. Du sitzt bequem, sehr bequem. Du sitzt einfach nur da und schaust auf die Leinwand, schaust immerfort das einzelne Wort dort oben an. Schlaf. Schlaf. Schlaf.«

Ich werde wohl nie erfahren, was der Grund dafür war, daß es funktionierte. Mag sein, daß es an der ständigen Wiederholung gelegen hat. Ich vermute, daß meine Überzeugung, daß ich nicht zu hypnotisieren sei, auch geholfen hat. Diese Überzeugung entbehrte jeder Logik, war aber so fest, daß ich sie nicht in Zweifel zog.

Ich unternahm nicht mal den *Versuch*, mich hypnotisieren zu lassen. Um es mit Elsies Worten auszudrücken – ich machte das Spielchen einfach mit.

»Du entspannst dich«, sagte Phil. »Deine Füße und Fußgelenke sind ganz entspannt. Deine Beine sind entspannt, ganz entspannt. Deine Hände sind schlaff und schwer. Deine Arme sind entspannt; ganz entspannt. Du entspannst dich immer mehr. Entspann dich. Entspann dich. Du wirst schlafen. Schlafen. Du wirst schlafen.«

Und ich schlief. Ich dämmerte langsam weg. Als ich noch ganz entfernt spürte, was mit mir geschah, war es schon zu spät. Mir war, als wäre mein Verstand – oder mein Wille, das trifft es eher – eine Motte, die in erstarrtes Wachs gebettet wurde. Leichte Nervosität befiel mich, als ich versuchte, mich zu widersetzen, doch es war zu spät. Ich fühlte mich wie damals, als mir ein eingeklemmter Weisheitszahn gezogen wurde. Der Kieferchirurg hatte mir eine Nadel in die Vene in meinen linken Arm gestochen. Auf meine Frage hin, wozu das gut sei, meinte er, daß damit der übermäßige Speichelfluß gehemmt würde. Ich denke, daß sagen sie immer, damit die Patienten keine Angst haben. Denn die Spritze enthielt etwas ganz anderes, ein schnell wirkendes Anästhetikum. Der Raum um mich herum begann sich zu drehen, vor meinen Augen verschwamm alles, die Schwestern, die sich über mich beugten, wankten, als würde ich sie durch Linsen aus Gelee betrachten. Und dann wachte ich ganz plötzlich wieder auf. Ich hatte nicht einmal bemerkt, daß ich das Bewußtsein verloren hatte. Mir war so, als hätte ich gerade mal ein, zwei Sekunden die Augen geschlossen. In Wahrheit war ich fünfundvierzig Minuten weg gewesen.

Genauso war es jetzt auch. Ich schlug die Augen auf

und sah Phil grinsend vor mir sitzen. Ich blinzelte ihn an.

»Was ist passiert, bin ich eingepennt?« fragte ich.

Phil kicherte. Alle musterten mich, doch jeder Blick verriet etwas anderes: Franks Neugierde, Rons Verblüffung, Elizabeths rein gar nichts, Elsies einen Anflug von Furcht. Anne sah besorgt aus.

»Geht es dir gut, Liebling?« fragte sie mich.

»Klar. Wieso?« Ich betrachtete sie einen Moment lang. Dann setzte ich mich auf. »Du willst mir doch nicht weismachen, daß es geklappt hat?« fragte ich ungläubig.

»Hat es das jemals?« erwiderte sie fröhlich, aber ihr Lächeln war nicht ganz echt.

»Ich war hypnotisiert?«

Auf meine Frage hin schien sich die Anspannung zu legen. Alle begannen gleichzeitig zu sprechen.

»Ist es denn die Möglichkeit?« sagte Frank.

»Meine Güte«, sagte Elizabeth. Ron schüttelte verwundert den Kopf.

»Bist du wirklich *hypnotisiert* gewesen«, wollte Elsie wissen. Sonderlich skeptisch klang ihre Stimme allerdings nicht mehr.

»Ich … ich denke, ja«, sagte ich.

»Du weißt es ganz genau«, meinte Phil, der gar nicht aufhören konnte zu grinsen.

Mein Blick schweifte erneut zu Anne. »Bin ich echt weg gewesen?« fragte ich.

»Wenn nicht, dann bist der beste Laienschauspieler, den ich je erlebt habe«, lautete ihre Antwort.

»So was habe ich noch nie gesehen«, sagte Ron leise.

»Und wie fühlst du dich?« fragte Phil. An der Art und Weise, wie er das sagte, spürte ich, daß das eine ernstgemeinte Frage war.

»Wie sollte ich mich denn fühlen?« fragte ich mißtrauisch.

Phil unterdrückte ein Grinsen. »Ein bißchen ... heiß?« fragte er.

Erst dann bemerkte ich, daß mir heiß *war.* Ich fuhr mit der Hand über meine Stirn und wischte den Schweiß weg. Ich hatte das Gefühl, als hätte ich zu lange in der Sonne gelegen.

»Was hast du mit mir angestellt – mir Feuer unter dem Hintern gemacht?« wollte ich erfahren.

Phil lachte laut heraus. »Das haben wir versucht«, sagte er, »aber das hat nicht geklappt.«

Dann erzählte er mir in aller Seelenruhe, daß er sich auf meinen Bauch gesetzt und mit der Flamme eines Feuerzeuges über meine nackten Beine gefahren sei, während ich flach wie ein Brett auf zwei Küchenstühlen gelegen hatte.

Ich saß einfach nur da und starrte ihn an.

»Das machen wir gleich noch mal«, meinte ich.

»So ist es recht«, sagte er und lachte vor lauter Freude über seinen Erfolg. Wieder sah ich zu Anne hinüber. »Das ist wahr?« fragte ich kläglich. Sie stand auf, schmunzelte, kam zu mir herüber, setzte sich und legte einen Arm um mich.

»Auf jeden Fall bist du eine prima Versuchsperson, mein Lieber«, sagte sie. Dabei bebte ihre Stimme ein klein wenig.

Zehn Minuten später saßen wir alle am Küchentisch und diskutierten über meine Hypnose. Ich muß sagen, daß war das erste Mal, daß ich in Elsies Haus eine angeregte Unterhaltung miterlebte.

»Habe ich nicht«, sagte ich lachend.

»Hast du doch.« Anne kicherte belustigt. »Mit einem

Schlag bist du wieder zwölf Jahre alt gewesen und hast uns irgendwas über jemanden namens Joey Ariola erzählt. Nach allem, was du gesagt hast, muß er ein Biest gewesen sein.«

»Ariola.« Ich schüttelte nachdenklich den Kopf. »Das darf doch nicht wahr sein. Den habe ich völlig vergessen.«

»Du hast nur gedacht, du hättest ihn vergessen«, meinte Phil.

»Ach, ich glaube nicht, daß sich jemand an etwas, das so lange zurückliegt, erinnern kann«, sagte Elsie. »Das hat er sich nur ausgedacht oder so.«

»Er könnte noch wesentlich weiter zurückgehen«, behauptete Phil ihr gegenüber. »Es gibt authentische Fälle, wo die Kandidaten in ihre pränatale Phase zurückkehrten.«

»In was?«

»In die Zeit vor ihrer Geburt.«

»Oh ...« Elsie wandte ihren Kopf wieder halb ab. Jetzt, da die Erinnerung daran, wie ich zwischen zwei von ihren Küchenstühlen gelegen war, langsam verblaßte, kehrte ihre Skepsis zurück.

»Das stimmt«, sagte Phil. »Und dann war da noch Bridey Murphy.«

»Wer?« fragte Elsie.

»Eine Frau, die unter Hypnose behauptete, daß sie in ihrem vorherigen Leben ein irisches Mädchen gewesen ist.«

»Ach ... das ist doch Unsinn«, meinte Elsie. Einen Augenblick lang schwiegen alle. Elsie sah zur Uhr hoch. Für Phil hatte sie nur ein Achselzucken übrig.

»Es ist noch nicht soweit«, sagte Phil.

»Was ist noch nicht soweit?« wollte ich wissen.

Elsie erhob sich und ging zum Herd hinüber. »Wer

will noch Kaffee?« fragte sie. Ich betrachtete Phil noch etwas länger, ehe ich den Blick abwandte.

»Was habe ich sonst noch gesagt, als ich ... ich meine, als ich dachte, ich sei zwölf?« fragte ich Anne.

Sie grinste und schüttelte den Kopf. »Ach ... alles mögliche«, meinte sie. »Du hast von deinem Vater gesprochen und ... von deiner Mutter. Und über ein Fahrrad, das du haben wolltest, mit einem Fuchsschwanz am Lenker.«

»O mein Gott, ja«, sagte ich hocherfreut über die plötzliche Erinnerung. »Daran entsinne ich mich. Mann, wie sehr ich dieses Fahrrad wollte.«

»Mit zwölf wollte ich etwas anderes«, behauptete Frank.

Mir fiel auf, wie Elizabeth mit zusammengepreßten Lippen in ihren Kaffee starrte. An Elizabeth war alles blaß, die Farbe ihres Lippenstifts, die blonden Haare, der Ton ihrer Haut. In gewisser Hinsicht hatte es den Anschein, als ob sie sich schon halb in Luft aufgelöst hätte.

»Mit zwölf bin ich nicht hinter einem Fahrrad her gewesen«, sagte Frank.

»Mann, wir wissen alle, hinter was du her gewesen bist.« Ich versuchte, es wie einen Witz rüberzubringen, was allerdings nicht Franks Absicht gewesen war. »Worüber habe ich sonst noch gesprochen?« fragte ich Anne, ehe Frank noch etwas sagen konnte.

Ich registrierte, daß jetzt Ron zur Uhr hochsah und dann den Blick auf Phil richtete. Phil unterdrückte ein Grinsen, Frank ebenfalls. Elsie kam an den Tisch zurück und stellte noch eine Platte mit kleinen, glasierten Kuchen hin.

»Na, ich denke nicht, daß es passieren wird«, sagte sie. »Es ist schon elf.«

»Was meint sie damit?« fragte ich.

»Laß mal sehen«, begann Anne, als hätte ich nichts gesagt, »du hast von deiner Schwester gesprochen … und über dein Zimmer. Sogar über deinen Hund.«

Ganz flüchtig erinnerte ich mich an Corky und wie er immer seinen alten, räudigen Kopf auf meine Knie gelegt und mich angeschaut hatte.

»Was amüsiert euch so?« fragte ich, denn das war nicht zu übersehen. »Wieso seht ihr alle wie Katzen aus, die gerade eben eine Maus verschluckt haben?«

An diesem Punkt zog ich meinen linken Schuh aus und legte ihn in den Kühlschrank.

Als ich mich umdrehte, brachen alle in schallendes Gelächter aus. Einen Moment lang kapierte ich wirklich nicht, worüber sich alle so amüsierten. Dann erst dämmerte mir, was ich gerade eben getan hatte. Ich riß den Kühlschrank auf und musterte meinen dunklen Schuh, der fein säuberlich neben einer abgedeckten Schüssel Erbsen lag.

»Warum hast du das getan?« fragte Phil.

»Keine Ahnung«, sagte ich. »Mir … ist einfach danach gewesen, vermute ich. Warum sollte ich nicht …?« Ich brach unvermittelt ab und bedachte Phil mit einem vorwurfsvollen Blick. »Du Hund, du«, schimpfte ich, »du hast mir einen posthypnotischen Befehl gegeben.«

Phil freute sich tierisch über seinen Erfolg.

»Er hat es dir gesagt«, erklärte Elsie. »Du hast gewußt, was du tust.«

»Nein, habe ich nicht«, sagte ich.

»Hast du doch«, beharrte Elsie grimmig.

»Sag mal«, fragte Frank, »wenn Tom eine Frau wäre und du ihr einen posthypnotischen Befehl geben würdest, daß … ach, ist auch egal, meine Frau kann solches

Geschwätz nicht ausstehen. Nicht wahr, Lizzie, altes Mädchen?«

»Er macht sich andauernd über mich lustig«, antwortete sie bemüht leichtfüßig. Sogar ihr Lächeln wirkte blaß.

»Ich hoffe, du hast mir nicht noch andere posthypnotische Befehle erteilt, du Idiot«, sagte ich.

Grinsend schüttelte Phil den Kopf.

»Nö«, sagte er, »das war alles, Bruder. Es ist vorbei.«

Ich würde noch an seine Worte denken.

DREI

Gegen ein Uhr war die Party zu Ende. Bis dahin saßen wir am Küchentisch, tranken Kaffee, verdrückten Elsies kalorienreiche Kuchen und unterhielten uns über das, was sich während der Hypnose abgespielt hatte.

So wie es sich anhörte, war die Sache ein voller Erfolg gewesen. Ich hatte mich nicht nur steif wie ein Brett über die Stühle gelegt, sondern wie ein Verrückter grundlos gelacht. Und wegen nichts wie ein Baby geheult, das heißt über nichts Offensichtliches. Natürlich war da etwas, über das ich lachen und weinen mußte. Phil hatte mir das eingeredet.

Außerdem hatte ich in der Arktis auf einer Eisscholle wie Espenlaub gezittert und mit den Zähnen geschnattert. Ich schwitzte und lechzte nach Wasser, als ich im heißen Sand der Sahara lag. Ich trank zuviel nicht existenten Whisky – Glas um Glas – und war sturzbetrunken und konnte kaum mehr aus den Augen rausgucken. Ich war ganz wild vor Zorn, meine Miene hart, mein Gesicht rot, während mein Körper vor lauter unterdrücktem Haß bebte. Ich hörte ein Klavierkonzert von Rachmaninow, das der Meister höchstpersönlich gab, und erzählte allen, wie wunderschön, wie unglaublich es klang. Ich streckte den Arm aus, und Frank hängte sich daran und Phil piekte mit der Nadel hinein.

Ein voller Erfolg.

Ich denke, wir hätten die ganze Nacht lang darüber plaudern können. Es kommt ja nicht jeden Tag vor, daß sich in unserem Leben so etwas Faszinierendes ereignet. Aber in unserer Mitte befanden sich zwei werdende Mütter, die ihre Nachtruhe brauchten. Zudem hatte ich den Eindruck, daß Elsie nach einer Weile die Nase gestrichen voll hatte. Die ganze Sache war zu hoch für sie und daher nur von vorübergehendem Interesse.

Anne, Phil und ich verabschiedeten uns von Frank und Elizabeth, nachdem wir Elsies Haus verlassen hatten. Die beiden überquerten die Tulley Street und gingen wie wir nach Hause.

Es dauerte ungefähr eine halbe Stunde, bis sich jeder leise zum Schlafen bereit gemacht hatte. Ich holte das Armeeklappbett aus Richards Zimmer und baute es auf, während Anne die Decken aus dem Flurschrank heraussuchte. Phil machte sein Bett, und dann zogen wir alle unsere Pyjamas an, putzten die Zähne, sagten gute Nacht und legten uns hin.

Ich konnte nicht schlafen.

Ich lag neben Anne und starrte an die Decke. Meine Augen schienen Sprungfedern zu haben. Wenn ich sie schloß, sprangen sie sofort wieder auf. So starrte ich weiter an die Decke und lauschte den Geräuschen der Nacht – ich hörte das Rascheln eines Busches im Wind vor unserem Fenster, das Ächzen der Matratze, wenn Anne sich bewegte, das leisen Knarzen des Hauses; ein Stück die Straße hoch bellte kurz ein Hund einen Widersacher an, der nur in seiner Einbildung existierte, ehe er sich wieder schlafen legte.

Ich schluckte schwer, seufzte, drehte mich auf die Seite und starrte den dunklen Umriß der Kommode an.

»Was ist denn?« flüsterte Anne.

»Ach, ich kann nicht schlafen«, antwortete ich.

»Fühlst du dich nicht gut?«

»Nein. Zuviel Kaffee, denke ich.«

»Oh. Den solltest du abends nicht trinken.«

»Ich weiß. Na, schlaf jetzt, Liebling. Ich komme schon zurecht.«

»Gut.« Sie seufzte schläfrig. »Wenn du dich unwohl fühlst, weck mich auf, ja«, riet sie mir.

»Ich fühle mich gut.« Ich beugte mich hinüber und küßte sie auf ihre warme Wange. »Gute Nacht, junge Mutter.«

»Nacht.«

Sie streckte sich, und ich spürte ihre warme Hüfte an meiner. Und dann war sie, bis auf ihre gleichmäßigen Atemzüge, ganz still.

Ich lag da, schien auf irgend etwas zu warten. Ich war nicht in der Lage, die Augen zu schließen. Ich fühlte mich wie damals im College, wenn ich fünf Stunden lang intensiv gelernt hatte – in meinem Hirn überschlugen sich Informationen und Wissen. Es ratterte wie eine Maschine, die jemand vergessen hatte abzustellen.

Ich wälzte mich auf die Seite. Nichts. Ich legte mich auf den Rücken und schloß die Augen. Schlaf, redete ich mir ein. In der Dunkelheit mußte ich schmunzeln, als ich an Phils ernste Stimme dachte, die mir sagte, daß ich schlafen sollte. Nun, bei Gott, es war ihm gelungen. In dieser Hinsicht konnte ich mich nicht über ihn lustig machen. Es war ihm tatsächlich gelungen und zwar schnell. Ich hätte darauf gewettet, daß er es nicht schaffte, mich zu hypnotisieren. Doch es war ihm gelungen – und er hatte sich nicht mal sonderlich anstrengen müssen. Gleich nachdem ich aufgehört hatte, ihn auf den Arm zu nehmen, war es passiert.

Entnervt drehte ich mich wieder auf die Seite und schlug aufs Kissen ein. Ich hörte, wie Anne leise murmelte, und biß die Zähne zusammen. Wenn ich nicht aufhörte, mich andauernd von einer Seite auf die andere zu wälzen, würde ich sie noch mal aufwecken.

Wieso war ich so unruhig? Ich hatte Kaffee getrunken, ja, aber keine ganze Kanne, insgesamt vielleicht drei Tassen.

Ich runzelte die Stirn. Lag es womöglich an der Hypnose? Hatte Phil vielleicht vergessen, die losen Enden in meinem Kopf zusammenzuknoten? Vermutlich hatte er meine Seele in Aufruhr versetzt und nicht daran gedacht, sie wieder in geordnete Bahnen zu lenken.

Nein, das war lächerlich. Bestimmt hatte er gewußt, was er tat. Es lag am Kaffee und der Unterhaltung. Seit ich in dieser Gegend wohnte, genoß ich das eine zuviel und das andere zuwenig.

Ich seufzte schwer. Mein Gehirn arbeitete auf vollen Touren. Anders kann ich es nicht ausdrücken. Gedanken schwirrten wie erhitzte Gasblasen durch meinen Kopf, schillernd und funkelnd. Erinnerungen kamen und gingen so schnell wie Wetterleuchten. Meine Mutter, mein Vater, Corky, die High School, die Grundschule, der Kindergarten, das College, der Rasen auf dem Campus, Bücher, die ich gelesen, Mädchen, die ich geliebt hatte, Speck und Eier, deren Geschmack mir auf der Zunge lag.

Ich setzte mich auf und schüttelte tatsächlich den Kopf, wie jemand eine falschgehende Uhr schüttelt. Nur daß ich nicht wollte, daß sie wieder lief, sondern daß sie stehenblieb. Mir war, als würde mein Hirn aufquellen wie ein lebendiger Schwamm in meinem Kopf, aufgebläht von siedendheißen Gedanken, aus denen Erinnerungen und Gedanken gepreßt wurden.

Ich stand auf und atmete stoßweise. Mein Körper kribbelte, meine Brust und mein Magen krampften sich zusammen. Ich ging über den Teppich, blieb dann im Türrahmen stehen und schloß die Augen.

Ich weiß noch, daß ich murmelte, »Mein ... *Gott.*« Daß ich sprach, war mir zu jenem Zeitpunkt nicht wirklich bewußt. Ich schüttelte den Kopf. Gedanken überschlugen sich. Frank, Elizabeth, Ron, Elsie, Anne, Phil, meine Mutter, mein Vater, alle flitzten durch den Film in meinem Kopf, als würde ein irrer Kameramann sie auf die Leinwand projizieren. Dutzende von unscharfen Gedanken prasselten auf mich ein und ballten sich zu einem heißen Knoten, zu einer Art mehrdimensionalem Bewußtsein, zusammen.

Wieder schluckte ich und begab mich ins Badezimmer. Das Licht war so grell, daß ich blinzeln mußte. Ich schloß die Tür, näherte mich taumelnd dem Spiegel und betrachtete mein ausdrucksloses Gesicht. Es verriet mir nichts.

Irgend etwas läuft schief. Ich weiß nicht, ob ich das gesagt oder gedacht habe. Aber der Gedanke drängte sich auf. Etwas *lief* schief. Das waren nicht nur meine vom Kaffee aufgeputschten Nerven, das war nicht nur die Erinnerung an die angeregte Unterhaltung. Was es war, konnte ich nicht sagen. Ich wußte überhaupt nichts.

Ich ließ Wasser in ein Glas laufen, doch das Geräusch kam mir ungeheuer laut vor, und so drehte ich den Hahn wieder zu. Ich trank einen Schluck. Das Wasser schmeckte wie kalte Säure. Ich schüttete es aus und stellte das Glas weg.

Danach drehte ich mich um, schaltete das Licht aus, öffnete die Tür und näherte mich leise Richards Zimmertür. Ich spitzte die Ohren, konnte aber nur seinen Atem hören. Ich trat ans Kinderbett und legte meine Hand auf seinen Rücken. Ich entsinne mich noch, wie ich benommen gedacht hatte, daß sie nachts so still sind. Dann spürte ich, wie sein Rücken sich leicht hob und senkte, und nahm die Hand weg.

Wieder im Flur bemühte ich mich, ruhiger zu werden. Ich spazierte ins Wohnzimmer, wo ich eine Weile lang aus dem hinterem Fenster schaute. Draußen auf dem Rasen konnte ich einen dunklen Umriß – Richards Dreirad – erkennen, und auf dem angrenzenden Block den schwachen Lichtschein einer Straßenlaterne. In der Nachbarschaft herrschte Totenstille.

Plötzlich wirbelte ich herum.

Nichts. Nur Dunkelheit und die schwarzen Umrisse des Mobiliars. Dennoch hätte ich schwören können, etwas gehört zu haben. Ich erschauerte und spürte, wie meine Bauchmuskeln sich krampfhaft zusammenzogen. Mit zitternder Hand fuhr ich mir durchs Haar. Was, in Gottes Namen, lief hier ab?

Ich ging in die andere Seite des Zimmers und ließ mich in einen Sessel fallen. Ächzend lehnte ich den Kopf zurück. Das Kribbeln auf meinen Schläfen wurde intensiver. Ich konnte es ganz deutlich spüren. Ich legte die Finger auf die Schläfen, aber da war nichts. Dann legte ich die Hände in den Schoß und streckte die Beine aus.

Da. Irgend etwas regte sich in mir. Als wäre ich ein Schiff, das von einer magischen Kraft angezogen wurde. Ich spürte Dinge, fühlte Dinge – Dinge, die ich nicht verstand; Dinge, die ich nicht mal einordnen konnte; seltsame, bruchstückhafte Wahrnehmungen. Wahrnehmungen, so flüchtig, daß ich sie nicht deuten konnte – vage Ahnungen und Eingebungen, die mir durch den Kopf schossen. Mir war, als stünde ich in einer nebeligen Ecke und würde sehen, wie unbekannte Wesen an mir vorbeieilten – nah genug, daß ich einen Blick auf sie erhaschen konnte, doch nicht nah genug, um sie zu erkennen. Die Empfindung wurde zunehmend stärker. Schlagartig begriff ich, was da vor sich ging. Ich war eine Art Schleuse, durch die Millionen von Bildern gejagt wurden.

Von einer Sekunde auf die andere hörte es auf. Ich hob den Kopf.

Bis zu diesem Augenblick hatte ich nicht gewußt, wie es ist, wenn man so große Furcht empfindet, daß einem der Atem stockt, daß der Körper einem nicht mehr gehorcht, daß man unfähig ist, irgend etwas anderes zu tun, als hilflos und vor Schreck die Augen aufzureißen.

Sie war Ende Dreißig, blaß, ihre Haare waren schwarz und verstrubbelt. Sie trug ein eigenartiges, dunkles Kleid und eine einreihige Perlenkette um den Hals. Ich konnte nicht aufstehen. Mein Körper reagierte nicht. Ich starrte sie nur an.

Ich weiß nicht, wie viele Minuten vergingen, während wir uns gegenseitig betrachteten. Ich kam nicht mal auf die Idee, mich zu wundern, wieso ich sie im Dunkeln so deutlich sehen konnte, wieso eine Art Licht – ohne sichtbare Quelle – auf sie fiel. Oder, besser gesagt, von ihr ausging.

Es vergingen einige Minuten. Ich spürte ganz deutlich, daß diese schreckliche Stille ein Ende haben mußte. Ich öffnete den Mund, brachte aber kein Wort heraus. Nur ein trockenes Schmatzen entrang sich meiner Kehle.

Dann, urplötzlich, wich die Luft aus meinen Lungen.

»Wer sind Sie?« keuchte ich.

Die Frau wich zurück – obwohl ich nicht bemerkte, daß sie ihre Gliedmaßen bewegte. Jetzt stand sie dicht vor dem Fenster.

Nachdem ich mich vor Schreck verschluckt hatte, stockte mir erneut der Atem. Ich registrierte noch, daß ich mich weiter zurücklehnte, mit bebenden Lippen, ohne den Blick abzuwenden. Ich konnte die Laterne drüben auf der Straße sehen …

durch sie hindurch.

Der Laut, der mir über die Lippen kam, war leise und kurz, ein unterdrückter Angstschrei. Ich fixierte die Stelle, wo die Frau gestanden hatte. Wie lange ich da gegessen habe, kann ich nicht sagen. Ich konnte mich nicht erheben. Eine Stunde oder noch länger muß ich regungslos dagesessen haben, ehe ich es wagte, an die Stelle zu treten, wo sie gestanden hatte. Ich erhob mich ganz vorsichtig und mit wackeligen Knien, als würde ich mich etwas Tödlichem nähern.

Nichts.

Ich machte auf dem Absatz kehrt und rannte ins Schlafzimmer. Erst als ich verängstigt wie ein Kind unter die Decke kroch, bemerkte ich, wie kalt mir war. Ich zitterte am ganzen Körper. Es dauerte sehr lange, bis ich mich wieder beruhigt hatte. Glücklicherweise schlief Anne tief und fest. Mindestens fünf Mal spielte ich mit dem Gedanken, sie aufzuwecken und ihr alles zu erzählen, doch die Vorstellung, wie sehr sie sich fürchten würde, brachte mich immer wieder davon ab. Irgendwann beschloß ich, es ihr erst am Morgen zu sagen. Ich versuchte sogar, mir einzureden, daß ich einen Alptraum gehabt hatte, daß das alles gar nicht passiert war.

Leider wußte ich, daß das nicht stimmte. Ich war mir darüber bewußt, daß ich etwas erlebt hatte, das ich nie und nimmer für möglich gehalten hätte. Es ist ganz einfach, das Wort aufzuschreiben, es braucht nur einen Bleistift und ein paar einfache Handbewegungen, und dennoch hat dieses Wort die Macht, das eigene Leben von Grund auf zu verändern.

Das Wort heißt *Geist.*

VIER

Am nächsten Morgen erzählte ich beim Frühstück, was geschehen war.

Gleich nach dem Aufstehen war ich dazu nicht in der Lage gewesen. Zuerst leugnete ich, was ich gesehen hatte, was ja durchaus verständlich war. Wie schon in der vergangenen Nacht versuchte ich, mir einzureden, daß alles nur ein Fiebertraum gewesen sei. Solch eine Erklärung kann der menschliche Verstand leichter verdauen. Schließlich muß es eine plausible Erklärung geben, etwas, woran man sich festklammern kann, auch wenn sie nicht der Wahrheit entspricht.

Darüber zu sprechen fiel mir auch deshalb schwer, weil das Thema vollkommen fehl am Platz schien. Es paßte einfach nicht zu der morgendlichen Begrüßung, zu den Küssen, dem Ankleiden und der Zubereitung des sonntäglichen Frühstücks.

Doch als Richard aufgegessen hatte und zum Spielen in den Garten gegangen war, und Anne, Phil und ich am Küchentisch saßen und Kaffee tranken, rückte ich mit der Sprache heraus.

»Gestern Nacht habe ich einen Geist gesehen.«

Es ist faszinierend, wie absurd die furchterregendsten Behauptungen klingen. Phils einzige Reaktion war ein Grinsen. Sogar Anne lächelte vage.

»Du hast was?« hakte sie nach.

Ihr verging das Lachen, als sie begriff, wie ernst ich es meinte.

»Liebling, was willst du damit sagen?« fragte sie. »Hast du geträumt?«

Ich hatte einen Kloß im Hals. Über den Vorfall zu reden, war nicht unbedingt die einfachste Sache der Welt.

»Das würde ich auch gern glauben«, sagte ich, »aber das ... kann ich nicht.« Ich sah beide an. »Ich habe wirklich einen gesehen. Ich meine, ich bin wach gewesen und habe einen *gesehen.*«

»Ist das dein Ernst?« wollte Phil wissen.

Ich sagte nichts und nickte nur.

»Wann?« fragte Anne.

»Nachdem ich letzte Nacht aufgestanden bin«, sagte ich. »Das heißt, am frühen Morgen. Muß so gegen zwei gewesen sein.«

»Ich habe dich nicht aufstehen gehört«, sagte sie.

»Du hast geschlafen«, sagte ich. Noch beim Erzählen überkam mich die Hoffnung, daß vielleicht alles nur ein Traum gewesen war.

»Das war nachdem du mir gesagt hast, daß du nicht schlafen kannst?« fragte sie. Ich merkte, daß sie mir nicht glaubte. Oder anders gesagt, daß sie nicht glaubte, daß ich gesehen hatte, was ich gesehen hatte.

Ich sagte ja. Ich schaute beide an, zuckte mit den Achseln und breitete hilflos die Hände aus. »So ist es«, sagte ich. »Ich habe einen Geist gesehen. Er war da.«

»Wie hat er ausgesehen?« fragte Phil. Er versuchte nicht mal, seine Faszination zu verbergen. Diese Sache war für ihn das Salz in der Suppe.

Ich atmete schwer, zuckte dann wieder mit den Achseln, als würde ich mich für das, was ich sagte, fast schämen. Und um ehrlich zu sein, so war es auch, zumindest teilweise.

»Es war eine Frau«, sagte ich. »Sie war ... Mitte

Dreißig, würde ich schätzen. Hatte dunkle Haare und … war ungefähr einssiebzig. Sie trug ein seltsames Kleid – schwarz mit einem eigenartigen Muster. Und um den Hals eine einreihige Perlenkette.«

Nach kurzem, angespanntem Schweigen fragte Anne: »Das hast du *gesehen?*«

»Ich habe sie gesehen«, sagte ich. »Ich war im Wohnzimmer, hab im grünen Sessel gesessen. Und als ich aufblickte … stand sie da.« Ich schluckte. »Und sah mich an.«

»Liebes …« Ich konnte nicht eindeutig bestimmen, welche Empfindung deutlicher in ihrer Stimme mitschwang – Anteilnahme oder Abscheu.

»Dann hast du ihn also wirklich gesehen«, sagte Phil, »ich meine, mit den Augen?«

»Phil, ich habe es euch gesagt«, wiederholte ich, »ich habe ihn *gesehen.* Es ist kein Traum gewesen. Lassen wir das jetzt mal beiseite. Es ist *passiert.* Ich bin aufgestanden, ins Badezimmer gegangen. Ich hörte, daß du schläfst. Ich habe nach Richard gesehen, um mich zu vergewissern, daß es ihm gutgeht. Ich habe hinten aus dem Fenster in den Garten geschaut. Ich habe mich in den grünen Sessel gesetzt – und sie gesehen. Einfach so. Ich bin wach gewesen. Es war kein Traum.«

Mir fiel auf, wie Anne mich ansah. Ihr Blick war mehrdeutig, verriet verschiedene Gefühle: Neugier, Distanz, Sorge, Liebe, Furcht. All die Empfindungen spiegelten sich in ihrem Blick wider.

»Bevor das passiert ist«, fragte Phil, »wie war da deine seelische Verfassung? Ich meine, warum konntest du nicht schlafen?«

Ich warf ihm einen neugierigen Blick zu. »Wieso?« wollte ich erfahren.

»Weil ich davon ausgehe, daß du durcheinander

gewesen bist… seelisch. Bevor du – sagen wir mal – gesehen hast, was du gesehen hast.«

»Phil, ich *habe* es gesehen«, sagte ich, inzwischen ziemlich ungeduldig. »Komm schon. Ich kann diese Deutung, es sei ein Traum gewesen, nicht akzeptieren. Mach dich bitte nicht über mich lustig. Ich bin schließlich nicht wahnsinnig.«

»Selbstverständlich nicht«, erwiderte Phil prompt. »Das habe ich dir auch keine Sekunde lang unterstellt. Was du gesehen hast, ist für dich so real gewesen wie ich, wenn ich dir jetzt gegenübersitze.«

Ich begriff nicht genau, worauf er hinauswollte, sagte aber: »Na gut. Dann wäre das ja geklärt.«

»Aber du *bist* seelisch aufgewühlt gewesen«, meinte Phil. Diesmal war das keine Frage mehr.

Ich musterte ihn eine Weile lang mißtrauisch. Ich war nicht gewillt, mich mit einer einleuchtenden Erklärung abzufinden. Dennoch mußte ich seine Behauptung mit ja beantworten.

»Na gut«, sagte er, »und ich nehme an, du leidest jetzt unter Kopfschmerzen. Ist das so?«

»Ein bißchen.« Ich spürte, daß ich unruhig wurde. »Woher weißt du das alles?« fragte ich.

»Weil es einem Muster entspricht, Bruder«, meinte er. »Du hattest eine Halluzination, als Folge …«

»Phil …« begann ich.

»Hör mir zu.«

»Phil, das ist keine Halluzination gewesen. Du hast mit allem richtig gelegen, was du bislang angeführt hast, aber in diesem Fall nicht. Was ich gesehen habe, ist für mich so real gewesen, wie du jetzt hier am Tisch sitzt.«

»Natürlich war es das. Meinst du, daß es deshalb auch wirklich passiert ist?«

Seine Worte machten mich mundtot. Das ist genau die Art von Frage, die alles umwerfen kann, die selbst das, was objektiv wahr ist, null und nichtig erklärt. Ich saß da, starrte ihn mit leerem Blick an und spürte diesen leisen Schmerz in meinem Kopf.

»Was willst du damit sagen?« fragte ich schließlich.

»Ganz einfach«, meinte er, »Menschen haben schon immer Halluzinationen gehabt – bei Tag und vor allem mitten in der Nacht. Sie haben den Sinnestäuschungen sogar die Hand gegeben, sich mit ihn unterhalten.«

»Damit meinst du doch nichts anderes«, sagte ich und mußte widerstrebend grinsen, »als daß dein Schwager reif für die Gummizelle ist.«

»Ach, verdammt, nein«, sagte Phil. »Die Frau existiert. Ich weiß nicht, wo … oder in welcher Zeit. Aber sie ist real. Ich meine, sie lebt irgendwo – oder hat irgendwo gelebt. Sie ist jemand, den du kennst oder gesehen hast – oder womöglich auch nicht gesehen hast, jedenfalls nicht notwendigerweise. Der Punkt ist, daß das, was du gesehen hast, kein Geist war. Zumindest nicht im herkömmlichen Sinn des Wortes – obwohl eine Menge sogenannter Geister in diese Kategorie fallen würde.«

»Die heißt?« fragte ich.

»Telepathische Bilder«, sagte Phil. »Der eine kann eine Karte mit einem Symbol darauf sehen. Genausogut kann es vorkommen, daß ein anderer etwas sehen kann, das einem menschlichen Wesen gleicht. Ich meine, *sehen*. Unser Erlebnis von gestern abend hat dich ziemlich aufgeschreckt. Du hast diese Frau gesehen. Natürlich denkst du als erstes, daß sie ein Geist war. Das ist das Problem bei der Einstellung, die wir vertreten, nicht nur bei deiner, Tom.«

»Die Menschen glauben nicht an vernünftige, nachweisbare Phänomene … an Dinge wie Hypnose, Telepathie, Hellsehen. Nein, das akzeptieren sie einfach nicht. Aber wenn sie dann etwas *sehen,* dann – bäng! – schnappen sie von einer Sekunde auf die andere über, geraten außer sich. Weil sie nicht darauf vorbereitet waren, weil sie nur instinktiv reagieren können. Vom Kopf her akzeptieren sie nichts, was plausibel klingt, aber alles Phantastische schlucken sie ohne Probleme, sobald ihre Gefühle ins Spiel kommen. Denn Gefühle sind stärker als der Glaube. Mit Gefühlen kann man alles hinbiegen – das ist kein Problem. Wie man bei dir sieht. Du bist ein intelligenter Mann, Tom. Aber das einzige, was dir in den Sinn gekommen ist, war ein Geist.«

Er hielt inne, und Anne und ich starrten ihn an. Gerade eben hatte er wie Alan Porter geklungen.

»Das war's«, sagte er mit einem Grinsen. »Mehr gibt es dazu nicht zu sagen.«

»Dann denkst du also nicht, daß ich ihn gesehen habe?« fragte ich.

»Du *hast* ihn gesehen«, antwortete er, »aber im Kopf. Und glaub mir, Bruder, etwas auf diese Art zu sehen kann genau so real sein, als ob man es auf herkömmliche Weise sieht. Manchmal sogar noch viel realer.«

Er grinste. »Verdammt, Mann«, sagte er, »du bist gestern abend vielleicht ein Medium gewesen.«

Wir unterhielten uns noch länger darüber. Ich hatte zu diesem Thema nicht mehr viel beizutragen – außer meinen Einwänden. Es ist nicht ganz einfach, in so einem Fall klein beizugeben. Vielleicht entspricht es der menschlichen Natur, an Dingen festzuhalten. Wie Phil angedeutet hatte, ist es viel »romantischer«, einen Geist zu sehen. Und bei weitem nicht so aufregend, so ein Ereignis »nur« als Telepathie abzutun.

Anne war diejenige, die das Thema schließlich beendete.

»Na, jetzt haben wir uns lange genug darüber unterhalten«, meinte sie mit ihrem typischen Sinn fürs Praktische, »aber das Wesentliche haben wir nicht geklärt. Was mich interessiert – wer *war* diese Frau?«

Diese Mischung aus Neugier und Mißtrauen, die in ihrer Stimme mitschwang, brachten Phil und mich zum Lachen.

»Na, wer schon?« sagte Phil. »Eine seiner Freundinnen.«

Ich schüttelte den Kopf.

»Ich wünschte, ich wüßte es«, sagte ich, »aber ich kann mich nicht entsinnen, sie jemals gesehen zu haben.« Ich zuckte mit den Achseln. »Vielleicht war es ... wie war noch gleich ihr Name ...? Helen Driscoll.«

»Wer ist das?« fragte Phil.

»Das ist die Frau, die früher in diesem Haus gewohnt hat«, erklärte Anne ihm. »Sie ist die Schwester unserer Nachbarin, Mrs. Sentas.«

»Ach.« Phil zuckte mit den Achseln. »Könnte sein.«

»Dann habe ich also den Geist von Helen Driscoll gesehen«, sagte ich, ohne eine Miene zu verziehen.

»Die Sache hat leider einen Haken«, meinte Anne.

»Und welchen?« wollte Phil wissen.

»Sie ist nicht tot. Sie ist zurück in den Osten gezogen.«

»Nicht in den Westen«, sagte Phil.

Die Kopfschmerzen wurden schlimmer. So schlimm, daß ich an diesem Nachmittag nicht an den Strand mitkommen konnte. Ich überredete die anderen, ohne mich zu gehen.

»Mach dir keine Sorgen, Anne. Ich werde ein Aspirin nehmen und mich hinlegen, bis die Schmerzen nachlassen.«

Sie gingen kurz nach zwei, nachdem sie Körbe, Decke, Strandtasche, Sonnencreme – und was man sonst noch brauchte – in Phils Coupé geladen hatten. Ich stand auf der Veranda und winkte Richard zu, als der Mercury die Tulley Street hinuntersauste. Wie viele Männer seines Alters stand Phil darauf, bis auf achtzig zu beschleunigen, bevor er in den dritten Gang schaltete.

Ich sah dem Wagen hinterher, bis er nach links auf den Boulevard abbog, und ging dann wieder nach drinnen. Als ich die Tür schloß, sah ich Elizabeth, die wieder mit weißen Handschuhen auf ihrem Rasen stand und mit einem Spaten die Erde umschaufelte. Sie trug einen breitkrempigen Strohhut, den sie zusammen mit Frank in Tijuana gekauft hatte. Sie schaute nicht zu mir herüber. Ich hielt einen Moment inne und beobachtete ihre langsamen, müden Bewegungen. Der Ausdruck »geborene Märtyrerin« kam mir in den Sinn, den ich schnell zu vergessen versuchte, weil er mir ungerecht erschien.

Ich schloß die Tür, so daß sie aus meinem Blickfeld verschwand. Wie auch immer, ich hatte meine eigenen Probleme. Für einen Moment fragte ich mich, was Frank gerade machte, und kam zu dem Ergebnis, daß er entweder im Haus schlief oder irgendwo am Strand lag und den Mädels hinterherschaute. Auch diesen Gedanken versuchte ich abzuschütteln. Das ging mich überhaupt nichts an.

Ich drehte mich um und betrachtete die Stelle, an der die Frau gestanden hatte. Ein kalter Schauer lief mir den Rücken hinunter. Ich versuchte, sie mir vorzustellen, aber bei Tageslicht war das unerhört schwierig. Ich ging genau zu der Stelle, stellte mich darauf und spürte auf meinen Füßen die Wärme der Sonne. Zu glauben, daß es kein Traum gewesen wäre, fiel mir extrem schwer.

In der Küche setzte ich Wasser für Kaffee auf, lehnte mich an die Spüle und wartete, bis es kochte. Im Haus war es sehr ruhig. Das vielfarbige Schlierenmuster des Linoleums studierte ich so lange, bis es vor meinen Augen verschwamm. Ich hörte den Wecker im Küchenschrank ticken, was mich an Poes Geschichte über das verräterische Herz denken ließ. Es *hörte* sich an, als würde hinter der schützenden Schranktür hohl ein Herz schlagen. Ich schloß die Augen und seufzte. Warum konnte ich Phil nicht glauben? Alle seine Argumente hatten – oberflächlich betrachtet – sehr vernünftig geklungen.

Ich kam zu dem Ergebnis, daß das die Antwort war. Was ich empfand, war nicht oberflächlich, sondern eher mit einem tiefergehenden Bewußtseinsstrom zu vergleichen, der unter der herkömmlichen Wahrnehmung existierte. Schön und gut, es war ein Gefühl. Aber vielleicht konnte man derlei Dinge ja eher gefühlsmäßig erfassen.

»Ich sagte, komm sofort her!«

Ich schnappte nach Luft und riß meinen Kopf so schnell herum, daß ich den Eindruck hatte, elektrische Stromschläge würden durch meine Halsmuskeln schießen. Einen Augenblick lang rechnete ich tatsächlich damit, wieder die Frau in dem seltsamen schwarzen Kleid vor mir zu sehen.

»Ron!« hörte ich dann. »Ich meine, *sofort.*«

Ich schluckte und atmete langsam aus.

»Na gut«, hörte ich. »Na *gut.* Was ist *damit?*«

Rons Antwort konnte ich nicht hören. Das konnte man nie. Es hörte sich an, als würde Elsie auf der anderen Seite der Straße ein erhitztes Selbstgespräch führen.

»Verflucht noch mal, beim Frühstück hab ich dir gesagt, *daß ich nicht will, daß deine verdammten Klamotten überall in meinem Haus rumliegen.*«

Ich kicherte belustigt und schüttelte nachdenklich den Kopf. Gütiger Gott, dachte ich, *ihr* Haus. Sie wollte nicht, daß seine Klamotten in ihrem Haus herumlagen. Das Heim eines Mannes ist seine Burg, sinnierte ich, es sei denn, seine Frau macht daraus einen Kerker. Kurzzeitig verfiel ich auf die amüsante Idee, was für ein Paar Ron und Elizabeth abgeben würden, und kam zu dem Ergebnis, daß dies – soviel stand fest – das ruhigste Haus in der Straße sein würde.

»Und was ist mit dem Ofen?« fragte Elsie. »Du hast gesagt, du willst ihn dieses Wochenende reinigen. Nun, *hast* du ihn gereinigt?«

Sie so reden zu hören, ließ mich innerlich zusammenzucken. Ich registrierte, wie sich meine Hände unbewußt zu Fäusten ballten.

»Irgendwann«, sagte ich und fühlte mich an Rons Stelle, »irgendwann. Scher dich doch zum Teufel.«

Als ich mit der Faust um mich schlug, jagten gezackte Schmerzblitze durch meinen Kopf. Meine Belustigung war wie fortgewischt. Mit diesem Problem hier mußte ich mich rumschlagen. Es war nicht vorbei. Egal, was Phil behauptete, es war nicht vorbei.

Ich trank gerade Kaffee, da hörte ich, wie jemand barfuß die Straße hochgelaufen kam. Als ich aufschaute, sah ich, daß Elsie hinten auf der Veranda stand. Durch den dünnen Vorhang vor der Tür erkannte ich, daß sie einen schwarzen Badeanzug trug.

Sie klopfte. »Anne«, rief sie.

Ich stand auf und öffnete die Tür.

»Ach, *hallo*«, sagte sie. Ihr Lächeln veränderte sich blitzschnell. Eben hatte es noch höflich und nachbarschaftlich gewirkt, jetzt hatte es etwas bewußt Verführerisches. Zumindest war das mein Eindruck.

»Guten Tag«, begrüßte ich sie.

Der Badeanzug klebte an ihrem fülligen Körper. Man hätte meinen können, sie hätte ihn nicht einfach angezogen, sondern wäre in den Stoff hineingegossen worden.

»Tom, könnte ich diese bastverzierten Gläser ausleihen?« fragte sie. »Ich kriege heute abend Besuch von Verwandten.«

»Ja. Sicher.« Ich wich einen Schritt zurück und drehte mich dann zum Küchenschrank um. Ich hörte, daß sie in die Küche trat und die Tür schloß.

»Wo ist Anne?« fragte sie. So, wie Elsie die Frage stellte, klang sie ganz unschuldig. Aus irgendeinem unerfindlichen Grund wußte ich jedoch, daß dem nicht so war.

»Ist zum Strand gefahren«, sagte ich.

»Du meinst, du bist ganz allein?« fragte sie. »Fein, fein.« Das sollte ein Scherz sein, aber wie Frank war auch Elsie nicht in der Lage, ihre wahren Motive hinter ihren Worten zu verbergen.

»So ist es«, sagte ich und öffnete die Schranktür. Mit einem Mal spürte ich wieder dieses Schläfenkribbeln. Es löste ein Zittern in der Hand aus. Ich warf einen Blick über die Schulter, weil ich halb damit rechnete, jene Frau zu sehen. Doch da war nur Elsie.

»Das hättest du mir sagen sollen«, meinte sie geziert. »Dann hätte ich etwas … Passenderes angezogen.«

Ich schluckte und holte die Gläser heraus. Am liebsten hätte ich ihr gesagt, sie solle sich davonscheren. Warum, weiß ich nicht. Sie hatte etwas an sich, das mich irritierte. Und es war nicht das, was mich sonst an ihr störte.

»Wie lange werden sie weg sein?« fragte Elsie.

Mit den Gläsern in der Hand drehte ich mich um.

»Wieso fragst du?« Ich machte den Fehler, dabei zu lächeln.

Für Elsie hatte es vermutlich den Anschein, als wäre ich just in diesem Augenblick ausgerutscht, was nicht der Fall war. Ich taumelte, wurde von einer wahren Flut brutaler Emotionen überwältigt. Ich hielt mich am Spülbecken fest, bis ich das Gleichgewicht wiedergefunden hatte. Ein Glas ging glücklicherweise nicht zu Bruch.

»Aus keinem bestimmten Grund«, sagte sie. Anscheinend verstand sie mein Taumeln als Zeichen dafür, daß ich die Fassung verlor. »Wieso? Sollte ich einen haben?«

Ich stand einfach nur da und sah sie an. Sie lächelte nicht. Sie stand reglos da. Eine Hand lag auf ihrer runden Hüfte. Mir fielen die feinen Schweißperlen auf, die auf ihrer Oberlippe glänzten, und bemerkte, wie das von hinten einfallende Sonnenlicht auf ihren dunklen Haaren, den Schultern, Armen und ihrem Hals schimmerte.

»Ich denke, nein.« Ich ging zu ihr hinüber und gab ihr die Gläser. Ich weiß nicht, ob es ein Zufall war, daß sich unsere Hände berührten. Ich riß meine zu schnell zurück, was nicht unbemerkt blieb.

»Was ist denn los, Tom?« fragte sie in dem Tonfall einer Frau, die von ihrer Unwiderstehlichkeit überzeugt ist.

»Nichts«, antwortete ich.

»Wirst du rot?«

Ich wußte, daß ich nicht errötete, und kapierte schnell, daß das einer ihrer Tricks war, damit die Männer, mit denen sie flirtete, rot anliefen.

»Ist das so?« fragte ich unterkühlt. Schlagartig überkam mich das Verlangen, sie mit Gewalt aus dem Haus zu stoßen.

»Ja«, sagte sie. »Ich bring dich doch in diesem Badeanzug nicht in Verlegenheit, oder?«

»Keineswegs«, sagte ich. Ich fühlte mich körperlich unwohl, weil wir so dicht beieinander standen. Sie schien etwas auszustrahlen, das mir Magenschmerzen bereitete. »Ich habe nur leichte Kopfschmerzen, das ist alles«, erklärte ich. »Ich wollte mich gerade hinlegen.«

»Oh-h.« Ihr Mitgefühl war ebenfalls geheuchelt, das fühlte ich. »Dann solltest du dich gleich hinlegen. Hinlegen hilft bei ... vielen Dingen.« Sie tat so, als wären die letzten beiden Worte ihr erst nachträglich eingefallen.

»Ja, das werde ich.«

»Ich bringe die Gläser dann heute abend zurück«, meinte sie.

»Hat keine Eile«, sagte ich. Am liebsten hätte ich ihr *Würdest du endlich verschwinden!* ins Gesicht gebrüllt. Obwohl ich vor Zorn bebte, unterdrückte ich dieses Bedürfnis.

»Das war eine ganz nette Party, die wir gestern hatten«, sagte Elsie. Ihre Stimme schien aus weiter Ferne zu kommen. Ihr Gesicht konnte ich nur noch undeutlich erkennen.

»Ja«, gelang es mir zu sagen, »höchst interessant.«

»Du hast doch ganz genau gewußt, was du getan hast, nicht wahr?« fragte sie mich.

Da ich bereit war, allem zuzustimmen, nur um sie loszuwerden, nickte ich eifrig. »Ja. Natürlich.«

»Das *wußte* ich«, verkündete sie zufrieden. Ich schob die Tür langsam zu. *»Tja.«* Elsie holte tief Luft, woraufhin sich ihr Badeanzug noch mehr wölbte. »Danke für die Gläser«, sagte sie in einem Ton, als würde sie sich für etwas ganz anderes bei mir bedanken.

Ich machte die Tür hinter ihr zu und keuchte verwirrt.

»Komm auf der Stelle nach hinten in den Garten!« kreischte Elsie.

Ich machte einen Satz und schlug mit dem Knie gegen die Tür. Als ich mich hinunterbeugte und es massierte, hörte ich Candy, die draußen auf der Straße heulte.

Nachdem Elsie endlich verschwunden war, setzte ich mich erschöpft an den Tisch und schloß die Augen. Mir war, als wäre ich gerade aus einer endlosen Tiefe wieder emporgetaucht. Ich versuchte mir einzureden, daß das alles nur Einbildung war, doch das funktionierte nicht. Mein Verstand arbeitete so schnell, daß meine Gefühle gar nicht Schritt halten konnten. Ich fühlte mich benommen und schwach. Oberflächlich betrachtet ergab das alles keinen Sinn. Elsie war ziemlich gewöhnlich, nicht sonderlich attraktiv. Bisher hatte sie sich noch nie an mich rangemacht. Und ihre Mätzchen hatten mich bis zum heutigen Tag immer nur belustigt.

Jetzt fand ich sie überhaupt nicht mehr lustig. Ich hatte beinahe Angst vor ihr. Und – ganz egal, von welcher Seite ich es betrachtete – es gab nur eine Erklärung. Ich hatte hinter die Fassade ihrer Worte und ihres Verhaltens gesehen. Irgendwie war ich in ihrem Kopf gewesen.

Und das war ein ganz schrecklicher Ort.

FÜNF

Ich erzählte Anne noch am gleichen Abend von dem Vorfall, nachdem Phil sich auf den Heimweg nach Berkeley gemacht hatte. Richard schlief, und auch wir waren gerade im Begriff, ins Bett zu gehen. Ich schlüpfte in meinen Pyjama, Anne zog sich vor dem Schrank aus.

»Mir ist nicht ganz klar, was du meinst«, sagte sie, nachdem ich zu Ende erzählt hatte.

Ich schüttelte bedächtig den Kopf. »Das kann ich dir nicht verdenken«, erwiderte ich ernst. »Mir selbst ist es auch schleierhaft.«

»Und … worum geht es?« fragte sie. »Du sagst, sie ist dir zuwider gewesen, aber …« Sie beendete den Satz nicht, sondern stand einfach nur da und sah mich an.

»Genau so war es. Ich … ich reime mir das so zusammen, daß ich gewußt haben muß, was in ihrem Kopf vorging. Ich meine nicht, daß ich ihre Gedanken ganz genau kannte, jedenfalls nicht in Worten oder Sätzen.« Ich gestikulierte hilflos. »Ich vermute, eher das, was hinter ihren Worten steckte, was sie fühlte.«

»Mein Gott«, sagte Anne. »Wenn man dich so hört, könnte man meinen, sie sei ein Monster.«

»Tief in unserem Innern sind wir alle Monster.«

Ich merkte, daß sie unter dem Bademantel erschauerte. Sie kam herüber und setzte sich neben mich. Für kurze Zeit sprach keiner von uns beiden.

»Na gut«, sagte sie, »vergessen wir Elsie mal für

einen Augenblick. Glaubst du nicht, daß der gestrige Abend der Grund dafür ist? Wie … wie diese Frau, die du gesehen hast?«

»Ich wüßte nicht, was es sonst sein könnte.«

Sie biß sich auf die Unterlippe. »Was könnte passiert sein?« fragte sie mich.

»Keine Ahnung. Du bist dabei gewesen. Habe ich mich während der Hypnose irgendwie … seltsam benommen?«

Sie musterte mich besorgt. »Nicht daß ich mich erinnern könnte. Das war nicht das erste Mal, daß ich bei einer Hypnose dabei war. Ich habe gesehen, wie Phil andere Leute hypnotisiert hat. Sie haben sich nicht anders verhalten als du.«

Ich seufzte. »Dann kapier ich es einfach nicht.«

»Du hättest es Phil erzählen sollen«, sagte sie. »Vielleicht hätte er was dagegen tun können.«

»Wie?« fragte ich. »Soweit es ihn betrifft, ist er ausschließlich an der Hypnose interessiert gewesen, an mehr nicht. Er hätte bloß behauptet, ich sei ein bißchen überdreht.«

»Ich weiß, aber …«

Sie wirkte derartig beunruhigt, daß ich mich bemühte, diesen Vorfall herunterzuspielen.

»Telepathie, das wird es gewesen sein.«

»Denkst du wirklich?«

»Ich weiß nicht, was es war.« Ich zuckte mit den Achseln. »Aber vermutlich paßt dieses Wort so gut wie jedes andere.«

»Das ist … ein ziemlich ungewöhnliches Wort«, fand sie. »Alle Jubeljahre fällt es mal irgendwo. Hin und wieder liest man darüber. Aber man bringt es nie mit sich selbst in Zusammenhang.«

»Na, kann ja sein, daß ich voreilige Schlüsse ziehe«,

sagte ich. »Womöglich ist es ein ganz normaler Nervenzusammenbruch.«

Sie legte ihre Hand auf meine.

»Ähm, falls diese … Sache weitergehen sollte«, sagte sie, »werden wir Alan Porter aufsuchen.« Sie lächelte traurig. »Oder so was in der Art.«

Ich erwiderte ihr Lächeln. »Oder so was in der Art. Vielleicht eine Irrenanstalt.«

»Liebling, sprich nicht so.«

»Entschuldigung.« Ich schlang die Arme um sie und drückte sie an mich.

»Ich habe hier einen Freund, der einen Vater braucht«, murmelte sie. »Und nicht irgendeinen Typen in einer Gummizelle.«

Ich küßte sie. »Sag deinem Freund, daß ich seine Bedingungen akzeptiere.«

Ich sah sie wieder. Es war genau so wie beim ersten Mal: das eigenartige schwarze Kleid, die Perlenkette um ihren Hals, die ungekämmten Haare, die wie ein verschwommener schwarzer Rahmen ihr weißes Gesicht einfaßten. Genau wie beim ersten Mal stand sie vor dem Fenster und betrachtete mich. Diesmal konnte ich mehr erkennen, weil ich nicht mehr so perplex war. Ich registrierte, daß in ihren Zügen etwas Flehendes lag. Als ob sie mich um etwas bitten würde.

»Wer sind Sie?« fragte ich wieder.

Und dann wachte ich auf.

Eine Weile lang durchströmte mich eine Woge der Erleichterung, die mich nahezu überwältigte – und damit auch die Erkenntnis: Phil hatte Recht, das war kein Geist. Auch handelte es sich weder um Telepathie noch um einen Traum. Sie war nicht real; ich war außer

Gefahr. All diese Gedanken schossen mir innerhalb von wenigen Sekunden durch den Kopf.

Und es dauerte auch nicht so lange wie beim ersten Mal. Denn ich spürte wieder dieses Kribbeln im Kopf, diese Krämpfe in der Bauchgegend. Die gleiche Unruhe in jeder Faser meines Körpers, die mich in der vergangenen Nacht aus dem Bett getrieben hatte. Und ich wußte – so sicher, wie ich noch nie etwas gewußt hatte –, daß sie unten auf mich warten würde, falls ich aufstand und ins Wohnzimmer ging.

Ich drückte das Gesicht ins Kissen, lag zitternd da und kämpfte dagegen an. Ich würde nicht nach unten gehen. Auf gar keinen Fall würde ich nach unten gehen!

Auf einmal wurde ich ganz ruhig und spitzte die Ohren. Irgend etwas war im Flur; ich hörte ein Geräusch. Ein leises Rascheln – *wie der Rock einer Frau, die sich bewegt.*

Urplötzlich war da ein Schrei.

Richard! Messerscharf stach mir die Angst ins Herz. Keuchend warf ich die Decke zurück, sprang aus dem Bett, rannte durchs Zimmer, stürmte den Flur hinunter in Richards Zimmer. Er stand in seinem Bettchen, weinte und schlotterte in der Dunkelheit. Ohne nachzudenken, hob ich ihn heraus und drückte meine Wange an seine.

»Pssst, Kleiner, alles ist gut«, flüsterte ich. »Alles ist gut, Daddy ist hier.« Ein eiskalter Schauer lief mir den Rücken hinunter. Ich hielt ihn ganz fest und tätschelte ihm mit zittrigen Fingern den Rücken. »Alles ist gut, Daddy ist hier. Schlaf wieder, Schätzchen. Alles ist gut.«

Ich spürte seine Furcht; spürte sie so deutlich, als würde ein Strudel eiskalten Wassers von seinem Kopf in meinen strömen. »Alles ist gut«, beruhigte ich ihn. »Schlaf jetzt. Daddy ist hier.« So redete ich auf ihn ein, bis er wieder eingeschlafen war. »Es ist nur ein Traum, Kleiner. Nur ein Traum.«

Es mußte einfach ein Traum sein.

Am nächsten Morgen schien wieder die Sonne. Und damit kehrte das zurück, was als Vernunft bezeichnet wird – die verzweifelte Suche nach Trost.

Ich hatte nur von der Frau geträumt, mir das Rascheln des Rockes eingebildet, und Richard hatte nur einen Alptraum gehabt. Alles andere war Spinnerei, eine Nervenstörung. Zu diesem Ergebnis kam ich beim Rasieren. Es ist faszinierend, wie groß die Bereitschaft ist, Überzeugungen im Namen der Vernunft zu opfern, und wie wenig man gewillt ist, auf die eigene Intuition zu vertrauen.

Eine Kombination aus verschiedenen Dingen half mir, meine Schlußfolgerung zu untermauern. Das Sonnenlicht – immer sehr hilfreich, wenn es darum geht, die Ängste der Nacht zu verdrängen. Darüber hinaus ein leckeres Frühstück, eine gutgelaunte Ehefrau, ein fröhlich lachendes Kind, der erste Arbeitstag der Woche, und schon besteht eine mächtige Kraft dagegen, an Dinge zu glauben, die weder über eine Gestalt noch eine innere Logik verfügen.

Als ich das Haus verließ, war ich bekehrt. Ich ging über die Straße und marschierte den Weg neben Franks und Elizabeths Haus hoch. Heute war Frank an der Reihe zu fahren. Ich klopfte an die Hintertür und trat in ihre Küche. Frank saß noch am Tisch und trank Kaffee.

»Steh auf, Mann«, sagte ich, »wir werden zu spät kommen.«

»Das sagst du immer«, meinte er. »Und sind wir je zu spät gekommen?«

»Oft«, erwiderte ich und zwinkerte Elizabeth zu, die am Herd stand.

»Falsch«, sagte Frank. »Ganz falsch.« Er stand auf, streckte sich und stöhnte. »O Gott«, sagte er. »Ich wünschte, es wäre Samstag.«

»Wie geht es dir?« fragte ich Elizabeth, als er die Küche verließ, um sein Jackett zu holen.

»Gut, danke«, sagte sie. »Ach, wir möchten dich und Anne für Mittwoch zum Abendessen einladen, falls ihr noch nichts vorhabt.«

Ich nickte. »Schön. Wir kommen gern.« Elizabeth lächelte, und wir schwiegen einen Moment lang.

»Das vorgestern abend ist ziemlich spannend gewesen«, sagte sie schließlich.

»Ja«, meinte ich. »Zu dumm, daß ich nichts davon mitgekriegt habe.«

Sie lachte leise. »Es war sehr interessant.«

Frank kam in die Küche zurück.

»Na, dann auf ins gottverdammte Sibirien«, schimpfte er entnervt.

»Darling, vergiß bitte nicht, Kaffee mitzubringen, wenn du ...« begann Elizabeth.

»Verdammt, besorg *du* ihn«, schnitt Frank ihr erbost das Wort ab. »Du hast doch den ganzen Tag frei. Ich gehe bestimmt nicht einkaufen, nachdem ich den ganzen, verdammten Tag lang in der Firma gewesen bin.«

Elizabeth rang sich ein Lächeln ab und drehte sich wieder zum Herd hin. Ihre Wangen färbten sich rot. Mir entging nicht, daß sie schwer schluckte.

»Frauen«, jammerte Frank und riß die Tür auf. *»Herrje!«*

Ich sagte nichts. Wir verließen das Haus und fuhren zur Arbeit. Und wir kamen sieben Minuten zu spät.

Es geschah an diesem Nachmittag.

Ich kam gerade aus dem Waschraum, trat an den Spender, zapfte einen Becher Wasser, trank ihn aus, knüllte den Becher zusammen und warf ihn in den Mülleimer. Dann drehte ich mich um und ging zu meinem Platz zurück.

Und plötzlich taumelte ich so heftig, als hätte mir jemand mit einem Gegenstand auf den Kopf geschlagen.

Auf meinen Schrei hin wandten sich mehrere Männer und Frauen im Büro von ihrer Arbeit ab und blickten verwirrt zu mir herüber. Meine Beine waren wie aus Gummi, ich schlingerte zu einem der Schreibtische hinüber, an dem ich mich verzweifelt und mit überraschtem Gesichtsausdruck festklammerte.

Einer der Männer, Ken Lacey, kam zu mir gerannt und legte die Hand unter meinen Ellbogen.

»Was ist denn, Kumpel?« hörte ich ihn fragen.

»Anne«, sagte ich.

»Wie bitte?«

»Anne!« Ich riß mich von ihm los, stolperte wieder, drückte mit den Händen von oben auf den Kopf, durch den ein unerträglicher Schmerz zuckte, als hätte mich jemand mit einem Hammer geschlagen.

Mehrere Kollegen kamen herbeigerannt.

»Was ist denn?« hörte ich eine der Sekretärinnen fragen.

»Keine Ahnung. Kann denn nicht mal jemand einen Stuhl bringen!«

»Anne.« Voller Panik schaute ich mich um. Ich würde mich bestimmt nicht setzen.

»Es geht mir gut. Es geht mir gut«, verkündete ich und versuchte, mich zum zweiten Mal von Lacey loszureißen, was mir auch gelang. Verblüfft beobachteten sie, wie ich zu meinem Schreibtisch lief, mich auf den Stuhl fallen ließ und das Telefon schnappte. Später erzählten sie mir, daß ich sehr ängstlich ausgesehen hätte. Das Problem war nur, daß ich nicht wußte, wovor ich mich fürchtete. Ich wußte nur, daß es mit Anne zu tun hatte.

Das Telefon daheim klingelte, doch niemand ging ran. Ich wand mich auf meinem Stuhl, und (das behaupteten sie hinterher) mein Gesichtsausdruck wirkte noch angespannter, verängstigter. Ich drückte auf die Gabel und wählte mit zittrigen Fingern dieselbe Nummer gleich noch mal. Die Arbeitskollegen, die nur dastanden und mich beobachten, würdigte ich keines Blickes. Ich drückte den Hörer an mein Ohr.

»Komm schon«, erinnere ich mich aus Angst vor einer unerklärlichen Bedrohung gemurmelt zu haben. »Komm schon. Geh ran!«

»Hallo?«

»Anne?«

»Bist du das, Tom?« Ich erkannte Elizabeths dünne Stimme und hatte das Gefühl, als hätte mir jemand in den Bauch getreten.

»Wo ist Anne?« sagte ich, kaum in der Lage zu atmen.

»Sie liegt auf dem Bett«, erklärte Elizabeth mir. »Ich habe sie gerade eben bewußtlos auf dem Boden gefunden.«

»Geht es ihr gut?«

»Ich weiß nicht. Ich habe den Doktor gerufen.«

»Ich komme gleich.« Ich warf den Hörer auf die Gabel, riß mein Jackett vom Kleiderständer. Auf dem Weg nach draußen muß ich wie ein Irrer ausgesehen haben.

Die nächste halbe Stunde war die pure Hölle. Zuerst mußte ich in Franks Abteilung rennen, um mir dort den Schlüssel zu holen – und dazu brauchte ich einen Ausweis. Dann mußte ich mir einen zweiten Ausweis besorgen, damit ich die Fabrik verlassen durfte. Ich rannte so schnell über den Parkplatz, daß ich Seitenstechen bekam – und Frank hatte mal wieder so weit weg vom Tor wie nur möglich geparkt. Mit knapp hundert Stundenkilometern raste ich über den Parkplatz, bremste mit quietschenden Reifen vor dem Tor, zeigte meinen Ausweis und preschte auf die Straße.

Es war schieres Glück, daß ich während dieser Heimfahrt nicht wenigstens ein Dutzend Mal verhaftet worden bin. Ich überfuhr rote Ampeln, Stopschilder, überholte blinkende Fahrzeuge. Ich wechselte auf die rechte Spur, bog von dort aus nach links ab und von der linken nach rechts. Ich verstieß gegen jede Verkehrsregel – aber ich war innerhalb von zwölf Minuten daheim.

Ich legte eine Vollbremsung hin und sprang aus dem Wagen, ehe das Motorengeräusch verstummt war. Wie von Sinnen rannte ich über den Rasen, rauf auf die Veranda und durch die Vordertür.

Die beiden Frauen waren im Schlafzimmer, Anne auf dem Bett, Elizabeth saß neben ihr. Richard hüpfte vom Bett und eilte mir entgegen, als ich hereinkam.

»Hi, Daddy!« rief er fröhlich.

»Hallo, Kleiner.« Geistesabwesend strich ich ihm über den Kopf und trat gleich ans Bett. Elizabeth stand auf und überließ mir ihren Platz.

»Wie geht es dir, Liebling?« fragte ich.

Anne schluckte müde und lächelte dann. »Mir geht es gut.« Sie bewegte eher die Lippen, als daß sie die Worte laut aussprach.

»Wo ist der Arzt?« wollte ich von Elizabeth wissen.

»Er ist noch nicht aufgetaucht«, sagte sie mir.

»Na ... wo, in Gottes Namen, steckt er?« murmelte ich. Mein Blick kehrte zu Anne zurück. »Was ist geschehen?« fragte ich. »Nein, nein, laß nur. Sprich nicht. Bist du sicher, daß es dir gutgeht? Wäre es dir nicht lieber, wenn ich dich ins Krankenhaus bringen würde?«

»Nein.« Sie bewegte den Kopf auf dem Kissen hin und her.

»Daddy, Mami umgepfallen.« Richard stand jetzt neben mir. Für eine Sekunde bildete ich mir ein, Anne in der Küche stehen und nach oben greifen zu sehen …

»Ja, Kleiner, ich weiß«, sagte ich und schlang den Arm um ihn. Zu Anne sagte ich: »Bist du wirklich sicher, daß es dir gutgeht?«

»Es geht mir gut.« Ihre Stimme war jetzt kräftiger.

»Wie lange ist es her, seit du den Arzt angerufen hast?« fragte ich Elizabeth.

»Ein paar Minuten, kurz bevor du dich gemeldet hast.«

»Wie ist das passiert?« wollte ich erfahren. »Ist sie in Ohnmacht gefallen?«

»Ich bin herübergekommen, um hallo zu sagen«, berichtete Elizabeth. »Und habe Anne auf dem Küchenboden vorgefunden. Ich glaube, eine große Dose Tomaten ist vom Schrank auf sie gefallen.«

Ich starrte sie ausdruckslos an. Dann drehte ich mich zu Anne um.

»Auf … deinen Kopf?« fragte ich langsam.

Ihre Lippen bewegten sich. »Ja.«

Der Doktor kam gegen drei und konnte außer der Riesenbeule auf Annes Kopf nichts Ernsthaftes feststellen. Ich rief im Büro an und sagte, daß ich nicht mehr kommen würde. Elizabeth bot an, Frank um Viertel nach vier abzuholen.

Kurz vor fünf Uhr bestand Anne darauf, daß es ihr gutginge und sie aufstehen wollte, um das Abendessen zuzubereiten. Während sie am Herd stand, saß ich mit

Richard auf dem Schoß am Küchentisch und schilderte ihr, was sich zugetragen hatte.

Sie hielt mit dem Rühren inne und warf mir einen eigenartigen Blick zu.

»Aber das ist unglaublich«, fand sie.

»Ich weiß. Aber so ist es nun mal gewesen.«

Sie stand reglos da. Ihr Blick ruhte auf mir.

»Nein, wieso sollte ich mir die Mühe machen, es ihm zu erzählen?« fragte ich.

Sie machte ein verdutztes Gesicht. »Wie bitte?«

»Ich sagte, wieso sollte ich mir die Mühe machen, es ihm zu erzählen.«

»Wem erzählen?«

»Du hast gerade vorgeschlagen, wir sollten ... es Phil erzählen«, sagte ich, »nicht wahr?«

»Tom, ich habe nichts gesagt.«

Beklemmendes Schweigen machte sich breit. »Hast du nicht?« fragte ich schließlich.

»Nein.«

Mit einem Kloß im Hals lehnte ich mich an die Wand und hörte, wie Richard mir von einem Wurm erzählte, den er und Candy hinten im Garten entdeckt hatten. Daß ich vor meinem geistigen Auge tatsächlich sah, wie die beiden Kinder auf der Erde knieten und wie gebannt den sich windenden Wurm betrachteten, war mir nicht bewußt.

»Was kommt als nächstes?« murmelte ich. »Gütiger Gott, was kommt als nächstes?«

Wieder der Traum. Ich wachte, von Furcht gepeinigt, auf und starrte in die Dunkelheit in dem Wissen, daß sie unten im Wohnzimmer auf mich wartete. *Verschwinde von hier!* wollte ich schreien. Statt dessen vergrub ich mich in den Laken, preßte mich verängstigt und bib-

Tom (Kevin Bacon) und seine Frau Maggie (Kathryn Erbe) führen ein unauffälliges amerikanisches Familienleben.

Eine Party in der Nachbarschaft
verspricht Abwechslung.

Lisa (Illeana Douglas) will Tom aus Spaß ihre Fähigkeit
als Hypnotiseurin demonstrieren.

Doch nach dem „Schlaf“ gerät Toms Welt
aus den Fugen.

Wer ist dieses Mädchen (Jennifer Morrison),
und was macht Toms Sohn Jake (Zachary David Cope)
nachts auf der Treppe?

Oben: Die Babysitterin Debbie (Liza Weil) hört Stimmen im Babyphon.
Unten: Jake erzählt ihr merkwürdige Dinge.

Alptraum oder Realität? Das Gesicht kommt wieder.

Sieht so ein glückliches Paar aus?

bernd an Anne. Ich hörte das Rascheln des Rockes im Flur, eilte wieder zu Richard, als er weinend aufwachte. Und am Morgen wieder dieser dumpfe, hartnäckige Kopfschmerz, wieder diese Magenkrämpfe. Ein Gefühl von Erschöpfung – das Gefühl, benutzt worden zu sein. Und wie immer der Versuch, mir einzureden, das alles sei nur ein Traum gewesen.

Aber zu diesem Zeitpunkt bemühte ich mich bereits vergeblich.

SECHS

Als ich Dienstag nachmittag von der Arbeit nach Hause kam, legte ich die Tüte auf den Küchentisch.

»Was ist das?« fragte Anne, nachdem wir uns geküßt hatten.

»Der Zucker«, sagte sie.

Sie sah mich einen Moment lang an.

»Darf ich fragen«, sagte sie, »woher du wußtest, daß wir Zucker brauchen?«

»Hast du mich nicht gebeten, welchen zu besorgen?« fragte ich zurück, obwohl ich die Antwort schon kannte.

Anne schüttelte den Kopf. »Tja«, meinte sie, »vielleicht hat diese Sache auch was Praktisches.« Sie versuchte, witzig zu sein, doch es gelang ihr nicht so recht.

»Heiß«, sagte ich.

»Ja.«

Anne begann den Tisch zu decken, während ich am Küchenfenster stand und Richard und Candy dabei beobachtete, wie sie im Kreis rannten, um einen Schmetterling zu fangen.

»Tom?« hörte ich Anne hinter mir, woraufhin ich mich umdrehte. »Was wirst du tun?«

»Du meinst wegen ...« Ich hatte Schwierigkeiten, das passende Wort zu finden.

Sie nickte.

Ich seufzte. »Was kann man dagegen tun?« fragte ich. »Das ist ja nichts, worauf man den Finger legen kann. Ich träume von einer seltsamen Frau.« Ich hatte ihr noch nicht gestanden, daß ich das nicht für einen Traum hielt. »Ich ... ich bilde mir ein zu wissen, was in Elsies Kopf vorgeht. Ich spüre den Schlag auf den Kopf, den du gespürt hast. Ich ... lese ein paar von deinen Gedanken, beispielsweise, daß wir Zucker brauchen.« Ich zuckte mit den Achseln. »Habe ich etwas Konkretes, mit dem ich arbeiten könnte? Wo setze ich an?«

»Du könntest Alan Porter einen Besuch abstatten«, schlug sie vor.

»Ich bin nicht verrückt«, sagte ich, wandte mich ab und schaute wieder zum Fenster hinaus.

»Na, wie nennst du das?« fragte sie. »Es spielt sich doch in deinem Kopf ab, nicht wahr?«

»Ja, aber es ist kein ... kein Nervenzusammenbruch. Wenn es überhaupt etwas ist ...« Ich brach ab, weil mir etwas klar wurde. »Wenn überhaupt, dann hat es nichts mit Krankheit zu tun, sondern ist eher eine Verbesserung, eine Art Sensibilisierung.«

»Beruhigt es dich, wenn du es so nennst?« wollte sie wissen. »Du hast Angst, Tom. Gib es zu. Ich kriege mit, wie du nachts zitterst, wenn du einen Traum hast. Nenn es, wie du willst. Von Bedeutung ist nur, daß es dich in erster Linie verwirrt. Und ich bin der Ansicht, daß du etwas dagegen unternehmen solltest. Und zwar bald.«

»Na schön«, sagte ich unsicher. »Ich werde ... etwas unternehmen.« Doch ich hatte das Gefühl, gegen meinen Willen in eine Ecke gedrängt zu werden. Sicher – das, was mit mir geschah, machte mir angst. Auf der anderen Seite faszinierte es mich auch.

Den ganzen Tag über hatte ich bei der Arbeit Bruchstücke von Gedanken und Gefühlen der Menschen um mich herum aufgeschnappt. Gefühle wie Verärgerung, Langeweile, Überdruß, sexuelle und andere Tagträume, Wünsche und Phantasien. Vage, unzusammenhängende Visionen und halbe Sätze. Welche Person was dachte, konnte ich nicht sagen, doch das verstärkte die Faszination nur noch.

Eine meiner Kolleginnen oder einer meiner Kollegen stellte sich zum Beispiel vor, daß sie – oder er – auf einer Ozeankreuzfahrt war, die sie – oder er – gemacht hatte oder machen wollte. Ich schwöre, daß ich beinahe die Seeluft gerochen, die Bewegungen des Schiffes unter mir gespürt hatte. Ein anderer dachte an eine Frau, und diese Eingebung war verzerrt und häßlich, hatte den gleichen Unterton wie das, was ich in Elsies Kopf gespürt hatte. Es war ein bißchen widerlich, ja, aber dennoch faszinierend.

Ich wandte mich vom Fenster ab, denn ich hatte eine Idee.

»Ich frage mich«, begann ich.

»Was?«

»Ich frage mich, ob ich … ein Medium geworden bin oder werde.«

»Ein *Medium?*« Anne stellte abrupt die Milchflasche ab.

»Ja, warum nicht?« Ihr Gesichtsausdruck brachte mich zum Lachen. »Liebling, ein Medium muß nicht unbedingt eine dickliche Frau mittleren Alters in einem Pulli mit großen Knöpfen sein, weißt du?« sagte ich zu ihr.

»Das weiß ich, aber …«

»Tja, denk mal darüber nach«, schlug ich vor. »Das Wort selbst – Medium – ist eine passende Beschreibung. Es bedeutet … Mitte. Und genau das ist ein Medium. Es steht zwischen der Quelle und dem Ziel und läßt zu, daß Gedanken und Eindrücke durch es hindurchströmen. Es …«

»Wenn du ein Medium bist«, unterbrach sie mich, »dann verrate mir eines.«

»Was?«

Der Blick, den sie mir zuwarf, war sehr intensiv, anklagend.

»Wieso hast du dann keine Kontrolle über das, was durch dich hindurchströmt?«

Auch während des Abendessens beherrschte dieses Thema unser Gespräch, unterbrochen von an Richard gerichtete Ermahnungen und Ermunterungen, seine Mahlzeit aufzuessen.

»Nein, ich verstehe *nicht*«, behauptete Anne. »Du leidest unter dieser Sache. Mir fällt auf, wie sehr du dich inzwischen schon verändert hast ... ja, innerhalb von wenigen Tagen«, beharrte sie, als ich ihr widersprechen wollte. »Du bist blaß. Du bist ausgelaugt, erschöpft.«

»Ich weiß«, sagte ich. Dagegen konnte ich nichts einwenden. Ich litt unter Kopfschmerzen und unter einer bleiernen Müdigkeit, die mich hinterher immer befiel.

»Na, dann begreife ich es einfach nicht«, sagte Anne, die meine deutlich andere Einstellung verärgerte. »Du gibst zu, daß es dir schadet und gleichzeitig sagst du, daß du nichts dagegen unternehmen willst. Weil du glaubst, du seist ein Medium oder so was.«

»Liebling, das sage ich doch gar nicht. Was ich sage, ist, daß ich eine Weile lang beobachten möchte, wohin das führt. Und es führt irgendwohin, das spüre ich deutlich.«

»Oh ... spüren, spüren.« Wütend preßte sie die Lippen zusammen. »Und was soll ich nachts tun, wenn du so ruckartig aus dem Tiefschlaf auffährst, als ob du angeschossen worden wärst? Ich bin schwanger, Tom. Ich bin auch nervös, *richtig* nervös. Glaubst du, es geht mir besser, wenn ich das jede Nacht miterleben muß?«

»Liebling, ich ...«

Es klingelte an der Tür. Ich stand auf, ging durchs Wohnzimmer und wunderte mich, wieso ich dieses Kribbeln spürte. Es war nur ganz kurz, aber dafür um so heftiger. Währenddessen war mir so, als wäre ich aus Metall, als würde ich durch ein starkes Magnetfeld gehen.

Als ich die Tür öffnete, stand Harry Sentas da.

»Oh.« Ich war überrascht. »Hallo.«

»Guten Abend«, sagte er. Er war ein großer, schwergewichtiger Mann, der immer den Anschein erweckte, als würden ihm die Kleidungsstücke, die er trug, nicht richtig passen. Ein Overall, eine Kappe auf dem Kopf und vielleicht noch Ölschlieren auf der Wange hätten viel besser zu ihm gepaßt.

»Ich komme, um die Miete zu kassieren«, sagte er. »Dachte, ich nehme Ihnen den Weg ab.«

»Oh.« Ich nickte.

»Wer – da?« Richard kam durch das Zimmer getapst. Ich hörte, wie Anne ihn zurückrief.

»Tja, ist sie nicht erst in zwei Tagen fällig?« fragte ich Sentas.

»Dachte, Sie hätten das lieber vorher erledigt«, meinte er.

»Ich verstehe.« Ich räusperte mich. »Ähm, falls Sie kurz warten möchten, werde ich Ihnen einen Scheck ausstellen.«

»Ich warte.«

Ich kehrte in die Küche zurück und holte das Scheckbuch aus der Küchenschrankschublade. Anne warf mir einen fragenden Blick zu, den ich mit einem Achselzucken beantwortete.

»Wer das?« fragte Richard.

»Der Mann von nebenan, Kleiner«, erzählte Anne ihm.

»Mann von nebenan?«

Ich stellte den Scheck aus, riß ihn ab und brachte ihn Sentas.

»Danke«, sagte er, als er ihn in Empfang nahm.

»Ach, wo Sie schon gerade mal hier sind«, sagte ich, »hätte ich gern gewußt, wann Sie dieses Türschloß reparieren lassen?«

»Türschloß?«

»Ja, man kann es von außen nicht abschließen. Wenn wir weggehen, müssen wir von innen abschließen und die Verandatür offen lassen.«

»Ach? Ich werde mich darum kümmern.«

»Das wäre uns sehr recht«, sagte ich zu um, als er sich umdrehte, über die Pflanzen stieg und auf den Rasen trat. Während er zu seinem Haus hinüberging, blickte ich ihm kurz hinterher. Dann schloß ich die Tür und kehrte zu meinem Abendessen zurück.

»Wird das jetzt jeden Monat so laufen?« fragte Anne. »Bei den ersten beiden Malen habe ich es noch für einen Zufall gehalten.«

»Keine Ahnung.« Ich schüttelte den Kopf. »Gefällt mir aber nicht.«

Anne zuckte mit den Achseln. »Ich vermute mal, er macht sich nur Sorgen um sein Geld.«

»Das Geld seiner Frau. Laut Frank ist sie diejenige, die Vermögen hat.«

Sie lachte und schüttelte den Kopf. »Der gute alte Frank. Hat doch immer für jedermann ein gutes Wort übrig.«

Ich stöhnte leise. »Tja, ich kann Sentas nicht leiden.«

Anne schaute von ihrem Teller auf. »Meldet sich hier wieder … das Medium in dir?«

»Liebling, tu nicht so, als ob ich irgendsoein durchgeknallter Irrer wäre.«

»Na, ein bißchen durchgeknallt ist es schon, oder?«
»Durchknallt«, sagte Richard. »Durchknallt, Mama.«
»Ja, Kleiner«, sagte sie.
»Nun, so sehe ich mich nicht«, sagte ich.
»Ach, komm. Sei jetzt nicht so empfindlich.«
»Du bist doch die Empfindliche von uns beiden.«
»Findest du nicht, daß ich allen Grund dazu habe?« fragte sie leicht verärgert nach.
»Ich weiß, es ist schwer für dich, aber ...«
»Aber dir verschafft es einen gewissen Kick, und damit hat es sich.«
»Liebling, laß uns nicht streiten. Hör mal. Ich werde noch eine Zeitlang so weitermachen. Und ich verspreche dir, daß ich Alan Porter aufsuchen werde, wenn es dich zu sehr aufregt, wenn es dir angst macht oder so was in der Art. Ist das deiner Meinung nach fair genug?«
»Tom, *du* bist es, der Angst hat und nervös ist.«
»Na ... ich werde es jedenfalls noch eine Weile so laufen lassen«, sagte ich zu ihr. »Ich gestehe, daß die Sache mich neugierig macht. Dich etwa nicht?«
Sie zögerte mit ihrer Antwort. Schließlich senkte sie widerwillig den Kopf.
»Oh, es ist ... ungewöhnlich, das stimmt«, räumte sie ein, »aber ... ähm, wenn diese Sache unser ganzes Leben durcheinander wirbelt, ist es das wert?«
»Das werde ich nicht zulassen«, schwor ich. »Das weißt du.«
Bevor wir an diesem Abend zu Bett gingen, stießen wir auf etwas, das unserer Meinung nach die richtige Spur war.
Ich hatte Anne gebeten, sich ganz genau an das zu erinnern, was sich während der Hypnose zugetragen und ob Phil etwas gesagt hatte, was mich aus der Bahn geworfen haben könnte.

Sie erinnerte sich an zwei Dinge. Beide waren selbstverständlich nicht wirklich eindeutig, aber bei so einer Sache kann man nicht unbedingt auf Eindeutigkeit hoffen. Dennoch waren beide ziemlich gravierend.

Als ich mein zwölftes Lebensjahr noch einmal durchlebt hatte, war eine Bemerkung gefallen. Auf die Frage von irgend jemandem hatte Phil geantwortet: »Nein, das, wozu sein Verstand fähig ist, kennt keine Grenzen. Er ist zu allem in der Lage.«

Die zweite Bemerkung war gefallen, als Phil mich aus der Hypnose zurückgeholt hatte, und sie war meines Erachtens der Schlüssel zu allem.

»Dein Verstand ist jetzt frei«, hatte er zu mir gesagt. »Nichts schränkt ihn ein. Er ist frei, vollkommen frei.«

Das war etwas, das er schon zu zahllosen anderen Hypnotisierten gesagt hatte. Ich verstehe dies als einen Befehl, der den Verstand des Kandidaten vor allen Suggestionen schützen soll, die unabsichtlich erteilt werden und sich später vielleicht als schädlich erweisen. Wie ich schon sagte, Phil hatte diesen Befehl schon hundert Mal ausgesprochen. Das hat er mir hinterher bestätigt.

Und dennoch hatte er bei mir aus einem unerfindlichen Grund genau das Gegenteil bewirkt.

Mit stockendem Atem setzte ich mich auf und spürte, wie die kühle Nachtluft über mein verschwitztes Gesicht strich. Mein Herz klopfte laut, als ich wie gebannt in Richtung Wohnzimmer spähte.

Sie war wieder da.

Ich saß ganz steif da, meine Bauchmuskeln verkrampften sich und zuckten. Ich versuchte, aufzustehen und dort hineinzugehen. Doch das konnte ich nicht. Meine Willenskraft war wie weggeblasen. Ich sah sie vor meinem geistigen Auge und das war schlimmer, als aufzustehen, als dort hineinzugehen und sie bleich und reglos vorzufinden, mich dem starren Blick ihrer dunklen Augen auszusetzen.

»Schon wieder?« fragte Anne verschlafen.

Ich erschrak, stöhnte laut, und mein Herz machte einen Satz, daß ich den Eindruck hatte, es würde von innen gegen meinen Brustkorb knallen. Dann schluckte ich schwer und schöpfte langsam und nervös Atem.

»Ja«, murmelte ich.

»Und … ist sie da?«

»Ja.«

Ich fühlte, wie Anne neben mir erschauderte.

»Tom«, sagte sie, und ihre Stimme hatte nichts Zweifelndes mehr an sich. »Tom, was will sie?«

»Ich weiß es nicht«, antwortete ich so selbstverständlich, als hätten wir beide schon vor langer Zeit akzeptiert, daß diese Frau real war.

»Ist sie … immer noch da?«

»Ja.«

»Oh …« Ich hörte, daß sie schluchzte, und streckte die Hand aus, um sie zu berühren. Ich bemerkte, wie sie die Hand auf den Mund legte und sich ganz fest in ihren Handballen biß.

»Anne, Anne«, flüsterte ich, »es ist alles in Ordnung. Sie kann uns nichts antun.«

Sie nahm ihre Hand weg. Ihre Stimme brach im Dunkeln über mir zusammen.

»Und was tust *du?*« fragte sie. »Wieso liegst du einfach nur da und läßt das geschehen? Wenn sie tatsächlich hier ist, wenn sie ist, was du sagst …«

Ich denke, wir hielten beide im selben Moment den Atem an. Ich betrachtete ihren dunklen Umriß. Mein Herz pochte langsam, schleppend.

»Anne?« hörte ich mich murmeln.

»Was?«

»Glaubst du … glaubst du nicht, was Phil gesagt hat? Das es …«

»Glaubst *du* es denn?«

Meine Hände zitterten. Ich konnte ihr keine Antwort geben. Denn plötzlich erkannte ich, daß ich dem, was Phil behauptet hatte, keinen Glauben schenken konnte. Daß ich ihm von Anfang an nicht geglaubt hatte. Das war keine Telepathie, das war etwas anderes, Größeres, Gravierenderes.

Aber was?

SIEBEN

»Wirst du Frank und Elizabeth davon erzählen?« Es war Mittwoch, kurz vor fünf Uhr, und wir waren im Schlafzimmer. Anne saß auf dem Bett und bürstete Richard das Haar, während ich ein frisches Hemd anzog. In ein paar Minuten waren wir drüben, auf der anderen Straßenseite, zum Abendessen eingeladen.

Ich zog das Sporthemd über den Kopf und betrachtete sie dann im Spiegel über der Kommode.

»Und, wirst du?« fragte sie.

Ich schüttelte den Kopf.

»Nein, wozu die Mühe?« sagte ich. »Frank würde sich über die ganze Sache sowieso nur lustig machen.«

Dann schwiegen wir. Ich wußte, was Anne dachte. Mir erging es genauso. Ich wußte auch, daß sie das nicht denken wollte, genausowenig wie ich. Es war einfach zu wichtig. Und eigentlich hatten wir kein Recht, uns darüber Gedanken zu machen. Auf welche Beweise konnten wir zurückgreifen? Auf ein vages Gefühl, mitten in der Nacht. Eine kurz aufblitzende Vorahnung, eine vergängliche Sekunde, in der das Bedürfnis, an etwas zu glauben, das jenseits unserer Vernunft liegt, sich in so etwas wie Erkenntnis, Akzeptanz verwandelt. Das genügte nicht, und zwar bei weitem nicht.

Ich drehte mich um und lehnte mich an die Kommode. Anne wich meinem Blick aus.

»Hüsches Hemd, Daddy«, sagte Richard.

»Danke, Kleiner«, sagte ich.

»Gern geschen«, sagte Richard, und für einen kurzen

Augenblick herrschte zwischen uns eine Art Einvernehmen. Dann wandte er sich ab.

Ich sah ihn an und stellte mir vor, wie sehr mir seine Erziehung doch leichter fallen würde, wenn ich nur glauben könnte. All diese Gefahren, die ständig irgendwo lauerten, wären viel leichter zu ertragen – die tödlichen Krankheiten, die Verkehrsunfälle, die Todesfälle infolge unausweichlicher Zufälle, denen Kinder viel stärker als Erwachsene ausgesetzt waren. Ich stellte mir vor, wie wunderbar es wäre, wenn ich nur den Glauben hätte, daß er in Sicherheit war.

Annes und mein Blick trafen sich kurz.

»Eins weiß ich sicher«, gestand ich erregt. »Irgend etwas ist in unserer Nähe. Ich weiß nicht, was es ist, aber da ist etwas. Und es ist hier, Anne. Es ist *hier.*«

Ich erinnere mich noch an den Blick, den sie mir zuwarf. Wie sie, ganz kurz, ihre Lippen auf Richards weißblonden Schopf preßte.

»Das wäre ziemlich heikel«, sagte sie, mehr zu sich selbst als zu mir, »wirklich heikel.«

Frank begrüßte uns.

»Guten Abend, ihr Leidensgenossen«, nuschelte er undeutlich. Seine Bierfahne nebelte uns ein. »Kommt doch, verflucht noch mal, rein.«

Als wir das Wohnzimmer betraten, kam Elizabeth aus der Küche. Es war nicht schwer zu erkennen, daß sie miteinander gestritten hatten. Selbst wenn ich die angespannte Stimmung, die in der Luft lag, nicht gespürt hätte, wäre mir doch aufgefallen, daß Elizabeth geweint hatte.

»Hallo.« Mit verkrampftem Lächeln kam sie auf uns zu, ohne Frank eines Blickes zu würdigen. »Hallo, mein Lieber«, begrüßte sie Richard.

Frank schlang den Arm um ihre Taille, als sie sich uns näherte, und ich sah, wie sich seine weißen Finger in ihren weichen Bauch gruben.

»Das ist meine Frau, Lizzie«, sagte er. »Lizzie, die Mutter meines ungeborenen Balges.«

Mit schmerzverzerrter Miene entzog Elizabeth sich ihm und kniete sich vor Richard hin … *Haß!* … Das Wort leuchtete in meinem Kopf auf – wie eine Glühbirne, kurz bevor sie durchbrennt und ausgeht.

»Du siehst sehr hübsch aus, Richard«, sagte sie. Ihre Stimme bebte. »Das ist ein hübscher Anzug.«

»*Mir* sagt sie nie, daß ich gut aussehe«, beklagte Frank sich.

»Hüsch?« Richard zupfte das Hemd aus der Hose und zeigte Elizabeth den hellen Stoff.

»O ja. Sehr hübsch.«

»Na, dann wollen wir uns doch mal setzen, werte Gäste«, sagte Frank, »und verratet mir, auf welches Gift ihr steht – um die unvergeßlichen Worte dieser weltberühmten Hexe, Elsie Leigh, zu zitieren.«

»Du bist ja guter Stimmung«, meinte ich.

»Was, verflucht noch mal, wollt ihr nun trinken?« herrschte Frank uns an.

»Ich möchte nichts«, antwortete Anne steif. Ich sagte, ich würde ein Glas Wein nehmen, falls er welchen hätte. Er nannte mir drei verschiedene Sorten. Ich wählte den Sauterne.

»*Sau*-terne … kommt sofort.« Frank ging in Richtung Küche und rülpste.

Elizabeth richtete sich mit gekünsteltem Lächeln auf.

»Er hat einen schlimmen Tag hinter sich«, versuchte sie vergeblich, witzig zu klingen. »Schenkt ihm keine Beachtung.«

»Bist du sicher, daß du uns hier haben möchtest,

Liz?« erkundigte Anne sich leise. »Uns würde es nichts ausmachen, wenn ...«

»Ach, red doch keinen Unsinn, meine Liebe«, sagte Elizabeth. Ich spürte, wie sich eine Woge der Anspannung und Traurigkeit über sie ergoß. In der Küche rülpste Frank laut. »Das hohe C«, sagte er.

»Ach ... bevor ich es vergesse«, sagte Elizabeth, »habe ich neulich bei euch daheim vielleicht einen Kamm vergessen?«

Anne kicherte. »Um Himmels willen«, meinte sie. »Ja, hast du. Ich wollte ihn dir schon ein paar Mal rüberbringen und habe es immer wieder vergessen. Tut mir leid.«

»Ist schon gut, meine Liebe«, sagte Elizabeth. »Ich wollte nur wissen, wo er ist. Ich werde ihn irgendwann abholen.«

»*Sau* ... terne.« Mit einem Glas in der Hand kehrte Frank in den Raum zurück.

»Ich werde das Abendessen herrichten«, sagte Elizabeth und machte sich auf den Weg in die Küche.

»Laß mich dir helfen«, schlug Anne vor.

»Es gibt nichts zu helfen«, sagte Elizabeth und schenkte Anne ein Lächeln, das kurz darauf wieder erlosch. Frank versperrte ihr den Weg. »Frank«, bat sie ihn.

»Lizzie hier spricht nicht mehr mit mir«, behauptete er. »Nicht wahr, Lizzie?«

»Frank, laß mich vorbei.« Ihr Stimme klang sehr verkrampft.

»Oh, sie ist so wütend, so wütend.« Er klopfte ihr auf die Schulter. »Bist du wütend, Lizzie?«

»Ich werde dir helfen, Lizzie«, sagte Anne, stand auf und nahm Richard an die Hand. Elizabeth öffnete den Mund, als wollte sie etwas sagen, schwieg dann aber.

Ich fühlte, wie Dankbarkeit und Zorn in ihr aufkeimten. Frank trat beiseite, als Anne herüberkam, und die beiden Frauen verschwanden mit Richard in der Küche.

»Eine schwangere Frau«, zählte Frank auf, »ein kleiner Junge. *Zwei* schwangere Frauen.« Er ächzte laut. »Wenn das kein Grund ist, fröhlich zu sein.« Er kicherte gehässig. »Nicht wahr?« fragte er mich.

»So fröhlich es eben geht«, meinte ich.

»Das denkst du gar nicht, du nüchterner Mistkerl«, schimpfte er. Er drückte mir das Glas so fest in die Hand, daß etwas von dem Wein verschüttet wurde und über meine Hand lief. »Uups«, sagte Frank.

Danach ließ er sich mit voller Wucht in den Sessel fallen.

»Sie ist sauer«, sagte er, »nur weil ich ihr empfohlen habe, den Kühlschrank hochzuheben, damit wir uns nicht mit einem Kind rumschlagen müssen.« Kichernd griff er nach seiner Dose Bier und hob sie hoch.

»Auf die Weiber, die keinen Braten im Ofen haben«, lautete sein Trinkspruch. »Lang mögen sie leben.« Er bekam Schluckauf und trank die Dose aus. Von einer Sekunde auf die andere verdüsterte sich seine Miene. Die leere Dose ließ er auf den Boden fallen.

»Babys«, sagte er voller Bitterkeit und so laut, daß man ihn in der Küche hören konnte. »Wer, zum Teufel, hat die erfunden?«

Hätte ich ursprünglich vorgehabt, den beiden von der Frau zu erzählen, hätte Franks Laune mir diese Idee sofort ausgetrieben. Er trank, bis das Abendessen auf dem Tisch stand, und machte so weiter. Sein Essen rührte er kaum an. Das ging soweit, daß Elizabeth, verzweifelt auf der Suche nach einem Gesprächsthema, meinen seltsamen Telefonanruf erwähnte, als Anne bewußtlos auf dem Boden gelegen hatte. Ich zuckte mit den Achseln und behauptete, es sei purer Zufall gewesen. Ich verspürte nicht die geringste Lust, mit den beiden über dieses Thema zu reden.

Ich mußte daran denken, wie Medien ihren Besuch in einem Haus beschrieben, in dem es spukte – wie sie die Gegenwart eines fremden Wesens in der Luft spürten. Nun, in diesem Haus spukte es auch. Das spürte ich überdeutlich. Verzweiflung und die Gespenster zahlloser grausamer Worte und Taten, die wenig greifbaren Spuren unterdrückter Wut spukten durch dieses Haus.

»Babys«, sagte Frank und stocherte in seinem Essen herum, »Babys. Wozu taugen sie? Sind sie wichtig? Was sind sie? Sind sie die gottverdammte Summe ihrer Einzelteile? Das frage ich euch?«

»Frank, du machst ...« begann Elizabeth.

»Du nicht«, unterbrach er sie. »Dich frage ich nicht. Du bist irre im Kopf vor lauter Babys. Babys sind deine Marotte. Du lebst nur für Babys, du atmest Babys.« Er sah Anne und mich an. »Lizzie«, sagte er, »ist ganz verrückt nach Babys. Die ganze Zeit, andauernd heißt es, wann machen wir denn endlich ein Baby? Wann werden wir das Sperma in das Ei pflanzen? Und ...«

»Frank ...« Elizabeths Gabel knallte auf den Teller. Mit zittriger Hand bedeckte sie die Augen. Richard starrte sie verblüfft an. Anne griff über den Tisch und legte ihre Hand auf die von Elizabeth.

»Ruhig Blut, Mann«, riet ich ihm. »Willst du, daß wir alle eine Magenverstimmung kriegen?«

»Ruhig Blut«, murmelte Frank. »Ruhig Blut, sagt er. Versuch mal, etwas auf die leichte Schulter zu nehmen, das noch nicht mal geboren ist und schon dein ganzes Geld auffrißt.«

Er schüttelte benommen den Kopf.

»Babys, Babys, Babys«, wiederholte er unablässig. Plötzlich warf er mir einen Blick von der Seite zu. »Wieso siehst du mich so an?« Mit einem Schlag waren die Nettigkeiten aufgebraucht. Er sah mich an, als könnte er mich auf den Tod nicht ausstehen.

Ich blinzelte und senkte den Blick. Daß ich ihn angestarrt hatte, war mir nicht bewußt gewesen. Ich hatte nur bemerkt, wie blanker Zorn durch die Windungen seines Kopfes geisterte.

»Ich schaue mir nur einen Idioten an, den ich kenne«, sagte ich.

Angewidert gab er einen zischenden Ton von sich.

»Ich bin ein Idiot, na gut«, sagte er. »Jeder Mann, der Kinder macht, ist ein Idiot.«

»Frank, um Gottes willen!« Elizabeth erhob sich wankend vom Tisch und stellte ihren Teller in die Spüle.

»Richard«, sagte Frank, »mach ja nie Babys. Stell den Mädels nach. Vergnüge dich mit ihnen. Hau auf den Putz. Aber mach keine Babys.«

Von da an wurde bis zum Dessert kaum mehr ein Wort gewechselt. Ganz selten versuchte einer von uns vergeblich, die Unterhaltung in Gang zu bringen.

Später drehten Frank und ich ein paar Runden. Er hatte immer weiter getrunken und war zusehends gemeiner zu Elizabeth geworden, so daß ich eine Spritztour vorgeschlagen hatte. Ich nahm meinen Wagen, damit ich fahren konnte. Ihm sagte ich, ich müßte für morgen tanken.

»Ist mir doch egal«, meinte er. »Ich werde sowieso nicht zur Arbeit gehen. Wozu auch?«

Als wir gerade losfuhren, kam Elsie im Badeanzug aus dem Haus, winkte uns zu und bückte sich dann nach dem Schlauch.

»Fette Ziege«, schimpfte Frank. Ich hatte allerdings

den Eindruck, daß da nicht Wut, sondern aggressive Lust aus ihm sprach.

Eine Weile lang fuhren wir schweigend umher. Frank hatte auf seiner Seite das Fenster heruntergekurbelt. Der kühle Nachtwind zerzauste sein Haar. Ich schaute stur geradeaus, hielt auf den Ozean zu. Ab und an murmelte Frank irgend etwas, doch ich schenkte seinen Worten keine Beachtung. Ich sinnierte darüber, daß das Leben weiterging, daß jedes kleine Fitzelchen Realität einem noch stärker davon abhielt, über irgend etwas anderes nachzudenken.

Einmal hatten wir einen Hypnotiseur im Fernsehen gesehen. Er hatte eine junge Frau in Trance versetzt, die ihm ganz selbstverständlich Fakten schilderte und Namen aus ihrem früherem Leben in Nürnberg in den Dreißiger Jahren des 19. Jahrhunderts nannte.

Anfangs hatte ich regungslos in meinem Sessel gesessen und war völlig verzaubert gewesen. Die Frau hatte fließend Deutsch gesprochen, obwohl ihre Familie seit vier Generationen in Amerika beheimatet war; sie hatte Gebäude und Menschen beschrieben, Daten, Adressen, Namen genannt.

Dann waren beim Fernsehen nach und nach wieder die kleinen Realitäten in der Vordergrund getreten. Ich hatte die Beule im Kissen gespürt, auf dem ich saß. Mein Kopf hatte gejuckt. Ich hatte Durst bekommen und einen Schluck Coca Cola aus dem Glas getrunken, das auf dem mit Zeitschriften übersäten Couchtisch stand. Ich hatte das Rascheln von Annes Kleidern gehört, wenn sie neben mir auf dem Sofa das Gewicht verlagerte. Mir war aufgefallen, wie klein der Fernseher im Verhältnis zum Raum war. Ich hatte gehört, wie ein Flugzeug über uns hinwegflog, hatte die Bücher im Regal betrachtet. Und diese Frau hatte immer weitergeredet, und allmählich war diese unglaubliche Sache gewöhnlich und langweilig geworden. Ich hatte mich zurückgelehnt und ohne großes Interesse zugesehen. Und dann hatte ich sogar auf einen anderen Kanal geschaltet, ehe die Sendung zu Ende war.

Genauso ging es mir jetzt. Ich spürte den harten Sitz unter mir, das Lenkrad, auf dem meine Hände lagen, hörte das Motorengeräusch des Fords, sah aus dem Augenwinkel heraus, wie Frank mit finsterer Miene neben mir saß, sah die Lichter, die an uns vorbeizogen – das alles war sehr real, sehr bodenständig. Alles andere erschien mir unerträglich. Wieder war diese Frau nur ein Traum für mich. Und alles andere, selbst die Tatsache, daß ich Franks und Elizabeths Gedanken lesen konnte, tat ich als Einbildung ab; als etwas, das der Logik nicht standhielt und infolgedessen verworfen werden mußte.

Nachdem wir zwanzig Minuten lang herumgefahren waren, hielten wir vor einer Bar in Redondo Beach, setzten uns in die hinterste Nische und tranken Bier. Frank kippte schnell drei Gläser Bier hinunter, ehe er bei dem vierten ein langsameres Tempo anschlug. Mit gesenktem Blick schob er den eisgekühlten Glasboden über die glatte Tischoberfläche.

»Was bringt das alles?« fragte er ohne mich anzusehen.

»Was soll was bringen?« fragte ich zurück.

»Alles«, sagte er. »Ehe und Kinder und der ganze andere Mist.« Er hielt die Luft an, bis seine Wangen ganz aufgebläht waren, ehe er laut ausatmete. »Ich schätze, du willst ein Baby.«

»Klar doch.«

»Ja, das dachte ich mir.« Er nahm einen kleinen Schluck Bier.

»Und ich schätze, du nicht.«

»Da hast du richtig geraten, Kumpel«, sagte er verbittert. »Manchmal würde ich ihr am liebsten in den gottverdammten Bauch treten, damit sie … *ähm* …« Er drückte das Glas in seiner Hand so fest, als würde er es am liebsten zerquetschen. »Was bringt mir ein Baby?« fragte er mich. »Was, zur Hölle, soll ich damit anfangen?«

»Sie sind ganz nett«, meinte ich.

Er lehnte sich an die Nischenwand. »Sicher«, meinte er, »sicher. Aber nett ist auch ein bißchen Geld auf der Bank. Und ein wenig Sicherheit.«

»Sie vertilgen kein Geld, Frank«, sagte ich, »nur ein bißchen Brei und Milch.«

»Sie vertilgen Geld, sie vernichten es«, behauptete er, »genau wie Ehefrauen das tun. So wie Häuser und Möbel und gottverdammte Vorhänge.«

»Mann, du klingst wie ein frustrierter Junggeselle«, meinte ich.

»Wie ein frustrierter Ehemann«, entgegnete er. »Ich wünschte, ich *wäre* Junggeselle. Das, Kumpel, das waren noch Zeiten.«

»Ja, das stimmt«, sagte ich, »aber die hier sind mir lieber.«

»Du kannst sie haben«, knurrte er. Wieder prustete er entnervt und spielte mit seinem Glas herum. »Ist es nicht schon schlimm genug«, murmelte er, »daß ich sie praktisch darum anbetteln muß, wenn sie nicht schwanger ist. Jetzt fallen ihr tausend Ausreden ein, mit denen sie mich aus dem Bett werfen kann.«

Ich glaube, ich lachte. »Ist es das, was dich nervt?« fragte ich ihn. In diesem Moment hatte ich nicht den Eindruck, telepathische Fähigkeiten zu besitzen. Ich war einfach nur überrascht.

»Du kannst dein gottverdammtes Leben darauf verwetten, daß mich das nervt«, sagte Frank. »Sie hat den Sextrieb eines Schmetterlings. Selbst wenn sie normal ist. Und jetzt …«

»Frank«, sagte ich, »glaub mir, eine Schwangerschaft ist nicht abnormal.«

»Teufel auch, doch«, meinte er. »Es ist pure Verschwendung.« Er beugte sich vor. Seine Miene war hart, sein Blick forsch. »Du mußt wissen, Kumpel«, sagte er, »ich laß sonst nichts anbrennen.« Er kicherte höhnisch. »Um es mal so auszudrücken.« Er sah sich um, wie das Männer immer tun, wenn sie andeuten wollen, daß sie im Begriff waren, ein ganz großes Geheimnis preiszugeben.

»In der Fabrik gibt es eine kleine rothaarige Mieze«, verriet er mir.

Wieder war ich überrascht.

»Ach, sie weiß Bescheid«, sagte er. »Die gute alte Lizzie weiß Bescheid. Was kann sie denn anderes erwarten? Ein Mann braucht das eben. Das ist alles. Und ich brauche eine ganze Menge davon. Ist wirklich nur eine Frage der Arithmetik.«

Und er erzählte mir mehr von seiner kleinen »Mieze« – sie war rothaarig, zierlich, trug knappe Pullover und enganliegende Hosen. Sie brachte Unterlagen in die kaufmännische Abteilung und legte sie dort ab.

»Na, in der Mittagspause kriege ich nicht mehr viel zwischen die Kiemen«, sagte er und zwinkerte mir zu.

ACHT

»Ich kann ihn nicht ausstehen«, gestand Anne mir, als wir uns an jenem Abend auszogen. »Er ist verabscheuungswürdig. Er hat diese arme Frau soweit gebracht, daß sie kurz vor einem Nervenzusammenbruch steht.«

Ich zog meine zweite Socke aus und steckte sie in meinen Schuh.

»Ich weiß«, meinte ich.

»Alles, was sie möchte, ist ein Baby«, sagte Anne. »Herrje! Man könnte meinen, sie wollte etwas ganz Ungewöhnliches haben. Nie bittet sie ihn um etwas. *Nichts* will sie von ihm! Und er hilft ihr nie. Er geht allein aus, wann immer es ihm paßt. Er jammert über jeden Cent, den sie ausgibt, egal wie vorsichtig sie mit ihrem Haushaltsgeld umgeht. Er brüllt sie an, beschimpft sie. Mir ist aufgefallen, daß sie manchmal blaue Flecken hat, und zwar richtig *schlimme.*«

Sie hängte den Bügel auf die Kleiderstange. »Und sie beklagt sich nie«, sagte sie. »Alles, was sie will, ist ein Baby. Das ist alles, was sie nach sieben Jahre Ehe verlangt. Und *er* ...«

»Vielleicht liegt da ihr Problem«, spekulierte ich. »Vielleicht läßt sie ihm zuviel durchgehen.«

»Was soll sie denn tun?« fragte Anne, setzte sich an ihren Schminktisch und griff nach der Bürste.

»Ihn verlassen?« schlug ich vor.

»Wohin sollte sie denn gehen?« fragte sie, während sie ihr Haar mit kurzen, wütenden Strichen bürstete. »Sie hat keinen einzigen Freund auf der Welt. Beide

Eltern sind seit neun Jahren tot. Wenn wir uns trennen würden, könnte ich wenigstens für eine Weile nach Hause, zu meiner Mutter und meinem Vater gehen, bis ich darüber hinweg bin. Das da drüben ist ihr Zuhause. Und dieses … Schwein macht es ihr zur Hölle.«

Ich seufzte. »Ich weiß«, sagte ich und legte mich aufs Bett. »Ich frage mich, ob sie tatsächlich weiß, daß er eine Affäre mit …?«

Ich hielt inne. An der Art und Weise, wie sie ihren Kopf drehte, konnte ich die Antwort ablesen.

»Er hat *was?*« fragte sie langsam.

Wir sahen uns eine Weile lang stumm an. Dann wandte sie sich ab.

»Das ist ja klasse«, sagte sie mit diesem gespielt ruhigen Tonfall, den Frauen immer hinkriegen, wenn sie ungeheuer wütend sind. »Das ist ja wirklich toll. Wenn das nicht die Krönung ist? Das ist die Krönung.«

Ich lächelte kläglich.

»Dann weiß sie also nicht Bescheid«, sagte ich. »Das hat er aber behauptet.«

»Ach, er ist … er ist … es gibt kein Wort, das gemein genug ist.« Ich schüttelte bedächtig den Kopf.

»Das ist ja wirklich eine wunderbare Situation hier«, meinte ich. »Ich komme mir hier in diesem Haus wie in einer Seifenoper vor. Auf der einen Seite haben wir eine Ehefrau, die ihrem Mann das Leben zur Hölle macht. Auf der anderen Seite haben wir einen Kerl, der fremdgeht, und einen Kuli.« Ich kroch unter die Decke. »Ich an deiner Stelle würde ihr nichts erzählen.«

»Es ihr erzählen?« sagte Anne. »Gütiger Gott, das würde ich nicht wagen. Wenn ihr jetzt etwas den Rest geben könnte, dann das.«

Sie erschauerte.

»Es ihr erzählen. O Gott, ich nicht. Bei dem Gedanken, was passieren wird, wenn sie es rauskriegt, fröstelt mich.«

»Das wird sie nicht«, beruhigte ich sie.

Eine Weile lang sagte keiner von uns beiden etwas. Ich lag da, starrte an die Decke und fragte mich, ob ich wieder diesen Traum haben würde – im stillen tastete ich das Haus ab, als wären meine Gedanken vibrierende Insektenfühler, die sich vorsichtig bewegten, alles registrierten und sich bei der leisesten Berührung zurückzogen.

Aber da war nichts. Ich hoffte schon, daß dieser aufgeputschte Zustand, in dem Phil mich zurückgelassen hatte, sich vielleicht verflüchtigte, daß ich diese gesteigerte Aufmerksamkeit schon ein Stück weit abgeschüttelt hatte und sie sich soweit legte, bis ich wieder so wie früher war. Ehrlich gesagt, ich war ein bißchen enttäuscht. Schließlich faszinierte mich diese Fähigkeit. Mir fiel auf, daß ich mich bemühte, den Zustand wiederzubeleben. Natürlich funktionierte das nicht. Bewußt ließ er sich nicht herbeiführen.

Ein paar Minuten später legte Anne sich neben mich, und wir löschten das Licht.

»Meinst du ... daß du heute nacht träumen wirst?« fragte sie mich.

»Keine Ahnung«, erwiderte ich. »Aber ich glaube es nicht.«

»Vielleicht ist es vorbei.«

»Kann sein.«

Schweigen.

»Liebling?« sagte sie dann.

»Ja?«

Ich hörte, wie sie schluckte.

»Wegen ...«

»Wegen gestern nacht?«

»Ja. Es … es tut mir leid, daß ich mich so gehen lassen habe.«

»Das braucht dir nicht leid zu tun, Schatz.«

»Doch, doch«, erwiderte sie. »Es macht keinen Sinn, über derlei Dinge nachzudenken, nur wegen dem … was passiert ist.«

»Da hast du wahrscheinlich recht«, sagte ich, drehte mich auf die Seite und legte meinen Arm über sie.

»Versprichst … du, daß wir …«

»Gut«, sagte ich, »wir werden nicht mehr darüber reden.«

»Ich … ich halte es einfach nicht für … vernünftig«, sagte sie.

»Wahrscheinlich nicht.«

Sie küßte mich auf die Wange. »Gute Nacht, Liebling.«

»Gute Nacht«, sagte ich.

Auf der Uhr auf dem Nachttisch war es halb zwölf.

»Nein!«

Abrupt setzte ich mich im Bett auf. Alle meine Sinne waren bis zum Zerreißen angespannt. Mit weit aufgerissenen Augen starrte ich in Richtung Wohnzimmer.

Anne war ebenfalls aus dem Schlaf hochgeschreckt. Ich hörte, wie sie mit bebender Stimme fragte: *»Schon wieder?«*

»Ja. J-ja.«

»Oh … nein. *Nein.*« Es klang beinahe so, als ob sie wütend wäre.

Für ein paar Minuten saßen wir einfach nur da. Ich spürte, wie sich meine Brust wie unter Krämpfen hob und senkte, wie die Luft aus meinen Nasenlöchern strömte. Ich preßte die Lippen aufeinander, mein Herz klopfte laut, nicht im normalen Rhythmus.

»Was wirst du tun?« fragte sie. In ihrer Stimme schwang eine ängstliche, bittere Forderung mit.

»Was … kann ich tun?«

Ihr Atem ging stoßweise.

»Steh auf und sieh nach.«

Geschwind drehte ich mich um. »Schatz, was ist denn?«

»*Was ist?* Was soll die Frage? Du weißt genau, was ist. Steh jetzt endlich auf …« Ihre Stimme brach; sie schluchzte. *»Steh auf und geh da endlich rein.«*

Das Atmen fiel mir schwer. Ich merkte, daß ich am ganzen Körper zitterte. Wann immer ich an die Frau dachte, hatte ich den Eindruck, daß ihr Bild in meinem Kopf klarer und deutlicher aufflackerte – sie starrte mich mit ihrem bleichen Gesicht an, ihre dunklen Augen schienen um etwas zu bitten.

Mir stockte der Atem.

»In Ordnung«, sagte ich. Ich weiß nicht, ob meine Worte an Anne oder an die Frau gerichtet waren. »In Ordnung.« Ich schlug die Decke zurück und schwang meine Beine aus dem Bett.

»Liebling.« Plötzlich war der Zorn in ihrer Stimme verflogen. Sie klang ängstlich und besorgt.

»Was?« fragte ich.

»Ich … ich werde dich begleiten.«

Ich schluckte schwer. »Du bleibst hier«, sagte ich.

»Nein, ich … ich möchte mitkommen. Ich möchte mitkommen.«

Mit zittriger Hand fuhr ich mir übers kalte, schweißnasse Gesicht. Mir war klar, daß ich sie davon abhalten mußte.

»Na gut«, hörte ich mich sagen. »Dann komm mit.«

Ich hörte ihr Nachthemd rascheln, als sie aufstand. Vor dem Fenster zeichnete sich der Umriß ihres dunklen Schattens ab. Ich stand ebenfalls auf. Wir trafen uns am Fußende des Bettes. Sie umklammerte meine Hand und drückte fest zu. Ihre Hand war kalt und trocken und zitterte stark.

Ich atmete tief durch und gab mir Mühe, mein Zittern zu unterdrücken, was mir leider nicht gelang. Ich spürte dieses heiße, stechende Kribbeln auf meinen Schläfen.

»Na gut«, sagte ich. »Komm.«

Sind jemals zwei Menschen langsamer durch die Dunkelheit geschlichen? Wir bewegten uns, als wären unsere Beine aus Blei, wie Statuen, die nur teilweise zum Leben erwacht waren. Wir näherten uns der Tür, begleitet von dem leisen Rascheln, das unsere Bewegungen verursachten. Die ganze Zeit über schlug mein Herz immer schneller und schneller, und ich bildete mir beinahe ein, sein Pochen zu hören. Jetzt zitterte auch meine Hand. Ich war nicht in der Verfassung, Anne zur Seite zu stehen. Wie sollte ein verängstigter Mensch einen anderen beschützen können?

Wir gelangten in den Flur und hielten im selben Moment inne, als hätten wir uns abgesprochen. Zwischen uns und dem Wohnzimmer lag die Tür. Wir bibberten in der Dunkelheit und erschreckten uns zu Tode, als sich Richard im anderen Schlafzimmer rührte. Dann drang, kaum hörbar, Annes Stimme zu mir vor.

»Mach auf«, sagte sie.

Ich wappnete mich innerlich und drückte ihre Hand so fest, daß es ihr sicherlich weh tat.

Abrupt stieß ich die Tür auf.

Instinktiv wichen wir zurück, rechneten mit dem Schlimmsten.

Und dann war alles schlagartig vorbei. Wir ließen einander los und traten in das leere Wohnzimmer.

Das Kribbeln in meinem Kopf wurde schwächer, die Anspannung legte sich.

Ich sah, daß Anne sich an die Wand lehnte.

»Du Mistkerl«, sagte sie ganz deutlich. In ihrer brüchigen Stimme schwang Erleichterung und Erlösung mit. »Ach, du elender Mistkerl.«

Ich schluckte.

»*Schatz,* ich ... dachte, sie ist hier.«

»Sicher, Dummkopf«, sagte sie. »Sicher, das hast du gedacht.« Sie tätschelte meine Hand. Ihre Berührung verriet mir, wie stark sie zitterte.

Sie holte tief Luft.

»Nun«, schlug sie vor, »sollen wir uns wieder hinlegen?« Am Tonfall ihrer Stimme erkannte ich, daß sie sich die Lungen aus dem Leib geschrien hätte, wenn dort etwas gewesen wäre.

»Gleich«, sagte ich.

Sie legte sich wieder hin. Ich hörte, wie sie sich zudeckte und dann sagte: »Komm schon, Madame Wallace.«

»Sofort.«

Ich ging zu Bett und lag ganz ruhig neben ihr. Ich erzählte ihr nichts von der kalten, klammen Brise, die mich gestreift hatte, als ich dem Wohnzimmer den Rücken zugekehrt hatte.

NEUN

»Du, ich habe für heute abend einen Babysitter bestellt«, verkündete Anne fröhlich, als ich am Donnerstag nachmittag nach Hause kam. Ich hob meinen glucksenden Sohn von den Schultern, setzte ihn auf den Boden und küßte meine Frau.

»Gut«, fand ich. »Sehr gut. Nach allem, was wir durchgemacht haben, wird es uns guttun, mal auszugehen.«

»Amen«, sagte sie. »Ich habe das Gefühl, als hätte ich zehn Jahre lang Feldforschung für die *Psychical Research Society* hinter mir.«

Lachend klopfte ich ihr auf die Schulter. »Und wie geht es der jungen Mutter?« wollte ich wissen.

»Jetzt schon wesentlich besser. Danke der Nachfrage, Mr. Medium.«

»Nenn mich noch mal so, und ich werde dir einen Klaps auf den Bauch verpassen.«

Aber eigentlich war mir nicht nach Scherzen zumute. Ich konnte ihr nicht von dem dumpfen Kopfschmerz, den Magenkrämpfen, von dem geschärften Bewußtsein erzählen, unter denen ich den ganzen Tag gelitten hatte. Und – um ehrlich zu sein – ich war mir dessen auch nicht vollkommen sicher. Wie immer war alles vage und undefiniert. Und lieber wollte ich in der Hölle schmoren, als diese *Gefühle* erneut anzusprechen.

Ich wusch mich vor dem Abendessen und fragte: »Wer paßt denn auf?«

»Das Mädchen, das Elsie mir empfohlen hat«, sagte

Anne. »Sie ist auch noch günstig. Verlangt nur einen halben Dollar pro Stunde.«

»Wie kommt das?« fragte ich und überlegte kurz. »Bist du sicher, daß sie zuverlässig ist?«

»Du weißt doch noch, was Elsie über sie gesagt hat«, meinte Anne. »Sehr zuverlässig.«

Da erinnerte ich mich wieder.

Kurz vor acht fuhr ich los, um das Mädchen abzuholen. Sie wohnte ungefähr sechs Kilometer von unserem Haus entfernt, was nicht allzu schön war, aber wir waren schon seit langem auf der Suche nach einem Babysitter, und da wollte ich nicht meckern. Den freien Abend brauchten wir dringend.

Ich bremste vor dem Haus des Mädchens und war gerade im Begriff, auszusteigen, als die Haustür aufging und sie herauskam. Sie war dick, was die engen blauen Jeans, die sie anhatte, nicht kaschieren konnten. Sie trug eine braune Lederjacke und hatte eine verblichene blonde Strähne, als würde Butter in ihrem Haar kleben. Ihr Brillengestell war mit Perlmutt überzogen.

Als ich die Tür aufstieß, stieg sie neben mir ein und zog sie zu.

»Hallo«, begrüßte ich sie.

»Hallo«, antwortete sie leise. Sie sah mich nicht an. Ich löste die Handbremse, warf einen Blick in den Rückspiegel, machte schnell eine Kehrtwendung und fuhr nach Hause.

»Ich heiße Tom Wallace«, stellte ich mich vor.

Sie schwieg beharrlich.

»Dein Name ist Dorothy?«

»Ja.« Ich konnte sie kaum verstehen.

Ich fuhr ein paar Blocks, ehe ich sie von der Seite

musterte. Sie starrte geradewegs auf die Straße und machte einen ziemlich mürrischen Eindruck auf mich. Ich bin mir nicht ganz sicher, aber ich denke, daß ich mich von diesem Moment an unwohl fühlte.

»Wie war noch gleich dein Nachname?« fragte ich. Ich hörte nicht, was sie murmelte. »Was hast du gesagt?«

»Muller.«

»Oh.« Ich setzte den Blinker, bog nach rechts in die Hawthorne Avenue ab und gab Gas.

»Sittest du schon lange für Elsie?«

»Elsie?«

»Ich meine Elsie Leigh. Paßt du schon lange auf ihr Kind auf?«

»Nein.«

»Ich verstehe.« Was störte mich nur an ihr? »Ich – ähm – wir haben uns gefragt, ob du um eine bestimmte Uhrzeit daheim sein mußt«, sagte ich. »Wir sind davon ausgegangen, daß ...«

»Nein«, unterbrach sie mich.

»Oh. Ich dachte nur ... wegen der Schule und so.«

»Nein.«

»Ich verstehe. Dann hat deine Mutter also nichts dagegen?«

Sie antwortete mir nicht. Mit einem Mal hatte ich den Eindruck, daß sie gar keine Mutter hatte.

»Ist deine Mutter tot?« fragte ich, ohne groß nachzudenken. Vielleicht hatte ich einfach nur laut nachgedacht.

Sie drehte abrupt den Kopf. In der Dunkelheit spürte ich ihren Blick auf mir. Obwohl sie mir keine Antwort gegeben hatte, wußte ich, daß ich mit meiner Vermutung richtig gelegen hatte.

Ich räusperte mich.

»Elsie hat es erwähnt«, sagte ich und setzte darauf, daß ich recht hatte. Ich ging allerdings auch das Risiko ein, daß Elsie gar nichts darüber wußte.

»Oh.« Aus der Art, wie sie das sagte, konnte ich nicht heraushören, ob sie mir auf die Schliche gekommen war oder nicht. Wieder hatte sie den Blick auf die Straße gerichtet. Ich auch. Den Rest der Strecke legte ich zurück, ohne ein weiteres Wort zu sprechen, und grübelte die ganze Zeit, wieso mir die ganze Sache so unangenehm war.

Als wir daheim ankamen, stieg Dorothy aus und hielt auf die Eingangstür zu. Dort wartete sie, bis ich auf die Veranda kam und die Tür für sie öffnete. Mir fiel auf, wie klein sie war.

»Immer hereinspaziert«, sagte ich und registrierte ein Kribbeln im Hinterkopf, als sie an mir vorbei ins Wohnzimmer ging. Unerklärlicherweise machte mich das wütend. Ich hatte mich auf einen vergnüglichen, entspannten Abend mit Anne gefreut. Jetzt mußte ich mich wieder mit diesen eigenartigen Gefühlen herumschlagen, die mir unbegreiflich waren und mich auf die Palme brachten.

Anne kam aus Richards Zimmer zu uns ins Wohnzimmer.

»Hallo«, sagte sie.

Auf Dorothys Lippen erschien ein mechanisches Lächeln. Ihr blasses, grobgeschnittenes Gesicht war mit winzigen Pickeln übersät.

»Der Kleine schläft«, informierte Anne sie. »Du dürftest eigentlich keine Probleme mit ihm haben.«

Dorothy nickte. Genau in dieser Sekunde überfiel mich so große Bestürzung, daß es mir den Atem verschlug, die sich – eigentlich sofort – wieder legte. Hinterher fühlte ich mich ganz schlapp.

»Ich bin gleich fertig«, meinte Anne an mich gewandt.

Ich habe vergessen, was ich daraufhin zu ihr sagte; ich weiß nur noch, daß ich in Gedanken ganz woanders war. Anne ging ins Badezimmer, um ihr Haar zu bürsten, und Dorothy stand vor dem hinteren Fenster, ungefähr an der Stelle, wo ich die Frau gesehen hatte. Einen Augenblick lang war da wieder dieses kalte, verkrampfte Gefühl in meiner Magengrube. Ich lächelte das Mädchen nervös an, als sie zu mir hinübersah, und zeigte auf das Bücherregal.

»Falls du ... ähm ... Lust hast zu lesen«, schlug ich vor, »bedien dich bitte ...«

Sie schaute weg. Ihre Jacke war immer noch bis zum Hals geschlossen, ihre Hände steckten in den tiefen Seitentaschen.

Ich musterte sie. Was ich empfand, war – wie immer – relativ unpräzise und eher mit einem verhältnismäßig vagem, distanziertem Unbehagen zu vergleichen.

»Tja, und da ist der Fernseher«, meinte ich.

Sie nickte erneut.

Ich ging in die Küche und nahm mir ein Glas Wasser, das meiner Meinung nach brackig schmeckte. Ich erinnere mich, wie ich erbost die Lippen zusammenpreßte und mir sagte, daß es jetzt genug sei. Du wirst dich heute Abend amüsieren, koste es, was es wolle!

»Falls du Hunger kriegst«, rief ich Dorothy zu, »kannst du dir alles nehmen, was im Kühlschrank ist.«

Keine Erwiderung.

In dem Moment, wo ich ins Wohnzimmer zurückkehrte, zog sie gerade ihre Jacke aus. Ich erhaschte einen kurzen Blick auf ihre Brüste, die für ein Mädchen ihres Alters viel zu groß waren. Dann hatte sie die Jacke abgestreift; ihre Schultern waren wieder gerade, und die große Bluse, die sie trug, hing wie ein Zelt an ihr. Ihre Wangen waren gerötet. Während ich an ihr vorbeiging, tat ich so, als wäre mir nichts aufgefallen. Dann betrat ich das Badezimmer und spähte Anne über die Schulter.

Ich erwiderte ihr Lächeln, das mir aus dem Spiegel entgegenstrahlte.

»Bist du okay?« wollte sie wissen.

»Sicher. Wieso fragst du?«

»Du wirkst ein bißchen verkrampft.«

»Mir geht es gut«, sagte ich. Ich zog einen Kamm aus der Innentasche meines Jacketts und frisierte meine Haare. Dabei fragte ich mich, ob ihr auffiel, wie stark meine Hand zitterte. Ich fragte mich auch, ob sie wohl bemerkte, daß ich allen Ernstes überlegte, ob ich den Verstand verlor.

»Oh, Dorothy«, sagte Anne, als wir uns auf den Weg machten.

»Ja.« Dorothy sprang vom Sofa auf.

»Du mußt die Tür von innen abschließen. Das geht von außen mit dem Schlüssel nicht.«

»Aha.« Dorothy nickte knapp.

»Na dann, gute Nacht«, verabschiedete Anne sich. »Wir sehen dich dann später.«

Dorothy murmelte etwas vor sich hin.

Ich kann das vernichtende Gefühl, das mich befiel, nicht beschreiben. Ich hörte, wie Dorothy die Tür abschloß. Für einen Moment stand ich bewegungslos da und merkte nur, wie meine Bauchmuskeln sich verkrampften. Dann nahm Anne mich beim Arm. Ich geleitete sie zum Wagen und rang mir um ihretwillen ein Lächeln ab.

»Habe ich dir schon gesagt, daß du heute abend umwerfend aussiehst?« fragte ich und setzte mich neben sie.

Sie beugte sich zu mir hinüber und küßte mich vorsichtig. »Das ist sehr nett von Ihnen, Sir«, bedankte sie sich.

Ich hielt sie eine kurze Weile fest, sog ihr zartes Parfüm ein. Bei Gott, schwor ich, ich werde diesem verdammten Unsinn einen Riegel vorschieben. Genug war genug.

»Du riechst gut.«

»Danke, Liebling.«

Dann sah ich zum Haus hoch und glaubte zu sehen, daß Dorothy hinter der Jalousie stand und uns beobachtete.

»Liebling, was ist denn?« fragte Anne.

Ich drehte mich zu ihr um und schenkte ihr – wie ich fürchte – ein nicht gerade überzeugendes Lächeln. »Was meinst du?« fragte ich zurück.

»Du bist richtig zappelig.«

»Falls ich richtig zappelig sein sollte, mein Schatz«, versuchte ich, meinen Zustand zu überspielen, »dann nur aus Leidenschaft, weil ich dich begehre.«

Sie neigte den Kopf leicht.

»Ist das so?« fragte sie.

»Ja, das ist bestimmt so«, erwiderte ich. »Glaub ja nicht, dein Zustand könnte daran etwas ändern.«

»Na, ich finde, du bist der erfrischendste Chauffeur, den ich jemals angeheuert habe«, scherzte sie.

Ich grinste und ließ den Motor an. Als wir von der Straßenkreuzung wegfuhren, warf ich einen letzten Blick auf das Haus. Dieses Mal gab es keinen Zweifel: Ich sah ganz genau, wie die Jalousie sich bewegte. Irgend etwas regte sich in meinem Bauch, und mich überkam auf einmal das unbändige Verlangen, auf die Bremse zu treten und zum Haus zurückzulaufen. Ich mußte gegen diesen Wunsch richtiggehend ankämpfen.

Mein Fuß drückte das Gaspedal hinunter, und der Wagen machte einen Satz nach vorn.

»Immer mit der Ruhe«, riet Anne mir.

»Es liegt an Ihrer Nähe, Madame, daß mein Fuß so unruhig ist«, sagte ich. Ich schaffte es, mir die Aufregung, die mich ergriffen hatte, nicht anmerken zu lassen. Meine Hände hätten gezittert, wenn ich das Lenkrad nicht so fest umklammert hätte. Die Tatsache, daß ich zudem auch noch auf mich wütend war, machte alles nur noch schlimmer.

»Hast du sie gefragt, ob sie um eine bestimmte Uhrzeit gehen muß?« wollte Anne wissen.

»Nein, muß sie nicht«, antwortete ich und wünschte auf der Stelle, ich hätte gelogen und behauptet, wir müßten gegen elf, nein, noch besser gegen zehn Uhr zurück sein.

»Wunderbar«, sagte Anne, genau wie ich es erwartet hatte, »dann können wir uns amüsieren, ohne andauernd einen Blick auf die Uhr werfen zu müssen.«

»Ja.« Dieses Mal versagte mein Charme. Ich brachte es nicht mehr fertig, meine Gefühle zu verbergen. Aus dem Augenwinkel heraus bekam ich mit, wie Anne mir einen Blick von der Seite zuwarf, als ich auf den Boulevard fuhr.

»Das ist kein sehr überzeugendes Ja gewesen«, meinte Anne.

»Überhaupt nicht, mein ...« begann ich und brach dann ab. Mir wurde bewußt, daß ich mir um Richard Sorgen machte und daß Anne dagegen sicherlich nichts einzuwenden hatte. Wenn ich es nur so ausdrücken könnte, daß sie nicht wieder dachte, es läge an meinen »telepathischen Fähigkeiten«. Langsam aber sicher entwickelte ich deshalb einen Schuldkomplex.

»Ähm«, begann ich zögernd, »ich ... fände es nicht

gut, wenn wir gleich beim ersten Mal so lange ausgingen. Schließlich ist Elsies Empfehlung nicht gerade ein nationales Gütesiegel.«

»Nein«, stimmte sie zu. »Tja … wir werden nicht länger als bis Mitternacht wegbleiben. Bis dahin haben wir genug Zeit, uns zu vergnügen.«

Mitternacht. Ich biß die Zähne zusammen und saß ganz steif da. Das war beileibe kein Triumph. Am liebsten wäre ich umgekehrt und hätte das Mädchen sofort nach Hause gebracht. Doch das war lächerlich.

Das redete ich mir zumindest ein.

Wir überlegten eine Weile lang, wohin wir gehen sollten, und entschieden uns dann für *The Lighthouse* in Hermosa Beach, weil es relativ nah und zudem eine nette Bar war, wo man ein paar Drinks nehmen konnte und guter, moderner Jazz gespielt wurde. Nachdem das geklärt war, bestimmte hauptsächlich Anne die Gesprächsthemen, während ich den Wagen steuerte und meinen düsteren Gedanken nachhing.

»Liebling, irgend etwas *stimmt* nicht«, platzte Anne nach einer Weile mitten im Satz heraus. »Fühlst du dich nicht gut?«

Meine Kopfschmerzen wurden *tatsächlich* immer schlimmer. Die konnte ich jedoch ignorieren, sie waren in jenem Moment nicht meine größte Sorge.

»Nein, alles ist in Ordnung«, sagte ich. Daß ich glaubte, lügen zu müssen, irritierte mich sehr. »Ich mache mir nur ein wenig Sorgen, weil wir Richard bei dem Mädchen gelassen haben.«

»Liebling, Elsie hat gesagt, daß sie gut ist.«

»Ich weiß. Ich …« Ich zuckte mit den Achseln und lächelte zerknirscht. »Ich höre mich wohl wie eine alte Oma an. Auf der anderen Seite möchte ich sicher sein, daß es Richard gutgeht.«

»Liebling, meinst du, mir geht es anders? Ich habe Elsie alle möglichen Fragen über das Mädchen gestellt. Und ich habe heute nachmittag, ehe ich alles klar gemacht habe, mit ihrem Vater gesprochen.«

»Ihre Mutter ist gestorben, nicht wahr?«

»Ja. Woher weißt du das?«

Ich räusperte mich. »Dorothy hat es mir erzählt«, behauptete ich. Das Verlangen, ihr endlich die Wahrheit zu sagen, wurde immer stärker. Ich wollte Anne erzählen, daß das Gefühl nicht verschwunden war, daß ich immer noch Empfindungen und Gedanken aufschnappte, daß ich diesem Mädchen einfach nicht über den Weg traute. Meine Geheimniskrämerei kam mir kindisch vor. Betrachtete ich die ganze Sache allerdings aus einem anderen Blickwinkel, war klar, daß es genauso viele Gründe gab, *nichts* zu sagen. Wenn ich mit der Sprache herausrückte, würde ich Anne wieder in Panik versetzen und – was durchaus möglich war – ein Mädchen anschwärzen, dessen einziger Makel ihr Übergewicht war. Und hatte ich mich nicht erst vergangene Nacht in bezug auf die Frau getäuscht?

Die ganze Grübelei half mir überhaupt nicht weiter. Und das war am schlimmsten. Logik konnte ich anzweifeln. Meine *Gefühle* stellte ich nie grundlegend in Frage. Außerdem war ich mir gar nicht sicher, daß ich mich in bezug auf die Frau tatsächlich getäuscht hatte.

All dies ging mir durch den Kopf, während Anne mir von Dorothy erzählte. Ich schwankte zwischen konkreten Einwänden und vagen Gefühlen hin und her. Viel mitbekommen habe ich – wie ich fürchte – nicht.

Sie war fünfzehn, das kriegte ich noch mit, und lebte mit ihrem Vater und ihren achtjährigen Bruder zusammen. Sie besuchte die Unterstufe und sittete bei mehreren Familien die Kinder. Ihr Vater arbeitete auch bei North American als Schweißer in der Nachtschicht.

Nichts von dem war beunruhigend, aber das half mir auch nicht groß weiter. Wie üblich störte mich das, was hinter dem Offensichtlichen lauerte, die Empfindung hinter den Worten, der Gedanke, der sich hinter den Barrikaden des Schweigens verbarg. Und genau das störte mich auch an Elsie und …

Elsie!

Wie ein Blitz aus heiterem Himmel begriff ich, was los war. Diese große Abscheu, die ich in Elsies Gegenwart empfunden hatte – *sie glich dem Gefühl, das mir Dorothy vermittelte.*

Für kurze Zeit fühlte ich mich besser, denn ich hatte eine logische Erklärung gefunden. Die grausamen, entnervenden Begleiterscheinungen der Pubertät waren kein Mysterium, keine so große Bedrohung mehr.

»Und … habe ich dich nun überzeugt, Daddy?« fragte Anne, nachdem sie so lange über Dorothy gesprochen hatte.

Ich nickte. »Ich bin am Boden zerstört«, meinte ich, »geschlagen. Und jetzt sollten wir einfach mal unseren Spaß haben. Laß uns ins Land des Jazz eintreten.«

Anne lachte leise und rückte näher. Sie legte ihre Hand auf mein Bein.

»So ist es richtig«, meinte sie.

Und ich redete mir ein, daß ich mir keine Sorgen mehr machte.

Zumindest war das so, bis wir geparkt hatten, ausgestiegen und ins *Lighthouse* gegangen waren, einen Tisch in der Nähe der Bühne, gleich beim Klavier, gefunden, die Drinks bestellt hatten und die zarte, atonale Interpretation eines Stücks mit dem Titel »Aquarium« hörten.

Dann ging das ganze Theater wieder von vorn los.

Ich saß da, hielt mich an meinem eisgekühlten Glas mit Wodka Collins fest, betrachtete den ekstatischen Gesichtsausdruck des Bassisten und fing wieder an, über Dorothy nachzudenken.

All meine Gedanken zielten in eine Richtung: eine beklemmende, vage Vorahnung. Was hatte sie nur an sich, das nicht stimmte? Wieso fürchtete ich mich vor ihr? Womit konnte sie Richard weh tun? Wozu war sie fähig …?

Anne sagte etwas und riß mich damit aus meinen Gedanken. Wegen der lauten Musik konnte ich sie nicht verstehen. An ihrem Gesichtsausdruck konnte ich jedoch ungefähr ablesen, was sie gemeint hatte. Ich beugte mich zu ihr hinüber.

»Tom, was ist denn?« fragte sie beunruhigt.

Ich schüttelte den Kopf und lächelte vage, woraufhin sie sich abwandte. Ich sah sie an. Furcht keimte in mir auf. Sag es ihr, dachte ich. Sag es ihr, um Himmels willen! Du machst vielleicht einen großen Fehler, aber du mußt es tun – sitz nicht einfach so da und sei … krank vor Angst.

Als ich ihren Arm berührte, fuhr sie herum.

Ich sagte nichts. Die längste Zeit schauten wir uns einfach nur an, und ich wußte, daß sie – genau wie ich – spürte, was zwischen uns geschah. Dann preßte sie die Lippen zusammen, zog den Mantel an und griff nach ihrer Handtasche.

Nachdem die Tür hinter uns zugefallen war und die laute Musik verstummte, marschierte sie zum Wagen hinüber.

»Liebling«, setzte ich an.

»Laß nur, Tom.«

»Hör mal«, beschwerte ich mich, »meinst du, es geht hierbei um mich?«

Mit der rechten Hand machte sie eine hoffnungslose Geste, ohne mir zu antworten. Als wir beim Wagen waren, stand sie nur da und wartete, daß ich aufschloß. Kurzzeitig spielte ich mit dem Gedanken, mich bei ihr zu entschuldigen und wieder ins *Lighthouse* zurückzugehen. Aber ich wußte, daß ich dazu nicht in der Lage war. Eilig schloß ich die Tür auf, und sie stieg ein. Ich warf die Tür zu, und zu meinem Erstaunen rannte ich auf die andere Seite.

Ich ließ den Motor an, fuhr vom Bordstein weg und gab Gas. Als ich an der nächsten Kreuzung an einer roten Ampel kräftig auf die Bremse drücken mußte, fauchte ich ungeduldig. Ich wußte, daß Anne sich über mich wunderte, konnte aber nicht zu ihr hinübersehen. Jetzt spürte ich deutlich, daß sie begriff, was los war. Was wiederum dazu führte, daß die unerträgliche Furcht, die sich meiner bemächtigt hatte, sich nur noch verstärkte.

Als die Ampel umschaltete, gab ich Vollgas. Der Ford machte einen Satz und raste die kurvenreiche Anhöhe hinunter, die zum Küstenhighway führte.

Jetzt, da ich endlich aufgehört hatte, gegen meine Vorahnung anzukämpfen, wurde sie immer stärker. Im Kopf eilte ich zum Haus. Mit einem Mal stand ich auf der Veranda. Ich war im Wohnzimmer; das Licht war aus. Dann war ich im Flur. Im ganzen Haus brannte kein einziges Licht. Ich stieß einen Angstschrei aus, der Anne veranlaßte, zu mir hinüberzusehen. Ich hörte, wie sie etwas sagte und dann abbrach. Der Ford schoß um die Kurve und fuhr in Richtung Norden. Ich kann nicht sagen, welcher Teil von mir sich noch aufs Fahren konzentrierte. Eigentlich war ich schon daheim, suchte vollkommen panisch das Haus ab. Richard! Ich hörte mich seinen Namen rufen.

Richard!

Bis dahin hatte ich meinen Wagen nie als so lahm empfunden. Hundert Stundenkilometer kamen mir langsam vor, bei neunzig meinte ich, wir würden schleichen, bei sechzig hatte ich das Gefühl, wir würden stehen. An einer Ampel zu warten war die reine Hölle. Eigentlich hätte Anne etwas sagen müssen, doch das getraute sie sich nicht. Mir stand der Sinn nicht nach Unterhaltung – ich wollte nur so schnell wie möglich nach Hause.

Als ich endlich vor unserem Haus vorfuhr, zitterte ich am ganzen Körper. Ich schaltete den Motor aus, sprang aus dem Wagen, rannte über den dunklen Rasen, sprang auf die Veranda, getrieben von Furcht. Ich hörte, wie hinter mir die andere Tür ins Schloß fiel, das stakkato-artige Klappern von Annes Absätzen, die mir folgte. Ich machte mir nicht mal die Mühe zu klopfen, sondern griff nach dem Türknauf. Da die Tür immer noch abgeschlossen war, machte ich auf dem Absatz kehrt und stürmte an Anne vorbei, die gerade die Verandastufen hochstieg.

»Wo gehst du hin?« fragte sie.

»Zur Hintertür«, keuchte ich.

»Das Licht brennt nicht«, sagte sie und bemühte sich, ganz normal zu klingen.

Ich antwortete nicht. Ich hetzte um die Garage und sprintete den Weg hinauf.

Die Hintertür stand sperrangelweit offen. Ich lief hinein, blieb unvermittelt stehen, drehte mich um und stürmte wie von Sinnen wieder nach draußen. Instinktiv ging ich nach links und rannte in den Garten.

Ich fand sie zusammengekauert in einer Ecke. In ihren Armen lag Richard, eingehüllt in eine Decke.

Wortlos nahm ich ihr meinen Sohn weg und wandte mich ab. Ein beängstigender, an Wahnsinn grenzender Ton kam Dorothy über die Lippen. Ich lief weiter, trug Richard zu Anne, die am Ende des Weges wartete.

»Was ist passiert?« fragte sie mit dünner, ängstlicher Stimme.

»Schalt das Küchenlicht ein«, forderte ich sie auf.

Sie wich zurück, drehte sich um und eilte ins Haus. Das Küchenlicht ging an.

Anne schnappte nach Luft, als ich Richard hereinbrachte. *»Nein«*, wimmerte sie.

»Er ist in Ordnung«, beeilte ich mich zu sagen. »Er ist nicht mal aufgewacht.«

Sie folgte mir vom Wohnzimmer in den Flur, schaltete die Lampen an. Im Kinderzimmer legte ich Richard in sein Bettchen und schlug die Decke zurück. Als Anne hereinkam, schien sie ganz krank vor Sorge zu sein.

»Ist er … verletzt?« fragte sie.

»Ich glaube nicht.« Dann schaltete ich die Deckenlampe an. Richard warf sich unruhig hin und her. Ich bildete mir ein, seine Furcht zu spüren, die sich jedoch innerhalb weniger Sekunden legte. Er fing an, friedlich zu schnarchen.

»O mein Gott.« Sie wäre hingefallen, hätte ich sie nicht aufgefangen. Ich brachte sie in den Flur, schob ihr, um sie zu stützen, einen Arm unter und löschte beim Verlassen das Licht in Richards Zimmer.

»Ist schon gut«, sagte ich, »ist schon gut, Anne.«

Ihr Gesicht war kreidebleich. *»Was, wenn wir nicht heimgekommen wären?«* flüsterte sie.

»Wir sind aber heimgekommen«, sagte ich. »Nur das zählt.«

»Ach, Tom. Tom.« Sie bebte in meinen Armen.

»Alles ist gut«, sagte ich.

Ein paar Minuten lang hielt ich sie ganz fest. Dann schlug ich vor: »Es ist besser, wir bringen sie nach Hause.«

»Was?« Sie hob den Kopf.

»Das Mädchen. Sie wohnt zu weit weg, sie kann nicht zu Fuß gehen.«

Anne schluckte; ihre Lippen bebten. »Ich werde die Polizei rufen«, meinte sie.

»Nein, nein, nein«, meinte ich, »das würde nichts nützen.«

»Tom, so was könnte wieder geschehen!« behauptete Anne mit banger Miene. »Sie wird versuchen, das Kind von jemand anderem zu entführen!«

»Nein, das wird sie nicht«, meinte ich. »Sie sittet schon lange bei Elsie und hat es nie versucht. Ich weiß nicht, warum sie es heute nacht versucht hat, aber ich bin mir sicher, daß das nicht noch mal passieren wird.«

Anne schüttelte vehement den Kopf. »Ich weiß nicht«, sagte sie, »ich weiß nicht.«

Ich versuchte, sie ins Bett zu schicken, aber sie wollte nicht. Als ich aus dem Haus ging, stand sie in Richards Zimmer und sah auf ihn hinab.

Dorothy war nicht mehr im Garten. Ich lief auf die Straße und suchte den Boulevard ab. Erst beim nächsten Block entdeckte ich sie; sie lief schnell. Ich stieg in den Wagen und folgte ihr.

Sie taumelte vom Lichtschein einer Straßenlaterne in den nächsten, war offenbar ganz blind vor Trauer und wußte nicht mehr, welchen Weg sie einschlagen sollte. Ich fuhr ihr hinterher, bis ich sah, wie sie ihren schweren Körper auf einen Rasen warf und zuckte. Ich hielt an und stieg aus. Als ich bei ihr war, riß sie mit

Händen und Zähnen Gras aus und schluchzte wie ein Tier.

Ich half ihr auf. Da mußte sie würgen. Im Licht der nahegelegenen Straßenlaterne starrte sie mich aus ihren dunklen Augen verwirrt an.

»Nein«, sagte sie. »Nein. Nein. Nein.«

»Komm schon, Dorothy.«

Plötzlich schlug sie auf mich ein, jammerte, bleckte die Zähne. Spucke rann über ihre Lippen, tropfte auf ihr Kinn. Ich mußte ihr erst eine Ohrfeige verpassen, damit sie sich beruhigte und von mir zum Wagen bringen ließ.

Als ich losfuhr, fing sie wieder an zu weinen, wurde von ihren lauten Schluchzern durchgeschüttelt, preßte ihre Hände aufs Gesicht. Zuerst ging ich davon aus, daß sie vor Kummer weinte. Dann merkte ich, daß sie zu sprechen versuchte – und obwohl ich sie nicht verstehen konnte, wußte ich doch, was sie sagte.

»Nein, ich bringe dich nicht auf die Polizei«, sagte ich. »Und ich werde auch deinem Vater nichts erzählen. Aber ich werde Hilfe holen, Dorothy. Das ist mein Ernst. Und ich will dich nie wieder in unserer Gegend sehen.«

Der letzte Satz tat mir leid, aber er kam mir ganz automatisch über die Lippen.

Die restliche Fahrt über weinte sie und gab tierartige Laute von sich. Ich setzte alles daran, nicht ihre Gedanken zu lesen. Bei dem Haus ihrer Eltern stieß sie die Tür auf und stolperte über den Weg. Ich schloß die Tür und machte eine Kehrtwendung. In diesem Moment war es mir vollkommen egal, was mit ihr passierte. Ich wollte sie nie wiedersehen.

Daheim saß Anne, immer noch im Mantel, auf dem Sofa im Wohnzimmer.

»Geht es ihm gut?« erkundigte ich mich.

»Ja. Ich habe ihm seine Sachen ausgezogen. Es geht im gut.«

Mir fiel auf, wie blaß sie war, und ich mußte mir eingestehen, daß es mir nicht gelungen war, sie zu beschützen. Ich setzte mich neben sie und legte den Arm um sie.

»Es ist vorbei, Anne.«

Da brach sie zusammen. Sie rang nach Luft und drückte ihr Gesicht an mich. Ich spürte, wie sie zitterte.

»Ist schon gut«, bemühte ich mich, sie zu trösten.

Nach einer Weile beruhigte sie sich und hob den Kopf. Als sie aufblickte, hätte ich ihren Gesichtsausdruck unter normalen Umständen nicht so ohne weiteres deuten können. Dennoch wußte ich, was sie empfand – Ehrfurcht, Angst, Beklemmung.

»Du hast es gewußt, nicht wahr?« fragte sie leise.

»Ja«, sagte ich. »Ich wußte es.«

Sie senkte die Lider. »Dann ist es noch nicht vorbei«, meinte sie. »Es ist immer noch bei uns.«

»Und tut dir das jetzt leid?« fragte ich. »Wenn es weg gewesen wäre, säßen wir immer noch im *Lighthouse* und würden denken, alles sei in …«

»Nicht …« Sie legte die Hand über die Augen und begann leise zu weinen. Diesmal eher aus Erleichterung als vor Kummer.

Unerwarteterweise mußte ich laut herauslachen. Anne hob verwirrt und überrascht den Kopf. »Was ist denn?« fragte sie.

Ich schüttelte den Kopf. Tränen stiegen mir in die Augen.

»Wirklich ›sehr zuverlässig‹«, sagte ich.

ZEHN

In jener Nacht träumte ich nicht. Das war auch nicht nötig; Anne und ich wußten, daß das, was Phil ausgelöst hatte, immer noch bei uns war.

Am nächsten Morgen unterhielten wir uns darüber. Richard schlief noch. Er war mitten in der Nacht – als wir ihm seinen Pyjama ausgezogen hatten, um uns zu vergewissern, daß mit ihm alles in Ordnung war – aufgewacht. Nun holte er den versäumten Schlaf nach. Anne und ich saßen in der Küche und tranken miteinander Kaffee, ehe ich zur Arbeit mußte.

»Wirst du jetzt einen Arzt aufsuchen?« wollte sie wissen.

»Warum?«

Mir fiel auf, daß sie schnell einen Schluck Kaffee trank, um zu verbergen, wie sehr ihr meine Antwort mißfiel.

»Ähm ... ist das etwas, was dir behagt?« fragte sie etwas später.

»Es ist nicht so, als hätte ich darum gebeten«, sagte ich.

»Darum geht es nicht.«

»Tja ...« Gedankenverloren rührte ich meinen Kaffee um. »Und es ist ja nicht so, als ob ich krank wäre. Selbst du hast zugegeben, daß die gestrige Nacht alles verändert hat.«

Sie zögerte ein wenig, ehe sie sagte: »Ja, das gebe ich zu. Aber alles andere hat sich deswegen nicht verändert.«

»Alles andere?«

»Du weißt, was ich meine.«

Ich wußte es tatsächlich. Alles war da in diesem Moment: der Druck in meinem Schädel, die nervige Unruhe in meinem Bauch, die fürchterliche Erinnerung an die Frau, die Möglichkeit, daß ich Dinge, die ich nicht kannte, kennenlernen würde.

»Na schön, ich weiß, was du meinst«, räumte ich ein. »Ich glaube nur nicht, daß diese Fähigkeit mir ... mir *schaden* kann.«

»Was, wenn du anfängst, meine Gedanken zu lesen?« wollte sie wissen. »Das hast du schon, zumindest ein Mal. Was wird, wenn das dauernd so geht?«

»Das tue ich nicht ...«

»Wie würde es dir gefallen, wenn ich in dir ... wie in einem *offenen Buch* lesen könnte, wenn du quasi nackt vor mir stündest?«

»Liebling, ich versuche doch nicht, dich ... dich auszuspionieren. Das weißt du. Die paar Kleinigkeiten, die ich mitgekriegt habe, waren mehr als unzusammenhängend.«

»Wie gestern abend?« fragte sie.

»Wir sprechen gerade von dir, Liebling.«

»Na schön«, sagte sie, und ich spürte, daß sie bereits in meiner Gegenwart nervös wurde. Diese Veränderung befremdete mich sehr. »Na gut. Aber wenn du all diese anderen Dinge mitkriegst, dann weißt du auch, was ich denke.«

Ich versuchte, einen Scherz zu machen, was ein großer Fehler war.

»Was ist denn?« sagte ich, »hast du was zu verbergen? Vielleicht ein ...«

»Jeder hat etwas zu verbergen!« platzte es aus ihr heraus. »Und wenn man es nicht verbergen könnte, wäre die Welt ein noch größeres Durcheinander, als sie es sowieso schon ist.«

Anfangs war ich bloß verblüfft. Ich sah sie an und fragte mich unweigerlich, ob mehr hinter ihren Worten steckte. Später begriff ich, daß dem nicht so war, daß sie recht hatte. Jeder braucht eine geheime Nische für seine Gedanken. Ansonsten wären Beziehungen zum Scheitern verurteilt.

»Gut«, gestand ich ein, »du hast recht. Aber ich denke, ich muß mich erst konzentrieren, wenn ich … deine Gedanken oder so lesen will.«

»Hast du dich auf die anderen Dinge konzentriert?« forderte sie mich heraus.

»Das ist etwas anderes. Das sind Empfindungen und keine …«

»Bist du überhaupt bereit, irgend etwas zuzugeben?« fragte sie.

»Liebling, diese – Fähigkeit, oder was immer es sein mag, hat unserem Sohn gestern abend vermutlich das Leben gerettet. Ich bin nicht gewillt, sie so ohne weiteres aufzugeben.«

»Dann nimmst du es lieber in Kauf, mich damit zu quälen, willst du das sagen?«

»Dich quälen?«

Sie starrte in ihren Kaffee. Ihr flacher, gepreßter Atem verriet mir, wie sehr die ganze Angelegenheit ihr zusetzte. Aber das wußte ich auch so.

»Na schön«, sagte sie. »Na schön.«

»Ach … komm schon, Anne«, sagte ich. »Hör auf, mir wegen dieser Sache Schuldgefühle einzureden. Ist es denn meine Schuld? Schließlich war es dein verdammter Bruder, der das alles ausgelöst hat.«

Das sollte ein Scherz sein, aber Männer greifen in derlei Situationen oft daneben. Meine Worte kamen ganz anders bei ihr an. Jedenfalls faßte sie sie nicht als Scherz auf.

Sie tat so, als hätte sie nichts gehört. »Dann wirst du also keinen Arzt aufsuchen?«

»Was, in Gottes Namen, sollte ein Doktor denn tun?« fragte ich und ärgerte mich darüber, daß mir nichts Besseres einfiel. »Ich bin nicht krank!«

Anne stand auf, stellte ihre Tasse und Untertasse in die Spüle, trat ans Fenster und schaute mit grimmiger Miene hinaus. Er *ist* krank. Ich wußte, daß sie das dachte.

»Ich bin nicht *krank*«, wiederholte ich und betonte das letzte Wort, damit sie dachte, ich würde mich nur wiederholen und nicht auf ihren stummen Kommentar eingehen.

Mit einem erhitzten Ausdruck im Gesicht drehte sie sich um.

»Erzähl mir das heute nacht«, schlug sie vor, »wenn du wieder zitternd neben mir aufwachst.«

Als ich an jenem Tag spät nachmittags auf das Haus zufuhr, sah ich, daß Elsie den Rasen sprengte. Sie trug enganliegende gelbe Shorts und dazu ein gelbes Oberteil, das ihr einige Nummern zu klein war.

Gerade als ich aus dem Ford stieg, setzte sie den Sprenger auf ein kleines, rechteckiges Stück Rasen zwischen unseren Häusern. Sie richtete sich auf, legte die Hände auf die Hüften und atmete absichtlich tief ein. Wäre ihr Oberteil aus Holz gewesen, wäre es geborsten.

»So«, sagte sie. »Das sollte reichen.«

»Zweifellos«, meinte ich, nickte zustimmend und schob die Garagentür hoch. Sofort spürte ich wieder dieses aufdringliche Kribbeln im Kopf. Ich biß die Zähne zusammen und ging zum Wagen zurück.

»He, was ist denn gestern nacht passiert?« wollte Elsie wissen. »Ich habe heute Dorothy angerufen, und ihr Vater sagte, sie hat das Babysitten aufgegeben. Was hast du mit ihr angestellt – sie hypnotisiert?« Als ich ihre verworrenen Gedanken las, wußte ich, was ich ihrer Meinung nach getan hatte. Mein Magen rebellierte.

»Du hast mich ertappt«, gab ich verbindlich Auskunft. »Ist nichts passiert.«

»Ach?« Sie klang enttäuscht.

Ich stieg in den Wagen und fuhr in die Garage. Als ich ausstieg und die Tür zuwarf, sah ich sie dort draußen stehen, die Hände immer noch auf den Hüften, die Schultern bewußt gestraft, lauernd. Ich war schon auf dem Weg zur hinteren Garagentür, als ich einsah, daß ich mich offenkundig unhöflich benahm. Seufzend ging ich vorn herum und streckte die Hand aus, um das Garagentor herunterzuziehen.

»Morgen abend schauen ein paar Freunde vorbei«, sagte Elsie. »Wieso kommen du und Anne nicht auch rüber? Könnte lustig werden.«

»Würden wir sehr gern, Elsie«, antwortete ich, »aber wir sind morgen bei Annes Mutter zum Abendessen eingeladen.«

»Ach? Das ist eine lange Fahrt.« Annes Mutter wohnte in Santa Barbara.

»Ich weiß«, sagte ich und verpaßte mir im Geist einen Tritt für diese armselige Lüge. »Aber wir sehen sie nicht oft.« Tja nun, dachte ich, wir können ja immer noch auswärts essen und uns hinterher einen Film in einem Freilichtkino ansehen.

Elsies Hände glitten langsam über ihre Shorts.

»Bist du sicher, daß du Dorothy nicht doch hypnotisiert und ihr verklickert hast, daß sie nicht mehr auf meine Kleine aufpassen soll?« fragte sie.

»Nein, das fällt in Phils Zuständigkeitsbereich«, sagte ich und wandte mich ab. »Bestell Ron Grüße von mir. Tut mir leid wegen morgen abend.«

Sie antwortete nicht. Sie muß wohl gespürt haben, daß ich einer Unterhaltung aus dem Weg ging, aber ich konnte nichts dagegen machen. Es war einfach unerträglich, noch länger ihren Gedanken ausgesetzt zu sein.

Als ich die Eingangstür öffnete, kam Richard aus der Küche gerannt. »Daddy!« rief er.

Während ich meinen Sohn in den Armen hielt, spürte ich, wieviel Liebe er für mich empfand. Er küßte meine Wange und schlang seine kleinen Arme fest um meinen Hals. Grenzenlose, stumme Zuneigung regte sich in mir, Liebe jenseits aller Worte, jenseits unserer Ausdrucksvermögens, eine Woge von Vertrauen, Sehnsucht und bedingungsloser Hingabe. Manchmal denke ich, die ganze Erfahrung – mit all den verborgenen Kanten und Ecken – ist allein diesen kurzen Augenblick wert gewesen.

»Hallo, Kleiner«, murmelte ich. »Wie geht es dir?«

»Gut«, sagte er. »Und du?«

Ich drückte mein Gesicht an seinen warmen Hals. Dann kam Anne aus der Küche, und das Gefühl verflüchtigte sich. Ich ging zu ihr hinüber und küßte sie. Sie erwiderte meinen Kuß nicht.

»Hallo«, sagte ich.

»Hallo, Tom«, erwiderte sie leise. Sie reagierte immer noch zurückhaltend. Ich küßte sie gleich noch mal und legte den Arm um sie. Sie versuchte zu lächeln, was ziemlich verkrampft wirkte.

»Ich bin heute zu einem Arzt gegangen«, erzählte ich.

Für einen Moment keimte Hoffnung in ihr auf, die sich jedoch gleich wieder legte. Sie warf mir einen düsteren Blick zu. *Und?* Dieses Wort las ich ganz deutlich.

»Und?« fragte sie.

Ich schluckte und grinste. »Nichts«, sagte ich und tat so, als wäre das eine beruhigende Nachricht. »Körperlich bin ich topfit.«

»Ich verstehe.« Schweigen, eine gedämpfte Stimmung.

»Liebling, ich habe getan, worum du mich gebeten hast.«

Ihr Mund war eine dünne Linie. »Tut mir leid«, sagte sie, »ich kann es nicht ändern.«

Nachdem sie wieder in der Küche verschwunden war, ging ich kurz in die Hocke, um mich mit Richard zu unterhalten. Nach ein paar Minuten erhob ich mich wieder und ging mich vor dem Abendessen waschen.

»Das Mädchen hat gestern abend ihre Brille liegen lassen«, war das erste, was Anne mir beim Abendessen erzählte.

»Ach ja? Ähm ...« Ich hüstelte nervös. »Ich bin wirklich nicht scharf darauf, sie ihr zu bringen. Vielleicht können wir sie ihr zuschicken.«

»Ich habe sie weggeworfen«, sagte sie ausdruckslos. Ich nahm ein kurzes Aufflackern jenes zurückhaltenden Hasses wahr, der schon vergangenen Abend in ihr entflammt war. In diesem Moment kapierte ich endlich, daß ich mich anstrengen mußte, ihre Worte nicht vorwegzunehmen. Ihre Gedanken kamen inzwischen ganz deutlich, ohne Anstrengung.

»Hast du Elizabeth den Kamm gebracht?« fragte ich.

Anne schüttelte den Kopf. »Nein, habe ich vergessen.«

»Oh.«

Eine Weile wechselten wir kein Wort. Dann, als wäre

das die normalste Sache der Welt, richtete ich den Blick auf Richard und lächelte.

»Hast du, Kleiner?« fragte ich. »Was hat sie …«

Mit einem lauten Knall fiel Annes Gabel auf den Teller.

»Tom, er hat nichts gesagt.« Ihre Stimme war so leise, daß sie brach.

Lange Zeit starrte ich sie nur an, ehe ich den Blick auf meinen Teller senkte.

»Mama?« fragte Richard. »Was, Mama?«

»Iß auf, Richard«, forderte sie ihn in ruhigem Ton auf.

Ein paar Minuten lang aßen wir schweigend.

»Ach, ich … habe vergessen, dir zu sagen«, begann ich schließlich, »daß ich morgen nicht arbeiten werde. Ich habe frei.«

Anne hob die Kaffeetasse, ohne mich eines Blickes zu würdigen.

»Das ist schön«, sagte sie.

Mit einem Schrei auf den Lippen wachte ich auf, mein Körper bebte vor Furcht.

Schlagartig war alles wie weggespült. Mein Leben wurde ganz und gar von diesem Augenblick des plötzlichen Erwachens beherrscht, von diesem Zwang, ins Wohnzimmer zu blicken, wo die Frau war und auf mich wartete.

Etwas später bemerkte ich, daß Anne aufgewacht war und im Dunkeln zu mir herübersah. Sie sagte kein Wort. Sie gab keinen Laut von sich, aber ich wußte um die Wut und Angst, die sie empfand.

Ganz bewußt ignorierte ich den Impuls zu schreien. Ich legte mich wieder hin, bemühte mich, gleichmäßig zu atmen, und kämpfte gegen das starke Zittern an, das mich überkam. Ich hatte meine Hände ins Laken gekrallt und drückte mit aller Macht die Augen zu. Erkenntnis blitzte durch meinen Geist und führte dazu, daß mein Körper unter Strom stand, sich ganz krank anfühlte. Aber ich mußte so tun, als ob nichts wäre. Ich wußte, daß sie da war, wartete.

Ich weiß nicht, wie lange ich gegen den Sog ankämpfte, den diese Frau auf mich ausübte. Für mich war sie jetzt lebendig, präsent. Ich haßte sie so, wie ich ein normales menschliches Wesen hassen würde. Ich haßte sie dafür, daß sie da war, daß sie versuchte, mich mit ihren bedingungslosen Forderungen zu sich zu locken.

Erst viel später spürte ich, daß ihre Macht schwächer wurde. Meine Anspannung legte sich trotzdem nicht; ich war bereit, zu kämpfen. Erst nachdem sie ganz verschwunden war, erlaubte ich mir, mich zu entspannen. Ich lag einfach nur kraftlos da und wußte instinktiv, daß Anne noch wach war.

Ich fuhr wieder hoch, als eine Lampe anging.

Zuerst sagte sie nichts, schaute mich nur ausdruckslos an. Dann schien sie ihren inneren Widerstand aufgegeben zu haben, und sie musterte mich genau.

»Du bist schweißgebadet«, konstatierte sie.

Ich sah sie sprachlos an, merkte, wie kalte Schweißperlen über meine Wange liefen.

»Ach … Tom.« Sie warf die Decke zurück und lief unvermittelt aus dem Zimmer. Ich hörte, wie sie ins Badezimmer ging und dann mit einem Handtuch zurückkam. Sie setzte sich auf die Bettkante und machte sich daran, mein Gesicht abzutupfen, ohne etwas zu sagen.

Hinterher legte sie das Handtuch beiseite und strich mir mit den Fingern das nasse Haar aus der Stirn.

»Was soll ich denn nur mit dir machen?« fragte sie.

»Wie bitte?«

»Ich müßte dir helfen, anstatt gegen dich anzukämpfen«, meinte sie.

Ich muß ziemlich ängstlich und unglücklich ausgesehen haben, denn sie neigte sich vor und drückte ihre Wange an meine.

»Tom, Tom«, hauchte sie. »Es tut mir leid, Liebling.«

Kurz darauf küßte sie meine Wange und richtete sich auf. An ihrer unerbittlichen Miene konnte ich ablesen, daß sie sich Mühe gab, sich der Sache voll und ganz, mit großer Entschlossenheit zu stellen.

»Sie ist wieder da gewesen?« fragte sie.

»Ja.«

»Und … wenn du reingegangen wärst«, fuhr sie fort, »meinst du, daß du sie gesehen hättest?«

Ich atmete tief ein und aus. »Das weiß ich nicht. Das weiß ich wirklich nicht.«

»Du bist aber der festen Überzeugung, daß sie existiert«, sagte sie. »Ich meine …«

»Sie existiert.« Ich wußte, daß sie mich eigentlich hatte fragen wollen, ob ich sicher sei, daß die Frau nicht nur in meiner Phantasie existierte. »Ich weiß nicht, wer sie ist oder was sie hier will, aber … sie existiert.« Ich schluckte. »Oder existiert *hat.*«

»Glaubst du … wirklich, daß sie ein …«

Ich schüttelte müde den Kopf. »Keine Ahnung, Anne«, sagte ich. »Das alles ergibt doch keinen Sinn. Wieso sollte es in einem Haus wie diesem spuken? Es ist doch gerade mal ein paar Jahre alt … und die einzige Person, die jemals hier gewohnt hat, ist Mrs. Sentas Schwester. Und die ist in den Osten gezogen.« Ich erinnerte mich und mußte grinsen. »Nicht nach Westen«, wiederholte ich Phils kleinen Scherz.

Da mußte auch Anne lachen.

»Tom«, sagte sie, »wenn wir das nächste Mal meinen

kleinen Bruder sehen, erinnere mich daran, daß ich ihm die Zähne einschlage.«

»Das mache ich«, antwortete ich lahm.

Sie zögerte kurz. »Meinst du vielleicht, wir sollten …«

»Nein«, antwortete ich und vergaß dabei, daß ich mir geschworen hatte, ihre Worte nicht mehr vorwegzunehmen. »Ich glaube nicht, daß Phil uns helfen kann. Obwohl es wahrscheinlich nicht schaden würde, ihm zu schreiben und mitzuteilen, daß er niemanden mehr hypnotisieren soll, wenn er nicht weiß, was er da tut.«

»Ich werde mich gleich morgen an den Brief setzen«, versprach sie.

Etwas später löschte sie das Licht und legte sich neben mich.

»Verzeihst du mir?« fragte sie.

»Ach, Liebling …« Als ich den Arm um sie schlang, spürte ich ihren fülligen, warmen Körper an meinem. »Da gibt es nichts zu verzeihen.«

Und just in diesem Moment fiel es mir wie Schuppen von den Augen; es war ganz einfach und vollkommen klar.

Ich wollte schon zu sprechen ansetzen, hielt dann aber den Mund.

Ich schluckte. »Ähm … um nicht in die Verlegenheit zu kommen, einer von ihren gottverdammten Partys beiwohnen zu müssen«, sagte ich, »habe ich Elsie erzählt, daß wir morgen abend bei deiner Mutter zum Essen eingeladen sind.«

»Aha.« Anne kicherte vergnügt. »Und was machen wir nun? Sehen wir uns im Freiluftkino einen Film an, um uns die Zeit zu vertreiben?«

»Genau das werden wir tun.«

Ich lag ganz ruhig da und drückte sie an mich. Was

ich ihr eigentlich hatte sagen wollen, hatte nichts mit Elsie zu tun gehabt. Das hatte ich nur gesagt, um nicht das sagen zu müssen, was ich gedacht hatte. Denn mir war klar geworden, daß Anne meine Worte vermutlich nicht hören wollte, egal, welchen Wert sie ihnen beimaß. Und irgendwie hatte ich den Eindruck, daß sie ihnen nun Glauben schenken würde – obwohl das, was mir im Kopf herumgegangen war, purer Zufall sein konnte. Schließlich stand die Chance fünfzig zu fünfzig, daß ich recht hatte, und dabei war es ganz belanglos, wie und warum ich diese Vorahnung hatte. Ich vermutete, daß das Baby, das wir erwarteten, ein Mädchen sein würde.

ELF

Der Brief kam morgens, kurz nach zehn Uhr.

Ich brachte ihn zu Anne in die Küche und fragte mich, wieso ich mich deshalb so eigenartig fühlte. Die Handschrift auf dem Briefumschlag war die ihres Vaters. Ich fragte mich, ob die Tatsache, daß ich Elsie gesagt hatte, wir würden an diesem Abend Annes Mutter besuchen, mehr als ein Zufall gewesen war.

Anne öffnete den Brief und begann zu lesen. Ihre Miene verdüsterte sich zusehends.

»O nein«, stöhnte sie.

Es ist deine Mutter. Diese Worte wären mir beinahe herausgerutscht, doch ich schloß schnell den Mund, ehe sie etwas bemerkte. Sie hob den Blick.

»Mutter ist krank«, sagte sie.

Ich starrte sie nur an, hörte das Ticken der Uhr auf dem Küchenschrank.

»Nein«, sagte ich.

Sie meinte, ich bezöge mich auf den Brief, und las weiter. Ich hatte das Gefühl, tief in meinem Innern ein schweres Gewicht mit mir herumzuschleppen. Während mein Blick auf Anne ruhte, fühlte ich mich zunehmend mieser.

»Dad, sagt, sie ist …«

Sie brach abrupt ab und sah mich überrascht an.

Sie begann von vorn, hielt dann erneut inne. So ging das ein paar Mal. Als sie schließlich endlich sprechen konnte, kostete sie das – wie ich wußte – sehr viel Kraft.

»Was ist denn?« Ihre Stimme hörte sich dünn und besorgt an. Ich schüttelte heftig den Kopf.

»Nichts«, sagte ich mit brüchiger, künstlich klingender Stimme.

Sie sah mich durchdringend an. Ich spürte, wie heftig mein Herz klopfte. Auch ich konnte den Blick nicht von ihr abwenden. Ich sah, wie ihre Brust beim Atmen bebte.

»Ich möchte, daß du mir sagst, was los ist«, forderte sie mich auf.

»Nichts ist.« Mir war schwindelig. Das Zimmer drehte sich. Ich hatte Angst, umzukippen.

»Was *ist* los?«

»Nichts ist«, wiederholte ich wie ein hirnloser Papagei, während ich sie fixierte.

»Tom ...«

In dem Moment läutete das Telefon.

Das Geräusch, das meiner Kehle entwich, war entsetzlich. Es klang wie ein Stöhnen, wie ein gutturaler Angstschrei. Anne wich im wahrsten Sinne des Wortes vor mir zurück.

Das Telefon läutete immer noch.

»Was ist los?« Ihre Stimme klang hohl, drohte jede Sekunde zu brechen.

Ich schluckte, doch der Kloß in meinem Hals löste sich nicht. Das Telefon läutete in einem fort. Ich versuchte etwas zu sagen, was mir aber nicht gelang. Wieder schüttelte ich den Kopf. Zu mehr war ich nicht imstande. Ich konnte einfach nur den Kopf schütteln.

Auf einmal stürmte sie keuchend an mir vorbei. Ich blieb wie angewurzelt stehen, während sie durch das Wohnzimmer in den Flur lief. Das Läuten verstummte.

»Hallo«, hörte ich sie sagen. Stille. *»Dad!«*

Und das war alles. Absolute Stille. Ich stützte mich

auf der Spüle ab und starrte auf meine verkrampften Finger hinunter.

Ich hörte, daß sie auflegte. Ich stand nur da und wartete. Tu es nicht, dachte ich. Komm nicht hier rein. Sieh mich nicht an. Mit langsamen, schweren Schritten überquerte sie den Wohnzimmerteppich. Tu es nicht, flehte ich. Bitte. *Sieh mich nicht an.*

Ich hörte, daß sie im Türrahmen stehenblieb. Sie sagte kein Wort. Ich schluckte schwer. Dann mußte ich mich umdrehen. Es war mir unerträglich, einfach so dazustehen und zu spüren, wie all ihre Gedanken über mich hereinbrachen.

Ich wandte mich um.

Sie fixierte mich. Solch einen Blick hatte ich nur einmal im Leben gesehen, auf dem Gesicht eines kleines Mädchens, das seinen Hund anstarrte, der tot auf dem Boden lag, ein Blick, der von sprachlosem Schrecken, von bodenlosem, überwältigendem Bestürzung kündete.

»Du hast es gewußt«, sagte sie.

Zaghaft streckte ich die Hand aus.

»Du hast es *gewußt*«, sagte sie, und die Abscheu, der Haß, den sie empfand, war nicht mehr zu überhören. »Auch das hast du gewußt. Du hast es noch vor seinem Anruf gewußt.«

»Anne ...«

Mit stockendem Atem wirbelte sie herum und floh aus dem Wohnzimmer. Ich lief ihr hinterher. »Anne!«

Sie rannte ins Badezimmer und warf die Tür hinter sich zu. Ich hämmerte gegen das Türblatt, doch sie hatte abgeschlossen. Ihr trockenes, schweres Schluchzen drang in den Flur.

»Anne, bitte!«

»Hau ab!« kreischte sie. *»Hau ab!«*

Ich stand da, hilflos zitternd, und lauschte ihren herzerweichenden Schluchzern. Sie weinte um ihre Mutter, die an diesem Morgen gestorben war.

Am frühen Nachmittag reiste sie zusammen mit Richard nach Santa Barbara ab. Ich fragte nicht mal, ob sie mich dabei haben mochte, denn ich kannte ihre Antwort. Von dem Moment an, da sie aus dem Badezimmer gekommen war, bis sie wegfuhr, hatte sie kein einziges Wort mit mir gesprochen. Schweigsam, ohne eine Träne zu vergießen, hatte sie ein paar von ihren und Richards Sachen in einen kleinen Koffer gepackt, zuerst Richard, danach sich selbst umgezogen und war dann weggefahren. Auch ich hatte nichts zu ihr gesagt. Kann man mit seiner Frau sprechen, wenn man in ihren Augen auf einmal der leibhaftige Teufel ist?

Nachdem sie aus meinem Blickfeld verschwunden war, harrte ich auf dem Rasen aus und starrte jene Stelle an, wo der Wagen nach links in den Boulevard eingebogen war. Die Sonne brannte auf meinen Rücken. Gleißendhell spiegelte sie sich in den Bürgersteigen und blendete mich so sehr, daß meine Augen tränten. Lange stand ich einfach nur da, regungslos, fühlte mich hohl und tot.

»Du auch, hm?«

Ich wirbelte auf dem Absatz herum, als jemand nach mir rief. Gegenüber kam Frank in Shorts und mit einem Rasenmäher aus der Garage.

»Ich habe dich immer für einen hartnäckigen Befürworter der Samstagarbeit gehalten«, rief er.

Ich starrte ihn an. Er stellte den Rasenmäher ab und kam auf mich zu. Ich verkrampfte mich, wandte mich ab und ging ins Haus. Als ich hinter mir die Tür schloß, sah ich, wie er wieder nach dem Rasenmäher griff und fragend zu uns hinübersah. Kopfschüttelnd bückte er sich, um den Auffangsack zu justieren.

Ich ging von der Tür zum Sofa, setzte mich und lehnte den Kopf zurück. Mit geschlossenen Augen sah ich im Geist den Ausdruck, der nach dem Telefonat auf ihrem Gesicht gewesen war. Und ich erinnerte mich an etwas, daß ich in der Nacht, nachdem Phil mich hypnotisiert hatte, gesagt hatte.

Vielleicht sind wir tief in unserem Innern alle Monster.

Gegen halb drei holte ich den Rasenmäher aus der Garage und begann, den Vorgarten zu mähen. Ich war nicht in der Lage, im Haus zu bleiben, diesem Gefängnis, das vollgestopft war mit grausamen Erinnerungen. Daher zog ich meine Shorts und Tennisschuhe an und versuchte zu vergessen, indem ich mich nützlich machte.

Ein vergebliches Unterfangen. Das monotone Hin- und Herschieben des summenden Rasenmähers verstärkte meine Grübeleien nur noch. Auf der anderen Seite bezweifle ich, daß es in dem Zustand, in dem ich mich befand, überhaupt eine Tätigkeit gab, die mich hätte vergessen lassen.

Um es mal einfach auszudrücken: Mein Leben hatte sich in einen Alptraum verwandelt.

Nicht mal eine Woche war seit der Party in Elsies Haus vergangen, und dennoch hatte ich innerhalb von wenigen Tagen ungeheuerlichere Dinge erlebt als in den siebenundzwanzig Jahren davor. Und es wurde noch schlimmer, viel schlimmer. Vor den nächsten Tagen fürchtete ich mich wirklich.

Ich machte mir Sorgen wegen Anne, wegen des Entsetzens in ihren Augen, als sie herausfand, daß ich um den Tod ihrer Mutter gewußt hatte, noch bevor sie ihren Vater gesprochen hatte. Ich versetzte mich in ihre Situation. Zu begreifen, warum sie so reagiert hatte, fiel mir nicht besonders schwer. Argwohn und Trauer gleichzeitig erleben zu müssen, wäre für jeden zuviel gewesen.

»Hallo, da!«

Ich hielt inne und sah mich um. Harry Sentas stand auf seiner Veranda und schaute mir zu. Da bemerkte ich erst, daß ich schon halb auf seinem Rasen war. Weil ich das Messer tiefer gestellt hatte, stand sein Gras nun unterschiedlich hoch.

»Ach, das … das tut mir leid«, entschuldigte ich mich verlegen. »Ich muß wohl geträumt haben.«

Er grummelte vor sich hin, und als ich mich mit einem nervösen Lächeln umdrehte, um weiterzumähen, kriegte ich aus den Augenwinkeln heraus mit, wie Sentas von der Veranda herunterkam und den Schaden begutachtete.

Ohne aufzublicken mähte ich weiter, bis er in seinem Haus verschwunden war. Dann ließ ich den Rasenmäher stehen, ging nach drinnen und holte ein Handtuch. Ich setzte mich auf die kühle zementierte Veranda, rieb mein Gesicht ab und starrte zu Franks Haus auf der anderen Straßenseite hinüber.

Ich spielte mit der Idee, seine und Elizabeths Gedanken zu lesen. Mir fiel wieder ein, daß er eine Affäre mit einer rothaarigen Frau in der Fabrik hatte. Ich dachte darüber nach, daß Elsie ihre wahren Gedanken hinter einer unschuldigen Miene versteckte, daß sie ihren Gatten gnadenlos unter Druck setzte. Ich dachte über Sentas und seine Frau nach und über die Gereiztheit, die andauernd zwischen den beiden herrschte. Ich dachte über den Busfahrer nach, der einen Block weiter oben wohnte, Alkoholiker war und fast jedes zweite Wochenende im Knast zubrachte, über die Hausfrau eine Straße weiter, die mit Jungs aus der Unterstufe schlief, während ihr Mann, ein Vertreter, geschäftlich unterwegs war. Ich dachte über mich und Anne nach, über die unglaublichen Dinge, die sich bei uns abspielten.

All diese Dinge ereigneten sich in dieser friedlichen Gegend, in diesen ruhigen, kleinen Häusern, auf die die Sonne herunterbrannte. All das ging mir durch den Kopf. Ich mußte an Jekyll und Hyde denken. Unsere Nachbarschaft hatte zwei Gesichter. Das eine präsentierte der Welt ein sauberes, lächelndes Antlitz, und dahinter verbarg sich ein zweites. In gewisser Weise war es gefährlich, über die Welt voller Irrungen und Wirrungen nachzudenken, die sich hinter der netten Fassade der Tulley Street auftat.

So gefährlich, daß ich aufstand und mich wieder daran machte, den Rasen zu mähen, in der Hoffnung, auf diese Weise wieder etwas Ruhe in meine Gedanken zu bringen.

Ich vermute, in diesem Moment zog ich zum ersten Mal die Möglichkeit in Betracht, daß ich den Verstand verlor. Ich meine, ich zog es in *Betracht*. Bis dahin war es nur eine amüsante Idee gewesen, über die man lachen konnte. Jetzt war es das nicht mehr.

Es war etwas, dem ich mich stellen mußte. Mein Geist war ein Prisma. Es brach meine Gedanken wie einen Lichtstrahl und wandelte sie in zersplitterte Visionen, in Eingebungen um. Das war noch ziemlich einfach. Das wirkliche Problem war: Woher kamen diese Strahlen – von außen oder aus meinem Innern.

Kurz bevor ich mit dem Mähen fertig war, kam Ron aus seinem Haus und stieg in sein Pontiac Cabrio, das in der Einfahrt stand. Er winkte mir kurz zu und rang sich ein Lächeln ab. Ich lächelte zurück.

»Kann ich mir deinen Kantentrimmer ausborgen?« rief ich.

Zuerst sah er mich nur an, dann nickte er.

»Ist er in der Garage?«

»Ich glaube, ja.«

Nachdem er weggefahren war, mähte ich den Rest, leerte den Auffangsack, schob den Rasenmäher in die Garage zurück und ging dann in Elsies Garage (wie auch das Haus schien sie allein ihr zu gehören). Ich schaute mich im Halbdunkel um, konnte den Trimmer aber nicht finden. Ich blieb kurz stehen und blätterte eine Zeitschrift durch, in denen wahre Begebenheiten und Leinwandromanzen verbraten wurden. Diese Geschichten waren das einzige, womit Elsie sich beschäftigte. Einmal war sie herübergekommen, nachdem sie ein kleines, schmiedeeisernes Bücherregal erstanden hatte, und hatte gefragt, ob sie sich ein paar Bücher ausleihen durfte, um sie an jenem Abend auf einer Party auszustellen – Bücher mit hübschen Einbänden hatte sie gefordert. Sie hatte nicht mitgekriegt, daß ich ihr *Ulysses* und *Quelle der Einsamkeit* untergeschoben hatte. Aber ich nehme auch nicht an, daß das einem von ihren Gästen aufgefallen war.

Ich warf die Zeitschrift weg, suchte noch eine Weile lang nach dem Trimmer und ging dann nach draußen. Als ich rauskam, schloß Elsie gerade die Küchentür.

»Hallo«, rief sie fröhlich. »Was treibst du in meiner Garage?«

»Ich wollte Feuer legen«, sagte ich.

»Ach ja? Das läßt du lieber bleiben«, riet sie mir. Wieder trug sie diesen enganliegenden Badeanzug. Ihre Schultern und ihr Dekolleté waren gut gebräunt. Drei Tage die Woche ging sie mit Candy an den Strand.

»Brauchst du was?« fragte sie.

Zuerst wollte ich nein sagen, doch dann fand ich, daß

ich mich ihr gegenüber absurd benahm. »Ich wollte mir von euch den Kantentrimmer ausleihen.«

»Ach. Hast du ihn nicht gefunden?« fragte sie, als sie auf mich zukam. Sie musterte mich mit diesen braunen Augen, die immer etwas zu suchen schienen. *Du bist niedlich.* Diese Worte schossen mir durch den Kopf. Kurz verspürte ich das Verlangen zu sagen, *Nein, bin ich nicht,* nur um zu sehen, wie sie reagierte. Das hätte sie, dessen bin ich mir sicher, bestimmt ziemlich überrascht. Natürlich hätte sie auf die Bibel geschworen, daß sie das auf gar keinen Fall gedacht hatte.

»Nein, ich glaube nicht, daß er dort drinnen ist«, sagte ich.

»Sicher. Komm. Ich werde dir zeigen, wo er steht.«

Ich folgte ihr in die dunkle, ölig riechende Garage.

»Ich *weiß*, daß er hier irgendwo ist«, sagte sie und legte die Hände auf die Hüften. Sie marschierte die Wand ab, sah hinter einen Kühlschrank, über den eine alte Decke geworfen war, hinter die Waschmaschine, hinter den Sessel.

»Jetzt hab ich es!« sagte sie. Sie kniete sich auf das alte, mit Laken überzogene Sofa und sah dahinter. Wie ein Trommelfell spannte sich der Badeanzug über ihre Hüften.

»Da ist er. Candy hat ihn neulich hierher gelegt.« Als sie nach unten griff, verrutschte der Badeanzug ein wenig und legte den weißen Rand ihrer Brüste frei. Sie sah zu mir hoch, als müsse sie sich darauf konzentrieren, den Trimmer zu fassen zu kriegen. Ich spürte, wie sich meine Bauchmuskeln von ganz allein zusammenzogen. *Komm zu mir.* Ganz deutlich blinkten diese Worte in meinem Kopf auf. Sie hätte sie genausogut laut sagen können. *Komm zu mir, Tommy-Baby. Ich werde was machen, das dir gefällt.*

Ich ächzte leise.

»Erwischt du ihn nicht?« fragte ich.

Es war schon seltsam, so dazustehen und mich zu verstellen, obwohl ich gleichzeitig wußte, was sich hinter dieser nach außen hin so gewöhnlichen Szene abspielte. Da zu stehen und drauflos zu plaudern, während ich die ganze Zeit über genau wußte, was sie dachte.

Sie ließ sich aufs Sofa fallen. »Ich schaffe es nicht«, sagte sie.

Du lügst, schoß es mir durch den Sinn. Ich wußte, daß er in ihrer Reichweite war, sagte aber nichts. Wie ein Roboter näherte ich mich ihr. Ich kniete mich aufs Sofa und warf einen Blick hinter die Lehne. Der Trimmer lag auf dem Boden. Mit einem leisen Ächzen streckte ich die Hand nach unten. Als Elsie sich ebenfalls wieder hinkniete, spürte ich, wie ihr warmes Bein meinen Schenkel berührte.

»Kommst du ran?« fragte sie. Ich hatte einen Kloß im Hals. Ihre Gedanken waren wie Hände, die meine Seele streichelten.

»Ich glaube schon.« Am liebsten wäre ich aufgestanden und aus der Garage gelaufen, doch das ging nicht.

Es war tatsächlich schwierig, den Trimmer zu erwischen. Ich beugte mich tiefer hinunter. Elsie rückte näher. Jetzt berührte ihre Seite meine. Ich bekam eine Gänsehaut, konnte den Geruch ihres leicht verschwitzten Körpers, ihrer Haare riechen. Auch konnte ich ihren Atem hören und spüren, wie er über meine Schultern, meinen Nacken streifte.

Meine Hand umklammerte den Trimmer.

»Da«, sagte sie. Ich hatte den Eindruck, daß sie mit ihrem Bein gegen mich stieß. »Endlich hast du ihn«, sagte sie. *Tommy.* Mir stockte der Atem.

Ich richtete mich auf und wandte mich ihr zu. *Tommy?* Jetzt klang es wie eine Frage. Als spräche sie zu mir mit tiefer, rauchiger Stimme. *Tommy?*

»Tja …« sagte ich.

Ich zögerte zu lange. Ich konnte nicht anders. Ihre Gedanken schienen mich einzukreisen. Mein Herz trommelte wie der langsame Schlag einer Kesselpauke.

Sie schien sich vorzuneigen. Bis heute weiß ich nicht, ob sie das wirklich getan oder ob ich es mir bloß eingebildet hatte. Mir war schwindelig. Es hätte so und so kommen können.

»Ist noch was?« fragte sie.

Nein! Das Wort raste durch meinen Kopf wie eine Hand, die Hunderte von Gedanken, die sie dort aufschichtete, umstieß. Ich wich zurück und sah, wie ihre Brüste beim Einatmen gegen den strammsitzenden Badeanzug drückten.

»Nein, ich denke nicht«, sagte ich. Die Gereiztheit, die in meiner Stimme mitschwang, überraschte mich.

»Sicher?« hakte sie nach. Ihr warmer Atem strich über mein Gesicht. Ich fühlte mich wie neulich, als Phils Hypnose allmählich eingesetzt hatte. Es kam mir so vor, als würde ich von einer unsichtbaren, lähmenden Macht verschluckt. Geschwächt stand ich auf.

»Ja, ich … denke schon«, meinte ich.

Dann stand sie neben mir, ganz dicht neben mir. Ich bin sicher, daß ich es mir nur einbildete, aber ihr Körper strahlte eine große Hitze aus.

»Na gut«, sagte sie.

Mit einem Mal war die Situation wieder das, was sie zu sein schien, und diese Frau war nicht mehr die kräftezehrende Verkörperung der Lust, sondern nur die korpulente Elsie, unsere Nachbarin, die einfältig lächelte.

Ich ging zur Tür hinüber.

»Falls du noch was brauchst«, meinte sie, »laß es mich wissen.«

»Okay«, sagte ich mit wackligen Knien.

»Geh wieder ins Haus, Candy«, hörte ich Elsie leise rufen, als ich den Weg hinunterging.

Ich kehrte zum Haus zurück, legte den Trimmer auf die Veranda, ging hinein, ließ mich entkräftet in einen Sessel fallen und blieb sitzen.

Ich kam mir wie ein großartiger Schauspieler vor, der gleichzeitig in zwei Szenen spielen konnte und sich nicht nur derselben Fassung bediente, sondern auch desselben Dialogs. Das war das Beunruhigende an der ganzen Sache. Wenn ein unbeteiligter Beobachter dabei gewesen wäre, hätte er diese Episode für harmlos gehalten, für einen angenehmen Flirt an einem schönen Sommertag, der, kaum daß er angefangen hatte, schon wieder vorbei war. Das, was sich unter der Oberfläche abspielte, wäre niemandem aufgefallen.

Ich wurde ganz unruhig, denn auf einmal dämmerte mir, daß Elsies Gedanken meine eigenen überwältigt hatten und daß mir nichts anderes übriggeblieben war, als schockiert und defensiv zu reagieren, was zu nichts führte. Ich war ihr schutzlos ausgeliefert gewesen.

Und das hieß doch, daß ich ein Bauer in einem Schachspiel war. Bis zu diesem Moment hatte ich mich der einigermaßen angenehmen Täuschung hingegeben, daß ich die Kontrolle über meine neue Fähigkeit besaß. Jetzt begriff ich in aller Deutlichkeit, daß dem nicht so war. Es war keine Verbesserung, wie ich Anne gegenüber behauptet hatte. Das war keine Kraft, über die ich auf einmal verfügte, eine Kraft, die ich manipulieren konnte. Mir war, als wäre ein hirnloses Monster in mir freigesetzt worden, das nun unkontrolliert wütete.

Ich war hilflos.

ZWÖLF

Ich saß mitten in der Nacht in der Küche, trank Bier und starrte aufs Tischtuch.

Und haßte Anne dafür, daß sie mich allein gelassen hatte.

»Wieso«, entsinne ich mich gesagt zu haben, als könnte sie mich hören, »wieso hast du mich nicht mitgenommen? Ist es meine Schuld gewesen, daß ich über den Tod deiner Mutter Bescheid wußte. Habe ich um dieses Wissen gebeten? War das Grund genug, mich hier allein zurückzulassen?«

Ich schloß die Augen. Zu Fuß war ich die zweieinhalb Kilometer zum hiesigen Kino gelaufen, nur um aus dem Haus herauszukommen. Nach dem Film hatte ich eine Bar aufgesucht, ein paar Bier getrunken und mir dort im Fernsehen die Boxkämpfe angeschaut. Auf dem Heimweg war ich in einen Schnapsladen gegangen und hatte zwei Liter Bier und die Sonntagszeitung gekauft. Ich hatte die Zeitung durchgelesen, jeden Artikel überflogen – hängen geblieben war nichts. Nachdem ich das erste Bier getrunken hatte, verschwammen die Buchstaben vor meinen Augen. Ich hatte den Fernseher eingeschaltet, mich über die Antworten des Rateteams geärgert, erbost die einzelnen Kandidaten beleidigt, den Apparat ausgeschaltet, einfach nur dagestanden und auf den zusammenschrumpfenden Kreis aus grauem Licht gestarrt, dieses kurze Aufflackern, ehe der Bildschirm schwarz wird. Dann war ich in die Küche gegangen, wo ich mich jetzt immer noch aufhielt, hatte mich hingesetzt und das zweite Bier aufgemacht.

Und ich wartete.

Ich war mir darüber im klaren, daß ich an Flucht gar nicht zu denken brauchte. Schließlich konnte ich ja nicht gut auf der Straße übernachten. Früher oder später mußte ich mich hinlegen und schlafen.

Wenn ich das tat, würde sie mir wieder erscheinen.

Tief im Innern war ich mir dessen so sicher, wie ich davon überzeugt war, daß Anne und Richard nach der Beerdigung heimkehren würden.

»Zu spät«, rief ich ihr aus einer Entfernung von hundertdreißig Kilometern zu. »Zu spät. Du wirst zurückkommen, und es wird auch ...«

Ich erschrak. Hatte ich da im Wohnzimmer etwas gehört? Ich biß die Zähne zusammen und lauschte so angestrengt, daß meine Trommelfelle schmerzten. Ich saß mucksmäuschenstill, starrte aufs Tischtuch und war nicht in der Lage, ins Halbdunkel des Wohnzimmer zu blicken.

»Bist du da?« murmelte ich. »Bist du da?«

Plötzlich warf ich den Kopf herum.

»Also, *bist* du da?«

Sie war nicht da. Irgend etwas, das sich wie ein Schluchzen anhörte, entwich meiner Brust. Ich hörte es. Und bekam es mit der Angst zu tun. Ich war wie ein Baby, das sich nachts fürchtet, wie ein kleiner Junge, der Angst vor Geistern hat. All die vielen Jahre der Vernunft und des Lernens waren wie ausgelöscht. Das Bier hatte ich in der Hoffnung getrunken, meine Wahrnehmung zu benebeln. In Wahrheit hatte ich sie nur noch gesteigert, indem ich die Barrieren des bewußten Widerstands herunterschraubte. Betrink dich ja nicht, wenn du deine innere Anspannung abschütteln möchtest.

Trinken öffnet nur die Tore und läßt die Gefangenen entwischen, die du nüchtern durch deine Willenskraft im Zaum halten kannst.

»Ich hasse dich«, schimpfte ich volltrunken. »Ich hasse dich, weil du mich verlassen hast. Was für eine Frau bist du, daß du mich hier allein zurückläßt? Du weißt, daß sie hier ist. Du weißt ganz genau, daß sie etwas von mir will. Du …«

Ich fuhr zusammen, als ich im Haus nebenan lautes Gelächter hörte. Ich hörte, wie Elsie gutgelaunt sagte, »Ach, jetzt *hörst* du aber auf!«

Ich erschauderte. Tief in unserem Innern sind wir alle Monster, schoß es mir durch den Sinn.

»Und das monströseste aller Monster ist das weibliche Monster«, brabbelte ich, »denn das sind hinterhältige Monster, weil sie einen hintergehen, weil sie permanent auf der Lauer liegen, sich hinter der Fassade von Unaufrichtigkeit verstecken, weil sie die Monster der Täuschung sind.«

Ich neigte mich vor, legte den Kopf auf meine Arme und überlegte kurz, ob ich rüber auf Elsies Party gehen sollte. Doch ich wußte, daß ich dazu nicht in der Lage war. Mich in die Nähe all dieser Menschen zu begeben und ihren Gedanken auszusetzen, war mehr, als ich ertragen konnte.

»Anne, ich will nicht, daß du …«

Ich brach ab, stand angesäuselt auf, brachte die Bierflasche zur Spüle, leerte das Bier aus und sah zu, wie die bernsteinfarbene Flüssigkeit in den Ausguß lief. Dann stellte ich die Flasche ab.

Allein.

»Ich bin allein in diesem Haus.«

Mit der Faust schlug ich auf die Spüle. »Wieso hast du mich allein gelassen?« rief ich zornig.

Ich drehte mich um und taumelte auf die Küchentür zu. Hier hatte Anne noch an diesem Morgen gestanden, mich voller Entsetzen angestarrt. An diesen Blick erinnerte ich mich genau. Ganz genau.

»Ich habe es wohl herausgefordert, nehme ich an«, sagte ich. »Ich vermute, ich ...«

Blitzschnell sah ich mich im Wohnzimmer um.

»Na schön, wo steckst du?« brüllte ich. »Gottverdammt, wenn ...!«

Das Läuten des Telefons ließ mich hochschrecken. Wie angewurzelt stand ich da und schaute in den Flur.

Dann lief ich schnell über den Teppich, rannte in den Flur, riß den Hörer von der Gabel.

»Anne?«

»Tom? Wo bist du gewesen? Ich versuche schon den ganzen Abend, dich zu erreichen.«

Als ich die Augen schloß, merkte ich, wie die Anspannung nachließ.

»Tom?«

»Ich bin aus gewesen«, sagte ich. »Ich habe ... es im Haus nicht ausgehalten. Deshalb bin ich ins Kino gegangen.«

»Du hörst dich nicht gut an.«

»Es ist nichts. Mir geht es gut. Ich freue ... mich nur, von dir zu hören.«

»Tom. Ich ... ich weiß nicht, was ich sagen soll. Bis auf ... da erfahre ich das mit meiner Mutter und dann auch noch ...«

»Ich weiß, ich weiß. Du brauchst mir nichts zu erklären«, sagte ich. »Ich verstehe dich gut. Sag mir nur, daß du mich nicht haßt, daß du mich nicht ...«

»Liebling, was sagst du da?« fragte sie. »Selbstverständlich hasse ich dich nicht. Ich habe mich dumm benommen und ...«

»Nein, nein, nein. Du hast keine Schuld. Alles ist in Ordnung. Glaub mir, alles ist in Ordnung. Solange ich nur weiß, daß du mich nicht haßt.«

»Ach … Tom. Liebling.«

»Wie geht es dir? Geht es Richard gut?«

»Ja, natürlich, Tom. Du klingst sehr durcheinander.«

»Oh …!« Ich rang mir ein klägliches Lachen ab. »Aus mir sprechen nur zwei Liter Bier. Ich brauchte eine Stärkung.«

»Ach, Liebling, es tut mir ja so leid«, sagte sie. »Bitte, verzeih mir. Ich habe es nicht so gemeint, was ich gesagt habe. Du weißt, daß ich nicht gemeint habe, was ich …«

»Ist schon gut, Schatz. Ist schon gut.« Ich schluckte. »Wann … wann ist die Beerdigung?«

»Morgen nachmittag.«

»Aha. Wie geht es deinem Vater?«

»Er trägt … es mit Fassung.« Sie machte eine Pause. »Ich wünschte, du wärst hier, bei mir. Es war gemein von mir, dich so zurückzulassen.«

»Ich wünschte auch, ich wäre bei dir. Soll ich mit dem Bus kommen?«

»Ach nein. Morgen abend bin ich wieder daheim. Ich möchte dich nicht darum bitten …«

»Aber ich möchte es. Ich möchte es.«

»Nein, Liebling. Bleib daheim. Und … nimm es nicht so schwer.«

Ihre letzten Worte versetzten mir einen Stich.

Ich weiß nicht, ob es daran lag, wie sie sagte – aber daraufhin ging ich innerlich in die Defensive. Und als sie weitersprach, verstärkte sich meine Vermutung, daß sie mir etwas verheimlichte. Nachdem wir uns voneinander verabschiedet und sie aufgelegt hatte, fühlte ich mich fast so mies wie vor ihrem Anruf.

Was war denn? Ich stand da, hielt den Hörer in

der Hand und hörte auf das leise Summen in meinem Ohr.

Als ich auflegte, wußte ich Bescheid.

Sie nahm an, ich würde den Verstand verlieren.

Ich ließ mich auf die Couch fallen. Heftiges Zittern überkam mich. Das konnte ich einfach nicht hinnehmen, das war unmöglich. Sicher, ich hatte es selbst in Betracht gezogen, wollte es aber nicht glauben. Anne glaubte es. Sie glaubte es so sehr, daß sie mir nicht einmal erzählt hatte, was sie dachte. Sie machte sich über mich lustig, behandelte mich von oben herab.

Meine Hände ballten sich zu Fäusten.

»Sprich behutsam mit dem Wahnsinnigen, der Schaum vor dem Mund hat«, höhnte ich gereizt. »Sprich zu ihm mit sanfter Stimme, sonst wird er sich erheben und dich töten. Oh ... *Gott!*«

Mit geballten Fäusten drosch ich auf meine Beine ein.

Diese Verletzung, dieser Zorn waren der Auslöser.

Ungefähr eine Stunde hatte ich mit zurückgelehntem Kopf dagesessen und an die Decke gestarrt.

Mit einem Mal spürte ich dieses Kribbeln im Kopf.

Ich kämpfte nicht dagegen an. In aller Seelenruhe entschied ich, daß ich wollte, daß es kam. Ich verspürte die Notwendigkeit. Ich streckte sogar noch die Hand aus, um die Tischlampe auszuschalten, lehnte mich dann in der Dunkelheit zurück und konzentrierte mich darauf, daß es begann.

Anscheinend war das eher hinderlich. Ich änderte meine Taktik. Anstatt es zu forcieren, entspannte ich mich und ließ der ganzen Sache freien Lauf. Niemals war mir bewußter, daß ich nichts anderes als ein ferngesteuerter Kanal war, durch den alles hindurchströmte. Ich kämpfte nicht dagegen an. Ich war unglaublich wütend, auf Anne, auf die Welt, weil sie – den Anschein hatte es zumindest – an mir zweifelten. Na gut, wenn sie glauben wollten, daß ich den Verstand verlor, bitte schön.

Zorn schwächte es ebenfalls ab. Jeder bewußte Anflug von Widerstand schien eine Beeinträchtigung darzustellen. Also beruhigte ich mich wieder. Lehnte den Kopf zurück, wartete, übte mich in Gleichmut. Mir wurde klar, daß es in der ersten Nacht so lange gedauert hatte, weil ich mich gewehrt hatte, ohne genau zu wissen, wogegen.

Es war fast genauso wie beim erstenmal, doch alles ging viel schneller vonstatten. Es gab diese Geistesblitze, diese Gefühlsausbrüche. Da waren Visionen und einander überlappende Erinnerungen, Gesichter rauschten vorbei, Ideen, Konzepte – wie Sternschnuppen am schwarzen Firmament.

Wieder schien alles auf einen Höhepunkt zuzusteuern, und ich registrierte, daß es nicht verschwand, sondern an diesem Punkt ausharrte, mich in einem Zustand angespannten Bewußtseins festhielt.

Jetzt.

Langsam – als wäre Anne gerade ins Zimmer gekommen, als würde ich den Kopf heben, um sie anzusehen – schweifte mein Blick zum Fenster hinüber. Ich konnte beinahe ihre glatte, weiße Haut *spüren,* die Beschaffenheit ihres schwarzgemusterten Kleides, ihre weichen, zerzausten Haare. Wie ich sie dort sah, empfand ich grimmige Befriedigung; als wäre sie erschienen, um mir Recht zu geben, um den anderen eins auszuwischen. Instinktiv begriff ich, daß Annes Gegenwart den Einfluß dieser Frau geschwächt hatte und daß ich sie deshalb neulich nacht nicht gesehen hatte.

Dann legte sich der stechende Blick, mit dem diese braunen Augen mich bombardierten. Tiefe Genugtuung und vage Furcht keimten in mir auf. Ganz steif saß ich da und hörte selbst den Lärm von Elsies Party nebenan.

»Wer sind Sie?« fragte ich. Meine Stimme war kaum mehr als ein Wispern.

Keine Antwort. Ein kaltes Prickeln lief über meinen Kopf.

»Was wollen Sie?«

Keine Antwort. Ich konnte den Blick nicht von ihr abwenden, sah sie mir ganz genau an, erfaßte jedes Detail: das eigenartige Kleid, die Perlen, die Armbanduhr an ihrem linken Handgelenk, die dunklen Wildlederschuhe, die Strümpfe, selbst ihre Größe. Während ich sie betrachtete, bewegte sie sich nicht.

»Was wollen Sie?« fragte ich erneut.

In ihrem Blick lag wieder etwas Flehendes. Ich sah, wie sich ihre weißen Lippen bewegten. Urplötzlich beugte ich mich mit pochendem Herzen vor.

»Sagen Sie es mir!« rief ich. Auf einmal fürchtete ich, daß sie nicht mehr lange bleiben würde. *»Sagen Sie es mir. Bitte.«*

Aber ich redete mit dem dunklen, leeren Wohnzimmer. Ich konzentrierte mich auf die Stelle, wo sie gestanden hatte. Nichts.

Mit einer Ausnahme: ein gedämpfter, mitleiderregender Schluchzer in der Dunkelheit.

Dann war auch er verstummt.

Ich war schon auf dem Weg zu Mrs. Sentas, um sie zu fragen, wie ihre Schwester aussah. Doch ich begriff, wie seltsam ihr diese Frage erscheinen mußte. Was sollte ich ihr sagen, wenn sie mich fragte, aus welchen Grund ich das wissen mußte. *Tja, Sie müssen verstehen, daß ich immer wieder diesen Geist in meinem Wohnzimmer sehe und …*

Wie heißt es noch so schön: Sie kriegen dreißig Tage, der nächste Fall.

Aber, um ehrlich zu sein, ich glaubte nicht mehr, daß diese Frau ein Geist war. Tief im Innern fiel es mir schwer, diese Erklärung für all die Dinge aufrechtzuerhalten. Ich erinnerte mich an das Gefühl, das mich ergriffen hatte, als ich zu der Ansicht gelangte, für das, was die Menschen »Jenseits« nannten, einen Beweis gefunden zu haben. Nun widerstrebte es mir, mich wieder auf derlei Überzeugungen einzulassen. Zumindest soviel Skepsis gestand ich mir noch zu. An der Existenz dieser Frau zweifelte ich allerdings nicht länger. Und zu mehr Zugeständnissen war ich nicht bereit, vor allem wenn man in Betracht zog, wohin das führte.

Am nächsten Morgen wachte ich gegen neun Uhr auf. Sonntag. Vom Bett aus betrachtete ich die Muster, die die Sonne an die Decke malte. Kurzzeitig regte sich mein unvermeidliches Mißtrauen. Selbst wenn ich nicht fortwährend unter Kopfschmerzen und Bauchweh gelitten hätte, so hätte ich dennoch gar nicht anders gekonnt, als alles für bare Münze zu nehmen.

Es war schon eigenartig, hier zu liegen und zu wissen, daß alles, was ich erlebt hatte, objektiv betrachtet real war, daß ich nicht auf dem besten Weg war, verrückt zu werden. Und doch lag ich hier in diesem sonnendurchfluteten Raum und hörte, wie gegenüber jemand Rasen mähte. Und daß eine Straße weiter irgendein Junge an seinem Modellflugzeug arbeitete, daß schrilles Motorengeräusch in der Luft lag. Und die Sonne schien und die Menschen in die Kirche gingen. Trotzdem wußte ich, daß die vielen Beweise für das, was wir »Dasein« nennen, nur ein Bruchteil des großen Ganzen darstellten. Das wußte ich. Alle Zweifel waren wie ausradiert.

Wenn ich davon nicht überzeugt sein konnte, was dann?

Nach dem Frühstück – und nachdem ich die Idee, Mrs. Sentas auszuhorchen, verworfen hatte – ging ich über die Straße zu Frank und Elizabeth.

Elizabeth saß gerade am Küchentisch und trank Kaffee, als ich auf die hintere Veranda trat. Ich klopfte vorsichtig an, woraufhin sie den Blick hob. Ein unsicheres Lächeln erhellte ihre Züge.

»Komm rein, Tom«, forderte sie mich auf.

Das tat ich.

»Guten Morgen«, sagte ich.

»Guten Morgen.«

»Liegt der Faulenzer immer noch im Bett?«

Sie nickte. »Wie geht es Anne?« erkundigte sie sich. »Ich habe sie gestern nicht gesehen.«

Ich erzählte ihr von Annes Mutter.

»O *nein!*« stieß Elizabeth entsetzt aus. »Wie schrecklich für sie.« Ich spürte, daß sie wissen wollte, weshalb ich nicht auch nach Santa Barbara gefahren war, diese Frage aber als taktlos empfand.

»Dann bist du also allein. Frank meinte, er hätte dich gestern angesprochen und du ...« Sie verstummte.

»Ich habe ihn nicht gehört«, behauptete ich. »Vermutlich konnte ich nicht klar denken.«

»Ich habe ihm gleich gesagt, daß du ihn wahrscheinlich nicht gehört hast«, sagte sie und lächelte. »Möchtest du einen Kaffee?«

»Ja, Danke.« Wenn ich mit ihr Kaffee trank, konnte ich sie über Helen Driscoll ausfragen.

Was ich auch tat, nachdem sie mir einen Kaffee eingeschenkt und sich wieder gesetzt hatte.

»Wie sie ausgesehen hat?« fragte Elizabeth.

»Ja.«

Sie zögerte. *Was willst du wissen?* Die Worte tauchten in meinem Kopf auf. Ich wußte, daß das ihre Gedanken waren. Beinahe hätte ich darauf geantwortet, konnte aber glücklicherweise noch an mich halten.

»Nun, war sie …?« Ich brach wieder ab. Ich wollte die Frau nicht beschreiben und Gefahr laufen, Elizabeth die passenden Worte in den Mund zu legen.

»Was wolltest du sagen?« fragte sie mich.

»Nichts.«

»Aha.« Einen Augenblick lang trafen sich unsere Blicke, und ich dachte, wie hübsch sie eigentlich hätte sein können, wenn da nur ein bißchen Farbe, ein bißchen Leben oder – anders ausgedrückt – ein bißchen Glück in ihrem Gesicht gewesen wären.

»Ich habe sie nicht oft gesehen«, sagte sie. »Wir … wir sind erst sechs Monate vor ihrem Weggang hierher gezogen und … wir hatten nie viel zu tun mit ihr. Sie war … ziemlich einzelgängerisch.«

»Ich verstehe.«

»Tja, und wie hat sie ausgesehen?« Elizabeth knabberte nachdenklich an ihrer Unterlippe. »Oh, sie war relativ groß. Dunkle Haare. Dunkle Augen.«

Mir fiel auf, daß ich mich vorgebeugt hatte und sie anstarrte.

»Hatte sie auch … ein dunkles Kleid?« fragte ich und bemühte mich vergeblich, meine Frage ganz beiläufig klingen zu lassen.

In dem Blick, den Elizabeth mir zuwarf, lagen Neugier und Mißtrauen.

»Ein dunkles Kleid?« fragte sie nach.

»Ja. Schwarz mit einer Art … einer Art Muster darauf?«

»Nun.« Sie schluckte. »Sie hatte ein Kleid, das sie in

Tijuana gekauft hatte«, sagte sie. »Ich habe genauso eins gesehen, als Frank und ich mal dort gewesen sind.«

»Ist es dunkel gewesen?«

»Ja. Es war schwarz. Und hatte so ein kleines Muster. Wie ... ich denke, es waren aztekische Symbole.«

»Und trug sie dazu eine Perlenkette?«

Sie schien vor mir zurückzuweichen, nur ein wenig. Offenbar kam ihr mein Benehmen ziemlich verrückt vor. Als sie mir antwortete, konnte ich sie kaum verstehen.

»Ja, das hat sie«, sagte sie.

DREIZEHN

Ich lehnte mich nach hinten; die Hände auf meinem Schoß zitterten.

»Ich nehme an, du wunderst dich über meine Fragen«, sagte ich. Dabei bemühte ich mich, mir meine Aufregung nicht anmerken zu lassen.

»Tja, ich …« Anscheinend war ich ihr ein wenig unheimlich.

»Ich habe bei uns drüben ein kleines Foto in einem der Schränke gefunden«, log ich, »und habe mich gefragt, ob unsere Vorgängerin darauf abgelichtet ist.«

»Oh.« Ich vermute mal, sie hat mir die Geschichte abgekauft. Wie auch immer, das Mißtrauen legte sich nach einer gewissen Zeit.

Während ich meinen Kaffee austrank, gelang es mir, über die Nachbarschaft im allgemeinen zu plaudern. Dann, als ich aufstand, fragte Elizabeth mich nach ihrem Kamm.

»Ach … Herrje«, sagte ich, »ist der immer noch bei uns?«

Sie lächelte. »Das macht doch nichts.«

»Ich werde ihn dir sofort bringen.«

»O nein, ich kann …«

»Nein, wirklich, ich werde ihn sofort holen«, sagte ich. »Du hast schon lange genug gewartet.« Ich machte die Tür auf. »Bin gleich zurück.«

»Schön.«

Kaum war die Tür hinter mir zugefallen, steigerte sich meine Aufregung; meine Hände ballten sich zu

Fäusten, mein Atem ging schwer. Es *war* Helen Driscoll! Damit konnte man noch nicht das Leben nach dem Tod beweisen, aber für mich war es in etwa genauso spannend, daß Helen Driscoll immer noch in diesem Haus sein wollte und sich dieser Wunsch aus einer Entfernung von fünftausend Kilometern mit solcher Macht Bahn brach, so daß ich sie tatsächlich in meinem Wohnzimmer *sah.*

Ich wünschte, Anne wäre zurück, damit ich ihr die Neuigkeiten erzählen konnte, damit sie begriff, was das war, und sich nicht mehr um meinen Geisteszustand sorgte. Jetzt konnte ich ihre Einstellung nachvollziehen; unter diesen Umständen war sie verständlich. Aber diese Umstände gingen weit über ihre Vorstellungen hinaus. Zuerst nahm ich an, daß sie mir nicht glauben würde, doch dann kam ich zu dem Ergebnis, daß ihr gar keine andere Wahl blieb. Elizabeth war meine Zeugin. Und Helen Driscoll war ich noch nie im Leben begegnet.

Dennoch hatte ich sie zu diesem Kleid befragt und richtig gelegen.

Solche Gedanken gingen mir durch den Kopf, als ich in die Küche kam. Der Kamm lag auf dem Fensterbrett über der Spüle. Ich ging hinüber und holte ihn.

»Aah!«

Mein Schrei war kurz und atemlos, der Schrei eines Mannes, der etwas Lebendiges berührt und damit nun überhaupt nicht gerechnet hat.

Denn als meine Hand den Kamm umschloß, spürte ich ganz unvermittelt ein nervöses Kribbeln in meinen Fingern, gerade so, als hätte ich einen elektrischen Schlag gekriegt. Ich wich zurück; der Kamm fiel in die Spüle.

Ich stand schlotternd da und starrte benommen den

Kamm an. Ich weiß nicht, was für ein Ausdruck in jenem Moment auf meinem Gesicht gelegen hat, aber er hat bestimmt Ehrfurcht und Verblüffung widergespiegelt. Verblüfft, ja, das war ich, und ich empfand auch Ehrfurcht angesichts dieser Bedrohung, die sich so schnell legte, daß ich ihren Ursprung nicht benennen konnte. Dennoch war sie viel zu intensiv, um sie zu leugnen.

Vorsichtig streckte ich die Hand aus, zog dann aber die Finger zurück, als könnte der Kamm den Tod bringen. Mit einem Kloß im Hals starrte ich ihn an. Jeder Gedanke an Helen Driscoll war wie ausgelöscht. Ein neues Element breitete sich in meinem Geist aus, verdrängte alle anderen Gedanken.

Ungefähr zwei Minuten lang stand ich da, fixierte den Kamm und merkte, wie mein Verstand über sich selbst stolperte bei dem Versuch, die Situation realistisch einzuschätzen. Das war ausgeschlossen. Man stelle sich mal vor, daß man eines Morgens das Haus verläßt und sich auf den Weg zur Arbeit macht, um eine Ecke biegt und dort auf einen siebenköpfigen Drachen trifft. Wie soll man so einem Ereignis mit Vernunft beikommen, wie soll man sich darauf einlassen oder auch nur halbwegs verstehen, was man da sieht, wenn man sich gleichzeitig darüber bewußt ist, daß man nur an einem ganz normalen Morgen auf dem Weg zur Arbeit ist?

Es gibt kein verbindliches Rezept, wie man das plötzliche Auftauchen von etwas vollkommen Bizarrem geistig verarbeitet und akzeptiert. Deshalb stand ich auch nur reglos da, deshalb streckte ich ein Dutzend Mal die Hand nach dem Kamm aus, ohne ihn zu berühren. Dies war auch er Grund, weshalb mein Verstand mir schwerfällig und unfähig erschien.

Irgendwann nahm ich ein Messer aus der Küchenschrankschublade, hielt es in die Spüle und bewegte damit den Kamm. Nichts. Ich berührte ihn noch mal. Wieder spürte ich nichts. Mit zusammengekniffenen Augen betrachtete ich den Kamm und kapierte überhaupt nichts.

Dann legte ich das Messer weg und faßte den Kamm an.

Dieses Mal war das Gefühl nicht ganz so stark, aber es war da. Während ich dastand, mich hilflos fühlte und panisch reagierte, schien der Raum dunkler und kälter zu werden.

Tod. Dieser Begriff war unmißverständlich.

Wieder ließ ich den Kamm fallen und zitterte am ganzen Körper; ich starrte auf den Linoleumboden, wo er nun lag. Das Ding sah ganz harmlos aus.

Das Zittern bekam ich nicht in den Griff. Wieder einmal fiel mir auf, wie unpräzise und unkontrollierbar meine Sinneswahrnehmung war. Es passierte immer, wenn ich überhaupt nicht damit rechnete. Ich erinnerte mich an ein Experiment, das Psychologen mit Hunden durchgeführt hatten. Die Tiere waren wahnsinnig geworden. Wann immer der Hund am wenigsten damit rechnete – meistens wenn er sich gerade über einen Freßnapf beugte –, schlugen sie auf ein großes Rohr. Der hohe, vibrierende Ton, der dann erklang, brachte den Hund zur Raserei. Wiederholte man diesen Vorgang ein paar Dutzend Mal, war der Hund verrückt und hatte sich in ein zuckendes und sabberndes Etwas verwandelt, das keine Ähnlichkeit mit seinem früheren Wesen hatte und außerstande war, einigermaßen vernünftig zu reagieren.

Genauso fühlte ich mich in jenem Augenblick. Erschwerend kam noch hinzu, daß ich im voraus wußte, was geschehen würde. Ich wußte, daß sich Situationen wie diese hin und wieder – wenn ich nicht darauf vorbereitet und emotional instabil war – ereigneten und mich aus der Bahn warfen. Waren sie von längerer Dauer, war auch ich kaum mehr als eine bemitleidenswerte Kreatur, die überreizt war und von Ängsten heimgesucht wurde.

Nach einer Weile legte ich den Kamm in einen Briefumschlag und brachte ihn Elizabeth.

Erst als ich in ihrer Küche stand und ihn ihr aushändigte, begriff ich, was für eine fürchterliche Beziehung da bestand.

Erst als das Wort *Tod* sich ganz deutlich in meine Seele gebrannt hatte, begriff ich, *es war ihr Kamm, den ich in Händen hielt.*

Der Tag war die Hölle.

Meine Freude darüber, daß ich herausgefunden hatte, wer die Frau war, hatte nicht lange vorgehalten. Fast den ganzen Tag über saß ich im Wohnzimmer und *wartete,* daß etwas geschah. Daß nichts passierte, half mir auch nicht besonders weiter. Nicht immer ist ein Schock nötig, um einem Mann den Verstand zu rauben – das Wissen darum, wann dieser Schock einsetzt, gibt den Ausschlag.

Am späten Nachmittag lagen meine Nerven bloß. Das Geschrei eines Kindes auf der Straße ließ mich aufschrecken. Das Hupen eines Wagens ließ mich hochfahren und die Luft anhalten. Wenn die Jalousie sich im Wind bewegte, riß ich den Kopf so schnell herum, daß es weh tat. Und als gegen fünf Uhr das Telefon klingelte, fiel mir die Tasse Kaffee aus der Hand, als führe sie plötzlich ein Eigenleben. Sie rollte über den Wohnzimmerteppich, die braune Flüssigkeit versickerte im Flor.

Nervös nahm ich den Hörer ab. Es war Anne. Die Beerdigung war vorbei, und sie war nun auf dem Weg in das Haus ihres Vaters, um ein paar Verwandte zu treffen. Gegen acht wollte sie losfahren.

»In Ordnung«, erwiderte ich.

»Geht es dir gut?« erkundigte sie sich.

»Ja«, sagte ich, »es geht mir gut.«

Nachdem ich aufgelegt hatte, gab ich den Kaffee auf und begann, Bier zu trinken in der Hoffnung, daß ich ruhiger wurde. Anne hat recht, dachte ich, als ich die Scherben auflas und den Kaffee auftupfte. Sie hat recht, ich sollte Alan Porter einen Besuch abstatten. Das werde ich wahrscheinlich auch tun, dachte ich. Irgendwann nächste Woche. Doch dann fragte ich mich, wie er mir helfen sollte. Ich wußte inzwischen, daß ich nicht verrückt, sondern nur sehr empfänglich war. Was konnte er tun, damit sich das änderte? Ich war wie ein drahtloser Empfänger, offen für alle Kanäle, ohne Schalter. Niemand bediente die Knöpfe, niemand kontrollierte die eingehenden Nachrichten und warnte mich im voraus. Alles war undurchsichtig und versetzte mich in Angst und Schrecken.

Um ehrlich zu sein, ich war schon dabei, Alans Privatnummer zu wählen, legte dann aber den Hörer wieder auf die Gabel. Nein, dachte ich, er kann nichts tun. Sein Metier sind Geisteskrankheiten. Mit dem, was mit mir geschieht, kennt er sich nicht aus.

Aus irgendeinem Grund – vielleicht lag es am Wetter, vielleicht auch an mir – wurde es abends kühl, obgleich der Tag sehr heiß gewesen war. In der Dämmerung zog ich einen Pulli an, doch das half auch nicht. Schließlich beschloß ich, ein Feuer zu machen.

Aus dem Küchenschrank holte ich ein paar Holzscheite, legte sie auf den Kaminrost, hackte Anfeuerholz und hielt ein Zündholz daran. Ich vermute, es muß so gegen acht gewesen sein, als ich das Feuer anzündete. Draußen wurde es gerade dunkel; Abendrot färbte den Himmel.

Ich saß auf der Couch, starrte in die kleinen Flammen und dachte über Elizabeth nach.

Ich versuchte mir einzureden, daß alles nur Einbildung gewesen war, doch diese Strategie funktionierte nicht mehr. Ich wußte, daß ich mir nichts einbildete. Zu viele Dinge waren für mich zu real, als daß ich an ihnen zweifeln konnte. Ich fürchtete mich zwar vor dieser primitiven, unausgegorenen Fähigkeit, die ich besaß, konnte ihre Existenz aber nicht länger leugnen.

Doch Elizabeth ... die arme, schweigsame Elizabeth. Wie konnte ich nur hier sitzen und so was denken? Da wußte ich um den Fluch des Propheten, die Agonie des Sehers. Wie, überlegte ich, war es einem Menschen wie Nostradamus möglich gewesen, dieses grausame Wissen zu ertragen, was die kommenden Jahrhunderte bringen würden?

Doch auf welche Weise könnte Elizabeth sterben? Das fragte ich mich.

Die Antwort folgte sofort: *Bei der Geburt.* Sie war schlank, hatte ein schmales Becken. Und sie hatte bisher noch nicht entbunden. Soweit ich wußte, hatte es in ihrer Familie einige Schwangerschaften gegeben, die unglücklich verlaufen waren.

Ich biß mir auf die Lippe und fühlte mich bei dem Gedanken unglaublich schlecht. Was hatte Anne noch gleich gesagt? *Alles, was sie will, ist ein Baby.* Das stimmte auf ungeheuerliche Weise. Das war es, was sie antrieb. Das war der Grund, warum sie Franks Grausamkeiten ertrug, seine Wutanfälle, seine Gleichgültigkeit.

Und sie würde sterben, ohne ihr Kind gekannt zu haben.

Ich saß in dem kleinen, stillen Wohnzimmer und starrte mit tränenden Augen ins Feuer, weinte um Elizabeth und um mich, denn wir beide brauchten Hilfe – und es gab niemanden, der uns helfen konnte.

Dann ging das Feuer aus; der Raum wurde dunkler. Ich stand auf und trat an den Kamin, um im Holz herumzustochern. Ich kniete mich hin und zog an der Kette, mit der das Gitter befestigt war. Sie klimperte leise. Ich griff nach dem Schürhaken.

Und wieder passierte es!

Diesmal schrie ich laut auf vor Angst. Der Schürhaken fiel mir aus der Hand und polterte über den Teppich.

»Nein!« entsinne ich mich gerufen zu haben. »Nein, nein, nein, nein!« Furcht und Schrecken brachten mich fast um den Verstand. Am liebsten hätte ich mich verkrochen und die Welt, die nur noch ein undurchdringlicher Wald voller Fallen war, weit hinter mir zurückgelassen. Wohin ich mich auch wandte – der Terror kam von allen Seiten. Alles, was ich berührte, konnte zum Leben erwachen.

Es dauerte lange, bis ich überhaupt stehen konnte. Ich kauerte mich auf dem Boden zusammen, nahm den Kopf zwischen meine angezogenen Beine, schlotterte am ganzen Körper. Mein Bauch schmerzte unendlich. Ich keuchte und würgte, als müsse ich mich jeden Moment übergeben, was ich nur als Erleichterung empfunden hätte. Statt dessen blieb die Zeit stehen, und ich war wie erstarrt – allein, hilflos und krank.

Schließlich – Stunden später, wie es mir schien – war es vorbei. Mit wackligen Knien stand ich auf, schleppte mich zum Sofa hinüber und ließ mich darauf fallen. Zuerst schaltete ich eine, dann eine zweite Lampe ein. Das Feuer war verloschen. Ich starrte kurz in den Kamin, dann wanderte mein Blick weiter, als würde er von dem Schürhaken angezogen. Er war aus Eisen, schwarz lackiert. Sein Ende war von einer Maschine oder von Menschenhand zu einem rechten Winkel verformt worden. Der Griff war gewunden. Und mehr war nicht dran – ein einfacher Gebrauchsgegenstand, auf den ersten Blick völlig harmlos. Doch für mich besaß dieser Schürhaken alles, was einen Alptraum ausmachte – und ich hätte ihn genausowenig berühren können, wie ich fliegen konnte.

Ich war in der Küche, als Anne nach Hause kam.

Dort harrte ich bereits seit zwei Stunden aus. Obwohl ich alle Lampen eingeschaltet hatte, fürchtete ich mich vor dem Wohnzimmer. Ich saß da, trank Bier und sah die ganze Zeit über die gleiche Seite mit den Sonntagscomics an, ohne ihren Sinn zu begreifen, geschweige denn ihren Humor.

Als sie hereinkam, stockte mir ungewollt der Atem, hob ich unabsichtlich den Kopf. Ich muß schrecklich ausgesehen haben. Unglücklicherweise erhaschte sie einen Blick auf mein Gesicht, ehe sich darin meine Freude über ihre Heimkehr widerspiegelte.

Außerdem spürte sie, wie sehr ich bibberte, als ich meine Arme um sie schlang und sie küßte; dessen bin ich mir sicher.

»Ich bin froh, daß du wieder da bist«, sagte ich. Meine Stimme war verräterisch, gab preis, was mich beschäftigte.

Ich atmete tief durch und lächelte sie an.

»Wo ist Richard?« fragte ich.

Sie zeigte mit dem Kopf in Richtung Tür.

»Ist auf dem Rücksitz eingeschlafen«, meinte sie. »Ich wollte ihn nicht hochheben. In meinem Zustand, weißt du?«

»Natürlich.« Ich lächelte nervös. »Ich werde ihn holen.«

»Gut.«

Ich war beinahe erleichtert, mich ihrem Blick entziehen zu können. Draußen öffnete ich die hintere Tür des Fords. Richard war warm und hatte rote Bäckchen. Er war zugedeckt, nur sein Gesicht war zu sehen. Als ich so dastand und ihn ansah, spürte ich, wie sehr ich ihn liebte. Ich beugte mich hinunter und küßte seine Wange. Er seufzte und seine kleine Hand bewegte sich unter der Decke.

»O Gott, ich liebe dich, Kleiner«, erinnere ich mich, geflüstert zu haben, als wäre ich verdammt und könnte einen letzten Blick auf meinen geliebten Sohn werfen.

Als ich mit ihm auf den Arm ins Haus trat, sah ich Anne mit dem Schürhaken in der Hand vor dem Kamin stehen. Sie schaute zu mir auf. Ihr Lächeln wirkte verkrampft.

»Was ist passiert?« fragte sie und gab sich Mühe, die Frage ganz beiläufig klingen zu lassen.

Ihre Frage schnürte mir die Kehle zu. »Ich … habe Feuer gemacht«, sagte ich. »Und den Schürhaken fallen lassen und … wohl vergessen, ihn aufzuheben. Ach, und dort drüben, der Fleck da ist Kaffee, den ich verschüttet habe.«

»Aha.« Sie hängte den Schürhaken an den Ständer zurück und ich ging aus dem Zimmer. Aus ihrer Stimme hörte ich Nervosität, Mißtrauen heraus. Dieselben Gefühle signalisierten mir ihre Gedanken.

Als ich ins Wohnzimmer zurückkehrte, saß sie auf

der Couch. Sie schenkte mir ein Lächeln und klopfte auf das Polster.

»Komm, setz dich zu Mama«, forderte sie mich auf.

Ich war entsetzlich verkrampft. Ich wußte ganz genau, was sie empfand, und war mir gleichzeitig darüber bewußt, daß ich ihr nichts erzählen konnte – von Helen Driscoll, Elizabeth, Elsie, dem Schürhaken, allem anderen.

Ich setzte mich neben sie und fand es äußerst beruhigend, daß sie wieder da war, daß ich – trotz der unsichtbaren Mauer zwischen uns – ihre Liebe, ihre Wärme, ihre kraftspendende Normalität spürte.

»Erzähl mir von der …« begann ich in der Hoffnung, damit eine Diskussion über mich vermeiden zu können.

»Alles war ganz normal«, sagte sie. Erst jetzt bemerkte ich, daß sie viel geweint hatte. Ihre Augen waren verquollen. Ich legte den Arm um ihre Schultern und sie lehnte sich an mich. Kurzfristig hatten wir unsere Rollen vertauscht. Jetzt war ich derjenige, der Trost spendete.

»War es schlimm?« fragte ich.

Sie schluckte. »Ziemlich schlimm«, sagte sie. »Vor allem hinterher. Als alle Verwandten zusammensaßen. Manche Leute sind nach Beerdigungen … so verflucht *fröhlich.*«

»Ich weiß«, sagte ich. »Ich weiß. Das ist ganz normal.«

Eine Weile lang sagte keiner von uns beiden etwas.

»Wie geht es deinem Vater?« fragte ich dann.

»Soweit ganz gut. Er wird für einen Monat oder so bei meinem Onkel John bleiben. Sie wollen in ein paar Wochen zum Fischen gehen, denke ich.«

»Ach. Das wird bestimmt nett werden.« Wie unsere Unterhaltung waren auch meine Worte nichtssagend.

Wir vermieden es, über das zu sprechen, was uns eigentlich auf dem Herzen lag.

Wieder herrschte Schweigen. Ich unternahm keinen Versuch, daran etwas zu ändern. Mir war klar, daß ich früher oder später mit ihr über dieses Thema sprechen mußte.

»Tom?« sagte sie schließlich.

»Ja?«

Ich wußte genau, was sie empfand: Kummer und Angst, auf mich wütend zu werden, mich mit den falschen Worten zu verletzen. Da begriff ich, daß ich ihr helfen mußte.

»Du machst dir Sorgen um meine Verfassung, nicht wahr?« begann ich.

Sie bebte in meinen Armen. Sie schluckte schwer.

»Du drückst dich … ziemlich unverblümt aus«, meinte sie.

»Wieso nicht?« fragte ich. Mir fiel auf, daß ich ihr gegenüber sehr kühl reagierte. Ich wurde auf mich wütend und preßte die Lippen zusammen.

»Tom, ich …«

»Ist schon gut«, sagte ich. »Ich wußte, daß du gestern abend so empfunden hast. Und ich vermute mal, daß ich gekocht habe vor Wut. Aber so empfinde ich jetzt nicht mehr. Ich denke, es war nicht zu vermeiden, daß du so empfindest.«

Einen Moment lang spielte ich mit dem Gedanken, Helen Driscoll zu meinen Gunsten anzuführen, erkannte dann aber, daß diese Geschichte zu dünn, zu fadenscheinig war. Wenn ich sie jetzt zur Sprache brachte, würde alles nur noch schlimmer werden.

»Was soll ich deiner Meinung nach tun?« fragte ich. »Bevor du mir antwortest, möchte ich dir sagen, daß ich nicht den geringsten Zweifel an meiner seelischen Verfassung habe. Ich weiß, daß mein Verhalten – normalerweise – als sicherer Beweis für Wahnsinn gelten würde, aber ... Nun, mehr habe ich nicht zu sagen. Soweit es mich betrifft, bin ich genauso normal wie du. Ich verfüge über ... eine *Fähigkeit,* die sich auf unerklärliche Weise eingestellt hat. Ich ...«

Ich brach ab in dem Wissen, daß ich Beispiele anführen würde, wenn ich weitersprach, daß ich die Ereignisse des heutigen und gestrigen Tages ausplaudern würde. Und das wollte ich vermeiden – zumindest solange sie so empfand wie jetzt.

»Nun, du läßt mir nicht mehr viel Raum, etwas zu sagen«, meinte sie. Ich wußte, wie unglücklich die Situation sie machte.

»Ich weiß nicht, was *ich* sagen soll«, verteidigte ich mich.

Ich hörte, daß meine Worte ihr die Kehle zuschnürten.

»Tom ...« begann sie kurzatmig. »Tom, als ich heute abend hier reingekommen bin, hast du mich angesehen, als ob ...«

»Ich weiß, ich weiß«, unterbrach ich sie. »Ich bin überreizt gewesen, das ist alles. Vielleicht sogar überarbeitet.«

»Nein, das ist nicht alles«, sagte sie. »Die Träume, das, was sich neulich abend mit dem Babysitter abgespielt hat, der ... der Schürhaken. Ich weiß nicht, wieso du ihn nicht aufgehoben hast, aber ... es lag nicht nur daran, daß du keine Lust dazu hattest.«

»Doch, doch«, sagte ich. Ich war kein guter Lügner.

Sie schien zu zögern.

»Würdest ... du etwas für mich tun?« fragte sie.

»Was?«

»Versprich mir, daß du es tun wirst.«

»Liebling, ich muß erst wissen, was es …«

»Na gut, na gut«, unterbrach sie mich. »Würdest du deiner Familie schreiben und …«

»… und sie fragen, ob es in unserer Familie ein paar Irre gegeben hat?«

Ich tat so, als belustige mich ihre Bitte, doch in Wahrheit klang ich gereizt.

»Tom, drück es nicht so aus. Nicht ich habe das alles in Gang gesetzt. Begreifst du denn nicht? Ich trage unser Kind und das ist so schon schwer genug. Ich komme mit all dem nicht zurecht. Jedenfalls nicht, wenn ich nicht versuche, es wenigstens halbwegs zu verstehen.«

»Gut«, willigte ich ein. »Gut. Es tut mir leid.«

»Du hast mir mal von deinem Vater erzählt«, sagte sie, »und daß er – weißt du? – kleine Zaubertricks beherrschte.«

Sie überraschte mich.

»Mehr ist es auch nicht gewesen«, meinte ich. »Nur kleine Zaubertricks.«

Ich antwortete automatisch, überlegte dann aber, ob da eine Verbindung bestand, eine logische Verbindung.

Während wir dasaßen, mußte ich daran denken, wie mein Vater manchmal das Wohnzimmer verlassen und einen von uns gebeten hatte, einen Namen oder eine Telefonnummer aus dem Telefonbuch herauszusuchen, irgendeinen Namen, irgendeine Nummer aus diesem dicken Buch. Das hatten wir getan und hinterher das Buch zugeklappt. Vater war dann wieder hereingekommen und hatte das Buch aufgeschlagen und den Namen gefunden, den wir ausgewählt hatten. Diese Ratespiele waren für uns immer sehr aufregend und geheimnisvoll gewesen, denn Vater hatte sich stets ganz normal benommen, so daß wir nicht mal eine Sekunde lang geglaubt hatten, es könnte mehr als ein Trick sein.

Jetzt sah ich das mit anderen Augen. Und das Wort *Vererbung* war bestimmt nicht das einzige Wort, das mir in den Sinn kam.

»*Wirst* du ihnen schreiben?« Mit ihrer Frage riß Anne mich aus meinen Gedanken.

»Oh! Ja … na schön. Ich werde ihnen schreiben. Vielleicht hatte ich ja einen Großvater, der ein Medium oder so was gewesen ist, hm?«

»Tom, mach keine Scherze über diese Sache.«

Ich klopfte ihr auf die Schulter. »Einverstanden.«

Später beim Zähneputzen hörte ich, wie Anne in der Küche das Geschirr abwusch. Als sie ins Schlafzimmer kam, fragte sie: »Hast du Elizabeth den Kamm gebracht?«

Ich setzte mich aufs Bett und schnürte meine Schuhe auf, damit sie mein Gesicht nicht sehen konnte.

»Ja, heute morgen.«

»Oh, gut«, sagte Anne.

VIERZEHN

Anne bat mich, nach nebenan zu gehen und ein paar Pastetenformen zu holen, die Elsie sich ausgeborgt hatte. Ich kam ihrer Bitte gerne nach, und so durchquerte ich das Wohnzimmer, stieg über den am Boden liegenden Schürhaken und ging nach draußen. Auf der anderen Seite der Straße lag Elizabeth auf dem Rasen. Ärzte beugten sich über sie. Ich machte mir große Sorgen darüber, blieb aber nicht stehen, denn Anne wollte unbedingt ihre Pastetenformen haben.

Ich lief den Trampelpfad zu Elsies hinterer Terrasse hinunter. An der Tür war ein Schild mit dem Aufdruck *Elsies Haus* befestigt. Auf mein Klopfen hin öffnete sie mir. Sie trug einen nassen, gelben Hausmantel, der eng an ihrem Körper klebte. Sie bat mich, hereinzukommen. Ich fragte, ob ich die Pastetenformen kriegen könnte. Sie sagte ja, bückte sich und kramte sie aus dem Küchenschrank. Als der untere Saum ihres Hausmantels an ihrem Bein hochrutschte, sah sie mich an und grinste. Tommy? flehte sie. Ich wich zurück. Sie richtete sich auf, kam mit den Pastetenformen auf mich zu und drückte sie mir in die Hand. Ich bekam einen elektrischen Schlag, konnte mich nicht von der Stelle rühren. Sie fing an, mir mit den Fingern durchs Haar zu fahren. Tommy, sagte sie, Tommy. Der Ausschnitt ihres Hausmantels öffnete sich. Darunter war sie nackt. Tommy, flehte sie, *Tommy.*

Ich riß mich von ihr los und wollte die Tür öffnen, die keinen Millimeter nachgab. Sie packte meinen Arm.

Komm zu mir, Tommy, forderte sie mich auf. Sie drückte sich an mich, küßte meine Wange. Ich riß die Tür auf und lief weg. Anne stand auf der hinteren Veranda und schaute zu uns hinüber. Kichernd rief Elsie: Aber, aber, *laß* das, Tommy! Anne, um Gottes willen, schrie ich, siehst du denn nicht, daß sie hinter mir her ist und nicht ich hinter ihr. Anne wich zurück, machte einen Schritt nach hinten, in Richtung Küchentür. Anne! rief ich. Laß mich in Ruhe! kreischte sie.

Ich drehte mich um, schlug Elsie ins Gesicht, die keuchend zu Boden fiel. Ihre weißen Gliedmaßen zuckten. Ich werde dich umbringen! schrie sie. Ich wirbelte herum und lief den Pfad hinunter. Auf der Straße bog ich nach links und rannte zum Boulevard. Dorothy kam mir entgegen. Ich fragte sie, was sie vorhatte. Bei Elsie babysitten, antwortete sie griesgrämig. Halte dich ja von *unserem* Haus fern, riet ich ihr. Fahr zur Hölle, sagte sie.

Ich rannte weiter, sah, wie Frank gegenüber vorfuhr und der kleinen Rothaarigen beim Aussteigen half. Hab nur den Chef zum Abendessen eingeladen, rief er mir feixend zu. Du Schwein! brüllte ich. Er lachte höhnisch. Er und der Rotschopf schlenderten an Elizabeth vorbei, die sich auf dem Gras wand und vor Schmerzen schrie.

Jetzt rannte ich schneller. Die Häuser rauschten an mir vorbei. Auf dem Boulevard stieß ich auf Eisenbahnschienen. Das ist seltsam, dachte ich, ich wußte gar nicht, daß es hier Eisenbahnschienen gibt. Schwer schnaufend lief ich an ihnen entlang. Weiter vorn sah ich Lichter, die in der Nacht strahlten – wie Supernovas. Was kann das denn sein? wunderte ich mich. Ich lief schneller und bemerkte, daß ich die Pastetenformen verloren hatte. Anne würde sauer sein. Dann erinnerte ich mich an den Vorfall mit Elsie, und da war mir klar, daß Anne sowieso nicht mit mir reden würde.

Ich rannte weiter. Ich möchte wissen, was das hier ist, dachte ich. Ist 'ne ganze Menge los. Lichter, Männer, die arbeiten und hin und her laufen, laute Sirenen schrillen.

Mit einem Mal hielt ich inne, und mir blieb vor Schreck der Mund offenstehen. Ich nahm die grauenvolle Szene in mich auf; ich war jetzt mittendrin. Ich erblickte einen Zug, aber er war nur noch ein einziger Haufen verkeilter Schrott. Ich sah, daß die Lokomotive umgekippt war, daß die Räder sich langsam drehten, daß Dampf wie der Atem eines sterbenden Tiers aus dem Schornstein stieg und in der eiskalten Luft gefror. Ich konnte mich nicht rühren, der Anblick nahm mich vollkommen gefangen. Sanitäter mit Bahren liefen zwischen Krankenwagen und den am Boden liegenden Körpern hin und her. Ich sah einen Kopf auf dem Kies liegen. Nur einen Kopf. Ich war nicht in der Lage, wegzusehen.

Hier entlang, bitte, hörte ich eine Stimme sagen. Als ich mich umdrehte, führte ein Polizist ein paar Ärzte an mir vorbei. Mein Gott, was ist geschehen? fragte ich ihn. Zug entgleist, sagte er.

Wieder betrachtete ich die Trümmer. Jetzt kapierte ich endlich, wie es passiert war. Die Lokomotive war über einen auf den Schienen liegenden Gegenstand gefahren, aus den Gleisen geworfen worden, hatte sich ungefähr zwanzig Meter durch die Erde gegraben, bevor sie umgekippt und über die angehängten Waggons gepoltert war und sie aufgeschlitzt hatte. Danach war sie über den mit Kies bedeckten Boden geschlittert, ehe sie plötzlich infolge ihres Eigengewichtes liegengeblieben war und die leichteren Waggons, die immer noch in Bewegung waren, sich ineinander verkeilt und zu diesen tödlichen Schrotthaufen aufgetürmt hatten.

O nein, sagte ich. O Gott, nein.

Ich setzte mich auf. Dunkelheit strich kalt über meine Augen. Ich hörte Anne neben mir, die schwer im Schlaf atmete.

Ich kann nicht sagen, warum ich es tat; vielleicht lag es an dem Traum, der für mich noch so gegenwärtig war. Jedenfalls stand ich auf und taumelte in die Küche, schaltete das Licht ein, zog die Küchenschrankschublade heraus, schnappte mir Annes Einkaufsnotizblock sowie einen Stift und ging damit zum Tisch hinüber. Dann nahm ich Platz und schrieb minutiös meinen Traum auf, so wie ich ihn erinnerte. Anderthalb Seiten füllte ich mit kurzen, abgehackten Sätzen wie *Zug entgleist. Durch die Erde gepflügt. Umgekippt. Menschen purzelten aus Fenstern. Wurden erdrückt.*

Innerhalb von fünf Minuten hatte ich alles notiert. Hinterher saß ich mit schweren Gliedern da und überflog, was ich geschrieben hatte. Dann legte ich den Stift weg, stand auf, kehrte ins Schlafzimmer zurück und wunderte mich, wieso ich Helen Driscoll nicht gesehen hatte. Ich legte mich wieder neben Anne und schloß die Augen. Einen kurzen Moment lang überlegte ich, wieso ich das geträumt hatte, weshalb ich mir die Mühe gemacht hatte, diesen Traum festzuhalten. Ohne eine Antwort zu finden, schlief ich ein.

Am nächsten Morgen klingelte der Wecker um halb sieben.

Ich schlug die Augen auf und zuckte zusammen. Mein Kopf pochte, ich litt unter Magenkrämpfen, stöhnte laut.

Anne schaltete den Wecker aus und drehte sich zu mir um.

»Was ist?« fragte sie.

»Ich fühle mich nicht gut«, gestand ich ihr. Der

Schmerz in meinem Kopf kam schubweise. Ich mußte mich schwer zusammenreißen, um sie überhaupt ertragen zu können. Rühren durfte ich mich nicht. Wann immer Anne sich auf der Matratze bewegte, wurden meine Kopfschmerzen noch schlimmer.

»Was hast du?« fragte sie.

»Magenschmerzen«, sagte ich. »Kopfschmerzen.«

»Also wie immer«, meinte sie und warf mir einen besorgten Blick zu. Ich antwortete nicht, schloß statt dessen die Augen.

»Möchtest du ... daß ich einen Doktor rufe?« fragte sie.

»Nein. Nein. Es wird schon wieder. Ruf nur im Büro an und sag, daß ich nicht ...« Die Magenkrämpfe wurden so unerträglich, daß ich keine Luft mehr bekam. Ich legte mich auf die Seite und zog die Beine an.

»Liebling, bist du in Ordnung?«

Die Krämpfe ließen nach. »Ich bin okay«, murmelte ich. »Ich möchte ... nur noch eine Weile liegen bleiben.«

»Ich rufe im Büro an.«

Ich drehte mich auf den Rücken, während sie in den Flur ging, um zu telefonieren. Ich starrte an die Decke und überlegte, daß mir nicht nur diese Krämpfe und das Warten auf die Schmerzen zusetzen. Nein, es waren auch die zunehmend heftigeren Nachwirkungen, die mir zu schaffen machten. Ich fühlte mich krank, ausgelaugt, als würde sich jede Nacht ein unsichtbarer Vampir an meinem Hals laben und mir Blut und Leben aus den Adern saugen.

»Ich nehme nicht an, daß du frühstücken möchtest«, rief Anne mir vom Türrahmen aus zu.

»Nein. Danke.«

Sie kam herüber, setzte sich zu mir und streichelte mir über den Kopf. Es brauchte nur die zarte Berührung ihrer Finger, um den Schmerz zu verstärken. Ihr Hand zuckte zurück.

»Tut mir leid.«

»Ist schon gut.«

Sie schluckte. »Soll ich dir ein Aspirin bringen?« fragte sie.

»Ich kann ja mal eins nehmen«, meinte ich, wußte aber, daß ich vor allem Ruhe brauchte.

»Tom, hast du …« begann sie, stockte dann und brach ab. Mir war klar, daß sie davon ausging, daß ich – während sie schlief – wieder die Frau gesehen hatte und daß mein Befinden dieser Begegnung zuzuschreiben war.

»Nein«, sagte ich, »ich habe sie nicht gesehen.« Ich wartete nicht mal, bis sie ihren Satz beendet hatte. Wieso jetzt ein Hehl daraus machen, dachte ich.

»Ich verstehe.«

Sie harrte noch einen Moment bei mir aus, als hätte sie die Absicht, mir weitere Fragen zu stellen. Dann stand sie auf und holte das Aspirin für mich, ehe sie mich allein ließ und leise die Tür schloß.

An Schlaf war gar nicht zu denken. Ich hörte sie und Richard nebenan. Einmal ging die Tür auf, und Richard kam hereingelaufen und rief gutgelaunt *»Hallo, Daddy!«*, doch Anne holte ihn zurück und sagte: »Nein, nein, Kleiner. Daddy geht es nicht gut.«

»Daddy geht nicht gut?« fragte Richard hinter verschlossener Tür. Ich mußte schmunzeln, obwohl das weh tat. Ich durfte keine Miene verziehen, wenn ich vermeiden wollte, daß die Schmerzen unerträglich wurden.

Ich konnte einfach nicht einschlafen. Immer wieder versuchte ich mir einzureden, daß irgend etwas passieren mußte. Anne hatte ganz recht. Ich *mußte* etwas unternehmen. Es mußte eine Antwort geben.

Vielleicht konnte mein Freund Alan Porter ja helfen. Ich wußte zwar nicht, wie – aber so konnte ich auf die Dauer nicht weitermachen. Mittlerweile waren die negativen Auswirkungen gravierender als die fragwürdigen Vorteile.

Ungefähr zehn Minuten später tauchte Anne wieder auf.

Ihr Gesicht war leichenblaß.

Sie stand am Bett und starrte mich an. Mit dem gleichen Blick wie an jenem Morgen, als ihre Mutter gestorben war.

Ich wollte schon fragen, was los sei, brach dann aber ab. Auf einmal war es nicht mehr nötig, mich zu verstellen, nach Erklärungen zu suchen. Ihr Gesichtsausdruck sprach Bände – und der Notizzettel in ihrer Hand.

»Du hast es … im Radio gehört?« Meine Stimme klang hohl.

Sie brachte kein Wort über die Lippen.

»Ist es so?« Ich stützte mich auf einen Arm, was höllisch schmerzte. Sie starrte mich nur an. »Anne, *hast* du es gehört?«

Sie nickte, langsam.

»O mein Gott.« Geschwächt sank ich aufs Kissen und blickte zu ihr auf. Mein Brustkorb hob und senkte sich ruckartig. »W … wann ist es passiert?«

»Gestern nacht.«

»Oh.« Mehr konnte ich nicht sagen.

»Wann hast du das geschrieben?« fragte sie leise.

»Gestern nacht. Ich habe es geträumt. Dann bin ich aufgewacht und habe alles notiert. Warum, weiß ich nicht. Ich …«

Benommen ließ sie sich aufs Bett fallen, warf einen Blick auf den Notizblock, auf mich. Ihre Lippen bewegten sich stumm. Anscheinend fiel es ihr schwer, die richtigen Worte zu finden.

»Vielleicht glaubst du mir jetzt«, erinnere ich mich gesagt zu haben.

Sie atmete schwer.

»Ich weiß nicht«, murmelte sie, ohne den Blick vom Notizblock zu heben. »Das hier«, sagte sie, »das hier.«

Wir saßen stumm da. Ich sah Anne an, die stur auf den Block schaute. Es gab nichts zu sagen. Alles war ganz deutlich und klar, ganz offensichtlich.

Kurz darauf erhob sie sich und verließ das Zimmer. Ich hörte, daß sie aus dem Haus ging. Ein paar Minuten später kehrte sie zurück und kam wieder ins Schlafzimmer. Von Elsie hatte sie sich die *Mirror-News* ausgeliehen.

Während der nächsten halben Stunde verglichen wir meine Notizen mit dem, was in der Zeitung stand.

Zug entgleist, hatte ich geschrieben. »Laut Aussage des Feuerwehrmannes Maxwell Taylor«, schrieb die Zeitung, »gab es auf der Strecke ein Hindernis, was dazu geführt hat, daß der Zug entgleiste.«

Lichter. Krankenwagen. Sanitäter, hatte ich geschrieben. Die Zeitung meldete: »Es war ein Alptraum unter gleißenden Licht, als die Sanitäter hin und her liefen zwischen ihren Krankenwagen und den Opfern, die über ein Gebiet von hundert Quadratmeter verstreut waren.«

Kopf auf dem Boden, hatte ich notiert. Der Kolumnist Paul Coates hatte geschrieben: »Ich sah einen Kopf auf dem Boden liegen. Nur einen Kopf. Ein Assistenzarzt besorgte eine Decke und warf sie darüber.«

Ich ließ mich nach hinten fallen und sah Anne an. Meine Hände strichen unruhig über das Laken.

Sie schüttelte den Kopf.

»Ich … ich weiß nicht«, sagte sie. »Ich weiß einfach nicht, was ich sagen soll.« Sie las die schreckliche grelle Überschrift auf der Titelseite: ZUGUNFALL KOSTET 47 MENSCHENLEBEN. Das Foto darunter hätte meinem Traum entsprungen sein können.

»Es ist mir unbegreiflich«, wiederholte sie. »Es ist mir einfach unbegreiflich.«

Ich schlief fast den ganzen Tag über, als wäre ich unter Drogen gesetzt worden. Mein Körper schöpfte wieder Kraft; die Kraft, die mir entzogen worden war.

Gegen drei Uhr wachte ich auf und kleidete mich an. Anne enthülste am Küchentisch Erbsen. Vom Wohnzimmer aus sah ich Richard und Candy hinten im Garten spielen. Sie hatten ein kleines Kätzchen gefunden und stießen Freudenschreie aus, als das Junge seinem Schwanz nachjagte. Mit einem matten Grinsen auf den Lippen betrat ich die Küche.

Anne sah vom Tisch auf. Ich nahm ihr gegenüber Platz.

»Geht es dir besser?«

»Ja.«

»Gut. Hast du Hunger?«

»Nicht richtig. Doch ich würde gern einen Kaffee nehmen.«

Sie brachte mir welchen. Ich trank den Kaffee, während sie sich wieder den Erbsen widmete.

»Hast du es … jemandem erzählt?« fragte ich.

Sie stieß einen Laut aus, den jeder andere außer mir als amüsiert bezeichnet hätte.

»Wem sollte ich es erzählen?« fragte sie. »Elsie? Elizabeth?«

»Keine Ahnung.«

»Ich habe nicht vor, es irgend jemandem zu erzählen.«

»Nein, natürlich nicht.«

Sie legte das Messer weg. »Tom«, sagte sie mit fester Stimme.

»Was?«

»Was ist sonst noch geschehen?«

»Wie meinst du das?«

»Während ich in Santa Barbara gewesen bin«, erklärte sie, »und davor.« Mit einem Blick auf meine Gesicht sagte sie: »Ich werde Stillschweigen bewahren, Tom. Ich … muß dir einfach glauben. Nach allem, was sich heute morgen ereignet hat.«

»Du meinst, du gehst nicht mehr davon aus, daß ich …«

»Wie sollte das jetzt noch möglich sein?« erwiderte sie.

Und dann sprudelte alles nur so aus mir heraus. Ich erzählte von Helen Driscoll, von Elizabeths Kamm, von dem Schürhaken, von Elsie (allerdings nicht das, was ich geträumt hatte). Das alles war sehr schnell erzählt.

Nachdem ich geendet hatte, musterte sie mich eine Weile lang stumm, seufzte, griff nach dem Messer und puhlte wieder die Erbsen aus der Schale.

»Und du … glaubst das alles?« fragte sie, ohne mich anzusehen.

»Du etwa nicht?«

Bei meinen Worten schnürte sich ihr die Kehle zu.

»Frag mich nicht. Ich möchte nicht darüber nachdenken. Und, falls du irgendwelche Vorahnungen in bezug auf mich hast, ich möchte nichts erfahren.«

»Ich werde den Mund halten.«

Sie hob den Blick. »Willst du damit sagen, du *hast* welche?« fragte sie mit dünner Stimme.

Ich schüttelte den Kopf. »Nein.«

Sie machte sich wieder an ihre Arbeit. »Wie lange noch?« fragte sie. »Wann wirst du mit *mir* anfangen?«

»Liebling ...«

Sie legte das Messer weg. »Tom, was wirst du *unternehmen?* Wird es ewig so weitergehen?«

Ich konnte ihr nicht in die Augen schauen. Mir fiel keine Antwort ein.

»Ich habe dir versprochen, daß ich nicht zulassen werde, daß dir diese Sache schadet.«

»Sehr witzig«, murmelte sie.

Ich stand auf und stellte meine Tasse in die Spüle. »Ich werde bald etwas unternehmen. Ich weiß nicht, was ... aber ich werde etwas tun. Das verspreche ich.«

Ihr Achselzucken verriet mir, daß sie mir nicht glaubte.

»Würdest du Elsie die Zeitung zurückbringen?« bat sie mich.

»Ja.«

Ich ging von der Küche ins Wohnzimmer, nahm die Zeitung vom Sofa und faltete sie zusammen. Als ich schon halb auf der Veranda war, rief Anne nach mir. Ich stellte mich vors Fenster und fragte, was sie wolle.

»Bringst du auch die Pastetenformen mit, die Elsie sich geborgt hat?«

Erst nachdem ich ja gesagt hatte, traf es mich wie ein Schlag. Wie angewurzelt stand ich da und starrte durch das Fliegengitter ins Wohnzimmer. Ich hatte das Gefühl, keine Luft mehr zu bekommen. Das war doch nur eine ganz gewöhnliche Bitte. Bring die Pastetenformen mit, die Elsie sich geborgt hat. Ganz einfach, nichts Besonderes. Und dennoch hatte ich das Gefühl, als stieße mich jemand in einen Abgrund des Wahnsinns, wo mich nicht nur ganz normale Gegenstände in Panik versetzen konnten, sondern auch belanglose Sätze, die Menschen miteinander austauschten.

Zuerst wäre ich am liebsten ins Haus zurückgekehrt mit der Behauptung, daß es mir wieder schlechter gehe, und sie dann gebeten, die Pastetenformen selbst zu holen. Dann aber wurde mir bewußt, daß meine Ausflüchte sie ängstigen und erneut ihr Mißtrauen wecken würden. Und so machte ich auf dem Absatz kehrt, ging ums Haus herum und marschierte den Pfad neben Elsies Haus hinauf, obwohl mir in meinem tiefsten Innern davor graute.

Der Traum begann von neuem: Am späten Nachmittag – der Himmel war leicht diesig – näherte ich mich der Veranda, klopfte und rechnete eigentlich damit, daß da das Schild hing. Elsie kam an die Tür.

Der gelbe Hausmantel klebte an ihrem Körper, aber naß war er nicht. Das war der einzige Unterschied.

»Hallo«, sagte sie.

»Ich bringe dir deine Zeitung«, sagte ich mechanisch. Meine Stimme hörte sich wie die eines Fremden an.

»Oh. Gut.« Sie streckte die Hand aus.

Ich wartete.

»Ist noch was?«

»Hast du …« Der Kloß in meinem Hals wurde dicker. »Hast du unsere Pastetenformen?«

»Ach, ja.« Sie drehte sich um.

Automatisch wanderte mein Blick zum Unterschrank in der Küche. Als sie sich bückte und die Tür öffnete, kribbelte meine Kopfhaut.

Und in dem Augenblick, wo der Hausmantel an ihrem rechten Bein hochrutschte, wich ich zurück. Elsie kicherte. Sie versuchte, ihr Bein zu bedecken, doch der Mantel rutschte wieder hoch. »Tja«, sagte sie.

Mit Schaudern stieß ich die Tür auf und lief davon.

»Was ist denn?« rief Elsie mit hinterher.

Ich sprang von den Verandastufen, rannte den Pfad hinunter, preschte um das Zaunende, vorbei an unserer Garagentür, um die Ecke unseres Hauses. Dort erst blieb ich stehen und lehnte mich erschöpft an die Wand. Ich bebte am ganzen Körper. Realität und Traum schienen ineinander überzugehen. Ich konnte beides nicht voneinander unterscheiden. Wäre Helen Driscoll aus unserem Wohnzimmer gekommen, hätte mich das nicht überrascht, sondern mir nur einen Schreck eingejagt. Hätte Elizabeth drüben, umgeben von Ärzten, auf dem Rasen gelegen, hätte ich die Vorstellung für grauenvoll, aber gewiß nicht für unrealistisch gehalten. Mein Atem ging immer schwerer. Ich spürte ganz genau, daß ich auf eine Art Höhepunkt zusteuerte.

Auf einmal erinnerte ich mich unerfindlicherweise an die Pastetenformen. Das war ein Problem. Ich konnte nicht ohne sie zurückkommen. Anne würde mich nach dem Grund dafür fragen, und ich konnte ihr nicht die Wahrheit sagen. Ich muß irgendwo Pastetenformen auftreiben, redete ich mir wie von Sinnen ein. Irgendwelche Pastetenformen.

Ich stieß mich von der Wand ab, lief über den Rasen, warf ganz automatisch einen Blick über die Schulter und sah, daß Elsie mich von ihrer Veranda aus befremdet beobachtete. Sie wollte etwas sagen, doch ich lief schneller, überquerte die Straße, sprang auf den Bordstein und sprintete über Franks und Elizabeths Rasen, bis ich ihre Veranda erreichte.

Und blieb abrupt stehen.

Auf dem Wohnzimmerboden lag Frank, zusammengekauert, mit angezogenen Beinen. Frisches Blut färbte seine weiße Hemdbrust hellrot.

»Frank!«

Ich stürmte durch die Tür und rief zum zweiten Mal seinen Namen.

Dann passierten viele Dinge gleichzeitig. Ich stand im Türrahmen und sah auf Frank hinunter. Elizabeth kam mit besorgter Miene aus der Küche gelaufen. Frank riß die Schlafzimmertür auf und rief, »Was, ver …?«

Ich taumelte, konnte nicht mehr klar sehen.

»O nein«, rief ich leise. »O nein.«

Du verlierst den Verstand. Diese Wort brannten sich in meine Seele.

»Was, verdammt noch mal, ist denn hier los?« fragte Frank. Beide starrten mich entsetzt an, während ich damit zu kämpfen hatte, daß der Raum sich drehte.

Ich entsinne mich, »Nein!« gerufen zu haben.

Und dann wurde mir schwarz vor Augen.

FÜNFZEHN

Alan Porter – ein Riese von einem Mann – setzte sich in einen überdimensionierten Ledersessel, schlug ein Bein über das andere, legte seine Brille auf den Schreibtisch und lächelte.

»Na dann«, forderte er mich auf, »erzähl mal. Und laß dir Zeit.«

Es war Montagabend. Auf Franks und Elizabeths Wohnzimmercouch war ich wieder zu mir gekommen. Anne hatte sich besorgt über mich gebeugt. Zuerst hatte ich sie nur angestarrt, dann verlegen gegrinst. Bevor wir gingen, erzählten wir Frank und Elizabeth, daß ich mich den ganzen Tag über unwohl gefühlt hatte. Diese Erklärung hatte nicht gerade sonderlich plausibel geklungen, doch die beiden waren so höflich gewesen, sich damit zufrieden zu geben. Zumindest Elizabeth – Frank schien nicht richtig überzeugt zu sein.

Wir waren nach Hause gegangen, und nach einer kurzen, erregten Diskussion hatte ich Alan angerufen. Er hatte uns gebeten, noch am selben Abend bei ihm in der Praxis vorbeizuschauen. Und dort waren wir nun: Anne wartete beklommen im Vorzimmer, ich saß bei Alan. Elizabeth paßte für uns in der Zwischenzeit auf Richard auf.

»Na, du hast ja vielleicht eine bewegte Zeit hinter dir«, meinte Alan, nachdem ich ihm meine Geschichte erzählt hatte.

»Wie immer bist du der Meister der Untertreibung«, spottete ich.

Er lächelte. »Kann sein.« Dann schüttelte er den Kopf und gackerte.

»Der menschliche Geist verfügt doch über ein phantastisches Potential«, konstatierte er.

Darauf hatte ich nichts zu erwidern. Ich glaube auch nicht, daß das von mir erwartet wurde.

Alan richtete sich in seinem Sessel auf.

»Nun, gleich zu Anfang möchte ich dir sagen, daß du auf gar keinen Fall im Begriff bist, den Verstand zu verlieren.«

Das hatte ich zwar auch nicht geglaubt, aber ich war dennoch unerhört erleichtert, diese Einschätzung aus dem Mund einer wahren Autorität zu hören.

»Was uns zur nächsten Frage führt«, sagte ich.

»Was es dann ist?« fragte er. Er faltete die Hände und streckte sie.

»Was die Hypnose betrifft«, fuhr er fort, »darf man mitnichten davon ausgehen, daß sie dir diese einzigartige Fähigkeit verliehen hat. Sie könnte allerdings, sagen wir mal, eine verborgene Fähigkeit an die Oberfläche gebracht haben.«

»Damit will ich nicht sagen«, fuhr er fort und hob die Hand, als ich etwas sagen wollte, »daß wir es hierbei mit etwas Unnatürlichem zu tun haben. Zweifelsohne handelt es sich um einen Fall, den Psi-Forscher *übernormal* nennen, den man aber bitte nicht mit dem alten und abgedroschenen Begriff *übernatürlich* verwechseln sollte. Mit Vorgängen, die in das natürliche Schema der Dinge fallen, kann man wesentlich besser arbeiten, als mit unglaublichen Wundern. Wunder sind aus der Mode gekommen.«

»Also keine Geister«, faßte ich zusammen, »und nicht die Gabe der Weissagung.«

Er schmunzelte.

»Ich denke nicht«, sagte er. »Egal, wie verrückt diese Fähigkeit auf den ersten Blick erscheint, es gibt dafür eine relativ einfache Erklärung. Ich sage relativ, denn man darf ein paar Grundvoraussetzungen selbstverständlich nicht außer acht lassen … wie beispielsweise die Telepathie und ihre Ergänzungen … Hellsehen, Psychometrie und so weiter. Die sogenannten *paranormalen* oder – anders ausgedrückt – weiterreichenden Fähigkeiten des menschlichen Geistes.«

»Aber … ich?« wunderte ich mich. »Wieso sollte ich über sie verfügen?« Von meinem Vater hatte ich ihm nicht erzählt. Irgendwie hielt ich dessen kleine Zaubertricks in dieser Situation für nebensächlich.

»Du und jeder andere«, begann Alan nachdenklich. »Das geht weit über herkömmliche Vererbung hinaus.« Er musterte mich amüsiert. »Diese Ansicht macht mich, wie ich hinzufügen möchte, zu einem Außenseiter in meiner Profession. Zahlreiche von meinen Kollegen würden – wie ich fürchte – in deinem Fall Schizophrenie diagnostizieren.«

»Was ich ihnen nicht verdenken könnte«, räumte ich ein. »Wenn ich jetzt zurückblicke, habe ich mich in der letzten Woche höchst merkwürdig benommen.«

»Das würde ich auch sagen«, stimmte Alan mir zu.

Er veränderte seine Sitzposition erneut.

»Tja, nun«, sagte er, »ehe wir in die Details gehen, möchte ich dir ein paar allgemeine Fakten nennen, die meiner Meinung nach für dich von Interesse sein dürften.«

»Schieß los.«

»Du mußt wissen, daß die geistige Entwicklung einem eindeutigen, klaren Muster gefolgt ist. Zuerst herrschte Unstrukturiertheit, eingeschränktes Bewußtsein, Instinkt. Ein Mangel an Individualität, dafür ein

Übermaß an Kollektivität. Der primitive Geisteszustand.«

»Darauf folgte eine Eingrenzung der breitangelegten Reaktionsfähigkeit. Größtmögliche Eingrenzung hatte maximale Zielbewußtheit und Durchsetzungsfähigkeit zur Folge. Mit einem Wort – Konzentration. Das entspricht in etwa dem Zustand, in dem wir uns im Moment befinden. Wir sind wahre Meister dieser Technik und insofern absolute Stümper, was das Wissen über uns selbst anbelangt.«

»Das letzte Stadium – dasjenige, das noch aussteht, oder eventuell gerade einsetzt – ist folgendes: Die Kontrolle über Rationalität, Objektivität und gleichzeitig die Rückbesinnung auf diese unstrukturierte Irrationalität. Was auf den ersten Blick wie ein Rückschritt aussieht, wird in Wahrheit ein Schritt nach vorn sein, in Richtung subjektive Wahrnehmung. Ein Schritt in Richtung Selbstbestimmung. Kurzgefaßt, in Richtung Bewußtsein.«

Er grinste.

»Klingt ziemlich hochtrabend«, meinte er. »Ich hoffe, du verstehst, worauf ich hinauswill.«

»Irgendwie schon«, meinte ich. »Willst du ... willst du behaupten, daß das, was mit mir geschehen ist, eine Art mechanische Beschleunigung dieses Entwicklungsprozesses ist?«

»Nicht unbedingt, obwohl ich denke, daß die Hypnose – oder, um präziser zu sein, die falsche Rückführung aus der Hypnose – deine latente Fähigkeit zur Dissoziation ausgelöst hat. Oder, um es anders auszudrücken, dein Psi freigesetzt hat.«

Ich muß sehr verwirrt ausgesehen haben, denn er sagte: »Dieses Wort habe ich jetzt schon zwei mal verwendet. Es verwirrt dich vermutlich. Man ist übereingekommen, daß es folgendes bedeutet: die mentale Funktion, in der sich paranormale Erkenntnis einstellt.«

»Aha«, sagte ich.

Er lächelte kurz.

»Was uns auf eine Besonderheit bringt«, sagte er. »Zu einer Nebensächlichkeit, die nur von wenigen, unter anderem von mir, akzeptiert wird.«

Er zog seinen Stuhl etwas vor und fixierte mich.

»Erinnerst du dich noch«, begann er, »daß du mich vorhin gefragt hast, wieso es dich betrifft? Und ich sagte, du und jeder andere auch. Das ist ein überaus wichtiger Punkt. Ich bin der festen Überzeugung, daß jedes menschliche Wesen von Geburt an mit graduell verschieden stark ausgeprägter, übersinnlicher Wahrnehmung ausgestattet ist, und es braucht nur einen Auslöser, damit diese Wahrnehmung gemäß der eigenen Erfahrung genutzt wird.«

»Natürlich«, spann er den Faden weiter, »ist diese Fähigkeit ein wenig suspekt. Die ganze Theorie ist, um ehrlich zu sein, derzeit sehr umstritten. Und weil das so ist, gibt es auch nicht viele stichhaltige Beweise. Wie bei vielen menschlichen Reaktionen ist liebevolle Aufmerksamkeit erforderlich, damit sie zutage treten können. Eine skeptische Annäherung schadet nur. Wir sprechen hier nicht von einer meßbaren Größe, die man untersuchen kann, ob man nun daran glaubt oder nicht – und darin besteht die Schwierigkeit. Das ist der Punkt, wo die ganze Sache – vom wissenschaftlichen Standpunkt aus – suspekt wird. Ich hingegen glaube, daß die Menschheit irgendwann die Existenz ihrer Psi-Fähigkeiten akzeptieren und – indem sie das tut – in der Lage sein wird, ihr Potential, das viel zu lange unerkannt geblieben ist, zu reaktivieren.«

»Weißt du«, sagte ich, »das ist seltsam. Denn es hat

Momente gegeben, in denen ich hätte schwören können, daß Richard wußte, was ich dachte – und wußte, daß ich wußte, was *er* dachte.«

»Das ist durchaus möglich«, meinte Alan. »Ehe Kinder lernen, verbal zu kommunizieren, ist es durchaus nicht ungewöhnlich, daß sie mehr oder minder ziellos ihre natürlichen telepathischen Fähigkeiten einsetzen.«

»Was«, fuhr er fort, »auch historisch gesehen paßt. Ich bin überzeugt, daß diese paranormalen Fähigkeiten bei primitiven Völkern weit verbreitet waren, bevor sich die verbale Kommunikation durchgesetzt hat. Das leuchtet doch ein. Ist es möglich, das Spektrum der menschlichen Bedürfnisse durch Grunzen und Stoßen zu vermitteln?«

»Und dann, als die Menschen anfingen, miteinander zu sprechen«, schlußfolgerte ich, »gingen diese Fähigkeiten verloren?«

»Nicht unbedingt verloren, denke ich, sie wurden eher unterdrückt. Ich glaube, sie schlummern immer noch tief in uns: als kaum hörbare Echos jener Kraft, die ihnen früher innewohnte.«

Er legte eine Pause ein und musterte mich einen Augenblick lang schweigend.

»In deinem speziellen Fall«, sagte er, »glaube ich, daß die Fähigkeit, die in dir freigesetzt wurde, eher mit der Gabe dieser Primitiven zu vergleichen ist, und nicht so sehr mit dem Menschen, wie er – sagen wir mal – zukünftig sein wird. Aber sieh das nicht negativ. Fünfundneunzig Prozent der sogenannten Medien sitzen im gleichen Boot – obwohl sie lieber in der Hölle schmoren würden, als dies zuzugeben. Die Art und Weise, wie sie handeln, ist jedoch der Beweis dafür – dieses unpräzise, ziel- und sinnlose Geschwätz über ihre Séancen, diese absurden und widersprüchlichen Ergebnisse, die sie oftmals erzielen.«

»Aus diesem Grund«, fuhr er fort, »sind diese Dinge, die mit dir geschehen sind, unerwartet aufgetaucht, ohne Vorwarnung, einmal abgesehen von dieser eher zufälligen, physischen Sensibilisierung. Diese Sensibilisierung ist *ebenfalls* ein Beweis für die Unvollkommenheit. Voll entwickelte Medien leiden nicht unter den schlimmen körperlichen Nebenwirkungen, unter denen du leidest. Ihre Wahrnehmung ist rein mental. Sie entspringt dem – wenn wir es mal so nennen wollen – Geist, und kommt nicht aus dem Bauch. Und sie ist, das kommt noch hinzu, die ganze Zeit über streng kontrolliert. Sie bricht nicht einfach über die Medien herein. Die Medien bedienen sich der Wahrnehmung, was es ihnen behagt.«

»Nun, ich denke, es ist tröstlich zu wissen«, sagte ich, »daß es andere gibt, die das gleiche wie ich durchgemacht haben.«

»Es gibt viele«, behauptete Alan, »und auch wenn sie es vermutlich als übernatürliche Begabung definieren würden, sehe ich es doch eher als Gebrechen, denn sie richtet eher Schaden als Gutes an, weil sie weder zielgerichtet noch kontrolliert ist in ihrer unausgegorenen, diffusen Erscheinung.«

»Amen«, sagte ich.

Mein grummeliger Tonfall brachte ihn zum Lachen. Dann fuhr er fort.

»Betrachte es mal von dieser Seite«, schlug er vor. »Du – und die Mehrheit aller unterentwickelten Medien – gehst durch einen dunklen Tunnel mit einer Taschenlampe, die nur ab und zu Licht spendet, worauf du keinerlei Einfluß hast. Du erhascht kurze Blicke auf deine Umgebung, ohne im voraus zu wissen, was du sehen wirst, ohne zu wissen, wann du etwas sehen wirst.«

»Klingt nicht gerade vielversprechend«, sagte ich.

»Das ist ein Anfang«, meinte er. »Aber was die Details betrifft, ergeben sie – wie ich glaube – zusammengenommen betrachtet ein Bild: Telepathie, oder etwas, das dieselben Merkmale aufweist. Als deiner Frau die Tomatendose auf den Kopf fiel, wußtest du das, weil sie dir das Wissen um den Schmerz vermittelt hat – und du hast dieses Wissen wieder in eine körperliche Empfindung zurückverwandelt.«

»Du konntest die Gedanken des Babysitters lesen, und wußtest in gewisser Hinsicht, was ihre Absicht war, und hast dementsprechend reagiert. Genauso war es mit deiner Nachbarin. Du hast mehrmals ihre Gedanken gelesen und daraufhin Rückschlüsse gezogen, was ihre ›verborgenen‹ Begierden betraf.«

»Aber der Hausmantel«, sagte ich, »die Pastetenformen?«

»Die sind dir nicht fremd gewesen«, sagte er. »War es das erste Mal, daß sie diesen Hausmantel trug?«

»Nein, den hatte ich schon mal gesehen, aber …«

»Nun, dann war die Chance, daß sie ihn trug, relativ groß. Und was die Pastetenformen anbelangt, nun, sie hatte sich die Dinger ausgeborgt – früher oder später mußte sie sie zurückgeben. Das wußtest du auch.«

»Aber Anne hat mich gebeten, sie zu holen.«

»Wer hat an diesem Tag dafür gesorgt, daß du daheim bist? Anne oder du? Du hast die ganze Sache initiiert.«

»Sie hätte sie auch selbst holen können.«

»Vielleicht hat sie dich darum gebeten, bevor du diesen Traum gehabt hast. Daher wußtest du, daß sie dich darum bitten würde. Außerdem besteht auch noch die Möglichkeit, daß du die Ereignisse verstandesmäßig deinen Träumen anpaßt.«

»Wie dieses Zugunglück?« forderte ich ihn heraus.

»Hellsehen«, sagte er, »ist eine andere Spielart der Telepathie. Wahrscheinlich hast du mit jemandem, der das Unglück miterlebt hat, telepathisch Verbindung aufgenommen. Das geschieht oft, wenn eine Katastrophe eintritt. Und die telepathisch übermittelten Eindrücke glichen einem extrem realistischen Traum.«

»Was hat es mit dem Kamm auf sich?« wollte ich wissen. »Mit dem Schürhaken?«

»Die Sache mit dem Kamm ist eine weitere Begleiterscheinung der Telepathie. Sie nennt sich *Psychometrie.* Dahinter verbirgt sich folgende Fähigkeit: Ein Medium hält einen Gegenstand in Händen, der einer Person gehört, mit der er telepathisch in Verbindung steht, und ›erfährt‹ Dinge über diese Person. Der Gegenstand hat bei der Gedankenübertragung die Funktion des Mittlers. In diesem Fall war das der Kamm. Die Todesangst stammte eindeutig von Elizabeth – ich glaube, daß war der Name, den du genannt hast. Schwangere Frauen haben – bewußt oder unbewußt – häufig Angst um sich und um ihr ungeborenes Kind.«

»Und was den Schürhaken betrifft, nun, das ist das gleiche – nur das wir in diesem Fall nicht wissen, wessen Gedanken du empfangen hast. Oder in welcher Beziehung die betreffende Person zu diesem Schürhaken stand. Wenn du das herausfinden möchtest, mußt ihn noch mal in die Hand nehmen.«

»Kommt nicht in Frage«, sagte ich und schüttelte den Kopf. Ich mußte daran denken, wie gräßlich ich mich in diesem Augenblick gefühlt hatte.

»Kann ich dir nicht verdenken«, sagte er, »auch wenn das der einzige Weg wäre.«

»Und woher wußte ich, daß Annes Mutter ... gestorben war?«

»Telepathie. Oder in diesem Fall ist es womöglich reiner Zufall gewesen. Deine Frau hatte dir schließlich gerade von der Erkrankung ihrer Mutter erzählt. Du wußtest, daß ihre Mutter alt und im vergangenen Jahr häufiger krank gewesen war. Daher ist es keine große Sache, wenn du annimmst, daß sie gestorben ist. Der Anruf untermauert deine Vermutung nur noch.«

»Aber …«

»Oder, wie ich schon sagte«, sprach er weiter, »vielleicht ist wieder Telepathie mit im Spiel gewesen. Womöglich hast du die Gedanken von Annes Vater gelesen oder von ihrer im Sterben liegenden Mutter – beides ist möglich.«

»Und wieso habe ich meinen Nachbarn auf dem Boden seines Wohnzimmers liegen gesehen?«

»Du hast mir erzählt, daß auf der Party ein Kommentar fiel, daß Elizabeth ihren Mann erschießt. Dieser Gedanke hat sich bei dir eingenistet. Du wußtest auch, daß ihr Mann heimlich eine Affäre hat. Einem wachen Geist dürfte es da nicht schwerfallen, eins und eins zusammenzuzählen und dann eine Vision zu haben, wie der Nachbar erschossen am Boden liegt.«

»Und was, wenn das passiert?« fragte ich.

»Das wird nichts beweisen, außer daß Elizabeth ihren Gatten erschossen hat. Das hat genausowenig mit deinen hellseherischen Fähigkeiten zu tun, wie mit deinem Wissen darum, daß am 4. Juli dreihundert Menschen umgekommen sind und zwar bei Verkehrsunfällen. Wir reden hier von Wahrscheinlichkeit, und das ist ein ganz anderes Thema. Und, mal ehrlich gesagt, ich würde annehmen, daß die Wahrscheinlichkeit, daß Elizabeth ihren Mann erschießt, sehr hoch ist – vor allem, wenn es in diesem Haushalt eine Waffe gibt. Ist das so?«

Ich holte tief Luft.

»Frank besitzt eine Luger«, sagte ich. »Er hat sie in Deutschland gekauft.«

»Dann wollen wir mal hoffen, daß sie nicht geladen ist«, meinte Alan.

»Tja ...« Ich schüttelte den Kopf. »Wessen Gedanken habe ich nun gelesen, als ich ihn am Boden liegen sah?«

»Vermutlich Elizabeths«, spekulierte er, »oder, da du nicht davon ausgehst, daß sie von der Affäre ihres Mannes weiß, die ihres Gatten. Schuldgefühle. Er stellt sich vor, daß seine Frau sich an ihm rächt und ihn erschießt. Du liest seine Gedanken und dein sensibilisierter Geist komponiert eine Szene, in der genau das geschieht. Du ›siehst‹ diese Szene.«

Ich lehnte mich zurück.

»Klingt alles so verdammt einfach«, meinte ich.

»Ganz und gar nicht«, widersprach Alan mir. »Du bist intimer Zeuge ganz erstaunlicher Ereignisse gewesen, Tom – eindeutige Beweise für Telepathie und wie unterschiedlich sie sich manifestiert. Das ist keine Kleinigkeit.«

Ein paar Minuten lang sagte ich gar nichts, sondern versuchte, mir auf all die Vorfälle einen Reim zu machen. Ich hielt es für unwahrscheinlich, daß meine Angst, all die unglaublichen Erfahrungen so logisch erklärt, so schnell abgetan werden konnten. Oberflächlich betrachtet stimmte ich ihm zu. Meine Gabe richtete mehr Schaden an, als daß sie mir nutzte. Doch unterschwellig war da noch dieses kindische Verlangen, meine Fähigkeit als etwas Ungewöhnliches, etwas Magisches zu sehen.

»Und die Frau?« sagte ich.

»Telepathie«, sagte er, »die zweifelsohne von dieser Frau ausgeht – wie war noch gleich ihr Name?«

»Helen Driscoll.«

»Genau. Du hast wahrscheinlich recht mit deiner Vermutung, daß sie wünscht, sie wäre wieder in diesem Haus, und daß du diesen Wunsch empfängst. Es ist auch möglich, daß sie in dem Haus eine starke Erinnerung zurückgelassen hat, die du spürst. Aber das ist nur ein Schuß ins Blaue. Die andere Erklärung ist wesentlich plausibler.«

»Also keine Geister«, sagte ich und lächelte verkrampft.

»Keine Geister«, bestätigte er mir.

Ich seufzte. »Ich gestehe, daß ich für kurze Zeit glaubte, auf den Beweis für ein Leben nach dem Tod gestoßen zu sein.«

Alan schmunzelte. »Es wäre äußerst beruhigend«, sagte er, »wenn solch ein Beweis existieren würde. Unglücklicherweise ist das nicht der Fall – egal, wie hartnäckig unsere einfallsreichen, spirituellen Freunde diese These vertreten. Wenn du mich fragst, so ist die Antwort immer noch Telepathie. Auf alle paranormalen Phänomene.«

Er lehnte sich zurück und faltete die Hände hinter dem Kopf.

»Ja«, sagte er, »wie schön wäre es, wenn wir an ein simples, logisches Muster glauben könnten. An eine unversiegbare Lebensenergie, die auf immer und ewig zwischen Schlaf und Aktivität, zwischen Handeln und Verharren, zwischen Inkarnation und dem Ende aller Fleischlichkeit, zwischen Leben und – wie wir es nennen – Tod existiert. Der Gedanke, daß dieses Wort unzutreffend ist, behagt mir sehr.«

Er zuckte mit den Achseln.

»Doch das ist uns nicht gegeben, fürchte ich«, sagte er. »Jedenfalls nicht, wenn man auf ehrliche Weise Wissenschaft betreibt. Diese Theorie mag uns wunderbar schwerelos, einfach und richtig erscheinen. Doch deshalb läßt sie sich noch lange nicht beweisen.« Er grinste. »Sie ist nicht zu beweisen«, wiederholte er.

Er griff nach seiner Brille.

»Jetzt«, schlug er vor, »werden wir dich noch mal hypnotisieren und in deinem Kopf etwas für Ordnung sorgen.«

Auch an seine Worte würde ich noch denken.

SECHZEHN

Als ich am darauffolgenden Nachmittag von der Arbeit kam, empfing mich Anne bereits an der Tür. Sie gab mir einen Kuß und musterte mich fragend. Ich lächelte.

»Ich glaube, es hat funktioniert«, sagte ich.

Einen Moment lang reagierte sie nicht. Dann kam sie näher und umarmte mich. »Gott sei Dank«, entfuhr es ihr.

Wir gingen in die Küche, wo sie das Abendessen zubereitete. Soweit ich es beurteilen konnte, hatte Alan meine Probleme gelöst. Ich hatte vergangene Nacht nicht nur nicht geträumt, sondern auch friedlich geschlummert und war erholt aufgewacht. Darüber hinaus war mein Arbeitstag ganz normal verlaufen, ohne irgendwelche Sinnesanwandlungen. Zumindest in dieser Hinsicht war ich wieder ganz der Alte.

»Ist schwer zu glauben«, meinte Anne, als ich ihr von meinem Tag berichtete, »daß ein einziger Besuch bei Alan der ganzen Sache ein Ende bereitet haben soll.«

»Es brauchte ja auch nur einen Besuch von deinem Bruder, um alles in Gang zu setzen«, gab ich zu bedenken.

»Wahrscheinlich hast du recht«, sagte sie. »Nun, ich halte Alan für großartig.«

»Das würde er abstreiten«, meinte ich. »Du weißt, was er gesagt hat.«

Ich hatte ihr erzählt, wie Alan mich schnell und effektiv hypnotisiert und die »paar psychischen Falten mit der zarten Hand der Suggestion« geglättet hatte. Kaum war ich aus der Trance aufgewacht, hatte ich überdeutlich eine gravierende Veränderung gespürt. Die Anspannung war verflogen; ich fühlte mich pudelwohl. Diese Gefühl hielt an und nahm – das war nicht zu übersehen – Anne eine große Last von der Seele.

»Er hat keine Ahnung, wie erleichtert ich bin«, sagte sie. »Ich weiß wirklich nicht, wie lange ich das noch ausgehalten hätte. Über Mutters Tod bin ich ... noch nicht hinweg. Und ...«

Ich stand auf, ging zu ihr hinüber und umarmte sie. Erschöpft lehnte sie sich an mich.

»Ist für dich eine grauenvolle Woche gewesen«, sagte ich. »Ich werde mir Mühe geben, es wieder gutzumachen.«

Lächelnd tätschelte sie meine Wange.

»Du bist wieder da«, sagte sie. »Und das ist das Wichtigste.«

»Ich bin wieder da«, sagte ich.

Beim Umkleiden erzählte ich ihr, daß Alan vorhatte, in einer psychologischen Fachzeitschrift einen Artikel über meinen Fall zu veröffentlichen (»Natürlich nur unter Verwendung deiner Initialen.«). Die ganze Sache hatte ihn ziemlich fasziniert.

Ich war gerade auf dem Weg ins Badezimmer, als Anne mich rief.

»Falls du dich da drinnen waschen möchtest«, meinte sie, »tu's nicht. Der Abfluß ist verstopft. Das Wasser ist erst vor einer halben Stunde abgelaufen, so lange hat es gedauert.«

»Hast du Sentas Bescheid gesagt?« rief ich zurück.

»Ich habe den ganzen Tag versucht, ihn anzurufen«, sagte sie, »habe aber niemanden erreicht. Willst du es mal probieren?«

»Kein Problem.« Ich ging in den Flur und wählte Sentas Nummer.

Sein Frau nahm ab. »Hallo?«

»Mrs. Sentas, hier ist Tom Wallace von nebenan. Ist Ihr Mann daheim?«

»Einen Moment, bitte.« Sie legte den Hörer beiseite, und ich hörte, wie ihre Schritte sich entfernten. Leise rief sie nach ihrem Mann. »Harry!«

Kurz darauf war Sentas am Apparat.

»Was gibt es?« fragte er.

»Der, ähm, Badezimmerabfluß ist verstopft, Mr. Sentas«, klärte ich ihn auf. »Jetzt dauert es Stunden, bis das Wasser abgelaufen ist.«

»Hat Ihr Junge was reingestopft?« wollte er wissen.

»Das glaube ich nicht«, antwortete ich, »und ... wir wären Ihnen sehr verbunden, wenn Sie mal einen Blick drauf werfen ... oder ihn reparieren lassen würden, wie auch immer.«

»Ich bin gerade erst heimgekommen«, meinte er. »Ich habe noch nicht mal zu Abend gegessen.«

»Na ... dann vielleicht nach dem Essen?« schlug ich vor. »Ist für uns ziemlich unpraktisch, wenn wir das Bad nicht benutzen können.«

Während des darauffolgenden kurzen Schweigens konnte ich beinahe seinen harten, verärgerten Gesichtsausdruck vor mir sehen.

»Ich werde später vorbeischauen«, gab er nach.

»Vielen Dank«, sagte ich, doch da hatte er schon aufgelegt.

Ich ging in die Küche.

»Höflich wie immer«, sagte ich. »Der Kerl hat wirklich Charme.«

Anne schmunzelte.

»Vielleicht hat er auch Probleme«, spekulierte sie.

Oben: Tom sieht Dinge, die er lieber nicht sehen möchte.
Unten: Und auch Jake
verfügt über ungewöhnliche Fähigkeiten.

Die beiden sind aber nicht allein.
Polizeioffizier Neil (Eddie Bo Smith Jr.) gehört
ebenfalls zum „Club“.

Oben: Die Visionen hören nicht auf.
Unten: Lisa versucht erfolglos, Tom aus der Hypnose zu befreien.

„Ich muß graben“. Nichts kann Tom aufhalten, nicht einmal seine Frau Maggie.

Nach dem Spaten folgt der Preßlufthammer.

Während Lisa auf Jake aufpaßt ...

... ahnt Maggie, daß in ihrem Haus schreckliche Dinge vor sich gehen.

Tom muß das Geheimnis lüften,
um jeden Preis.

»Vielleicht.« Ich trat ans Fenster und schaute hinaus. Richard und Candy spielten nebenan im Garten. Sie saßen in Candys Sandkasten und waren mit Schaufeln zugange.

»Sie spielen schön miteinander, findest du nicht?« sagte ich.

»Tja«, war der ganze Kommentar meiner Frau.

»Was meinst du mit *tja?*«

»Damit meine ich, daß sie den ganzen Tag miteinander streiten, und daß sie, wenn du heimkommst, zu müde sind, um so weiterzumachen.«

»Richard streitet?«

»Ähm, wie die meisten Eltern bin ich natürlich voreingenommen und würde sagen, daß es oft Candys Schuld ist. Was auch der Wahrheit entspricht. Sie wird überhaupt nicht in ihre Schranken gewiesen.«

»Das ist nicht gut«, sagte ich und beobachtete sie beim Spielen.

»Tom, wann willst du einkaufen gehen«, fragte Anne und wechselte damit das Thema. »Heute abend?«

»Gibt es viel zu besorgen?«

»Eine ganze Menge. Letzte Woche sind wir nicht dazu gekommen. Weil mir die Dose auf den Kopf gefallen ist.«

»Ähm, da hast du recht. Nun … wann werden wir essen?«

»Ich mache Hackbraten. Das dauert mindestens noch eine Stunde.«

»Gut, dann werde ich jetzt gleich gehen. Ach ja, wie geht es deinem Kopf überhaupt?«

»Gut.«

»Wäre doch lustig, wenn du jetzt anfangen würdest, Gedanken zu lesen«, meinte ich.

»Unerhört«, sagte sie.

Ich tätschelte ihr den Rücken, als ich an ihr vorbeiging, nahm Einkaufsblock und Stift aus der Schublade, setzte mich an den Tisch und klappte ihn auf.

»Was hast du mit meinen Notizen gemacht?« fragte ich.

»Ich habe sie in eine Schachtel gelegt.«

»Wir können sie unseren Enkeln zeigen«, schlug ich vor.

Anne rang sich ein Lächeln ab. Da merkte ich, daß sie immer noch um ihre Mutter trauerte, und hielt den Mund. Ich griff nach dem Stift und malte sechs dünne Rechtecke, die die Regale im Supermarkt symbolisierten. Dann schrieb ich die Artikel, die Anne mir nannte, unter das Regal, in dem er zu finden war. Diese Vorgehensweise hatte ich mir im ersten Jahr unserer Ehe angewöhnt, weil ich mir auf diese Weise lange Wege sparte. In den riesigen Supermärkten von L. A. kamen schnell ein paar Kilometer zusammen.

»Was zuerst?« fragte ich.

»Laß mich mal überlegen«, sagte sie. »Nun, wir brauchen Zucker, Mehl, Salz, Pfeffer.«

»Warte.« Ich notierte die Bestellungen an den entsprechenden Stellen.

»Butter. Brot.«

Ich schrieb beides auf. »Und?« fragte ich.

»Orangensaft. Eier. Speck.«

»Hab ich.«

»Verschiedene Suppen«, zählte sie auf. »Und auch ein paar Müslis.«

Ich notierte alles und blickte zu ihr hoch. »Ja«, sagte ich, »was no ...«

Es geschah von ganz allein.

Ich hätte schwören können, daß mir die Haare zu Berge standen. Ich saß da, starrte den sich bewegenden

Bleistift und was er notierte an. Von ganz fern hörte ich Anne sprechen.

Der Bleistift rührte sich nicht mehr.

»Hm?« rief ich laut und sah zu Anne hinüber.

»Ich habe dich gefragt, ob du alles hast?«

»Nein. Nein. Ich bin … noch nicht fertig gewesen.« Sie hatte also nichts mitgekriegt.

»Du hast mich gefragt, was noch«, meinte sie.

»Ich weiß. Ich habe nur einen Posten vergessen.«

»Ich sagte Crackers, Butter, Kekse und Erdnußbutter«, wiederholte sie.

»Gut.« Es gelang mir, ganz normal zu sprechen.

Während Anne im Küchenschrank nachsah, was wir noch brauchten, strich ich schnell die Worte aus, die ich auf die Seite geschrieben hatte. Erst da fiel mir auf, daß das gar nicht meine Handschrift war. Dann machte ich mich wieder daran, die Lebensmittel einzutragen, die sie mir nannte. Was sich hier abspielte, sagte ich ihr nicht. Das war unmöglich. Ich redete mir ein, daß es sich um einen Zufall handelte. Daß es eine Art Nachwirkung war. Daß es nichts bedeutete.

Zehn Minuten später saß ich im Wagen und fuhr zum Supermarkt. Den Blick geradeaus gerichtet, dachte ich an die Worte, die ich geschrieben hatte. Es gelang mir einfach nicht, sie zu vergessen.

Ich bin Helen Driscoll.

Sentas kam erst nach neun.

Davor reparierte ich draußen in der Garage Richards Dreirad, das ein paar neue Schrauben brauchte und frisch lackiert werden mußte. Ich hatte keine Lust dazu, hatte die Arbeit seit Wochen vor mir hergeschoben. Doch im Haus hielt ich es vor Angst, daß noch etwas passieren würde, nicht aus.

Ich nenne es »Angst«, doch es war irgendwie anders. Ich sorgte mich jetzt nicht um mich, sondern um Anne. Ich brauchte weder die Telepathie noch etwas Derartiges, um mit hundertprozentiger Sicherheit zu wissen, wie es um ihr Nervenkostüm beschaffen war. In der letzten Woche hatte sie mehr Schocks erlitten, als sie verdauen konnte. Selbst unter normalen Umständen hätten der Tod ihrer Mutter – der sie sehr nahegestanden hatte – und das Zusammenleben mit einem Mann, der das durchmachte, was ich erlebt hatte, noch der robustesten Seele zugesetzt. Daß sich all dies während einer Schwangerschaft ereignete, die schon an sich große Anspannung und Nervosität hervorrief, hatte die Situation nur noch verschlimmert. Ich durfte ihr einfach nicht sagen, was ich da aufgeschrieben hatte. Ich fürchtete mich vor dem, was dieses Wissen bewirken konnte.

Während ich das Dreirad anstrich, mußte ich über die Worte nachdenken.

Ich hatte keine Ahnung, was sie bedeuteten. Daß ich Helen Driscoll gesehen hatte, war eine Sache und leuchtete insofern – wie Alan erklärt hatte – auch ein. Aber von ihr eine Botschaft zu erhalten, in ihrer eigenen Handschrift – das war nicht mehr so leicht zu erklären.

Dennoch machte ich mir um mich längst nicht so große Sorgen wie um Anne. Aus irgendeinem Grund (natürlich wegen meines Besuchs bei Alan) fühlte ich mich anders. Dieses ewige Bangen, dieser ununterbrochene Blick über die Schulter waren verschwunden. Doch die Angst um Anne genügte vollkommen. Um ihretwillen hoffte ich, daß sich keine weiteren Vorfälle ereigneten.

Aber natürlich war genau das der Fall. Und es dauerte auch gar nicht lange. Wenigstens hatte sie den ersten nicht mitgekriegt. Dafür werde ich ewig dankbar sein.

Ungefähr zehn vor neun kam sie zu mir in die Garage hinaus. »Richard ist schon eingeschlafen. Kannst du auf ihn aufpassen, während ich Elizabeth helfe, eine Spule an ihrer Nähmaschine auszuwechseln?«

»Kein Problem«, sagte ich und ging wieder ins Haus zurück, nachdem sie weg war. Es wurde gerade dunkel.

Ich saß in der Küche und betrachtete den Notizblock.

Ich hatte mir den Bleistift geschnappt und drehte ihn nervös hin und her. Wie zu Beginn spielte Neugier eine große Rolle. Ich denke, Sie werden das vielleicht verstehen. Trotz allem, was geschehen war, hatte sich mein Interesse nicht gelegt. Es war noch genauso stark wie eh und je.

Ich hatte mich gerade dazu durchgerungen, wieder etwas zu schreiben, als ich hörte, wie jemand an die Vordertür klopfte. Ich stand auf und legte schnell den Stift weg. Dann steckte ich ihn sogar seitlich in die Halterung des Blocks und verstaute beide Gegenstände in der Schublade, da ich die Möglichkeit in Betracht zog, daß Anne draußen stand und die Tür nicht aufbekam, weil sie etwas Schweres trug.

Es war Sentas, der mir abgespannt und erschöpft erschien.

»Abend«, sagte ich.

»Immer noch verstopft?« fragte er knapp.

»Ja.« Ich trat einen Schritt zur Seite, um ihm Platz zu machen. Er vermittelte mir das Gefühl, ein Eindringling und nicht der Mieter seines Hauses zu sein.

Sentas ging schnurstracks ins Badezimmer und ließ das Wasser laufen. Das Waschbecken lief voll, das Wasser floß so gut wie nicht ab. Sentas drehte den Hahn nicht zu. Wie gebannt betrachtete er den steigenden Wasserspiegel. Denken Sie nicht, es wäre eine gute Idee, jetzt abzustellen, dachte ich. Aber das tat er nicht. Er ließ das Wasser so lange laufen, bis das Becken nahezu randvoll war. Erst dann drehte er den Hahn zu.

»Hmmm«, sagte er und starrte ins Wasser. Er tauchte die Hand ein, preßte den dicken Finger auf den Abfluß und stellte eine angewiderte Miene zur Schau.

»Hat Ihre Frau in letzter Zeit ihre Haare gewaschen?« fragte er.

»Keine Ahnung.«

»Haare verstopfen einen Abfluß.«

»Ich verstehe. Nun … was werden Sie tun?«

Er seufzte schwer. »Jetzt kann ich gar nichts tun«, meinte er.

Aber du konntest das verdammte Becken vollaufen lassen, schimpfte ich im stillen.

»Ich werde morgen einen Klempner rufen«, erklärte er sich widerwillig bereit.

»Ist es zu schon zu spät, jetzt einen zu holen?« fragte ich.

Und genau in diesem Moment passierte es. Es war noch schrecklicher als sonst, weil es ohne Vorwarnung geschah, weil es sich so kurz nach unserem belanglosen Gespräch über den verstopften Abfluß ereignete.

»Sentas«, hörten wir beide.

Sentas erstarrte. Ich ebenfalls.

»Sentas. Harry Sentas«, sagte die Stimme.

Ich merkte, wie mir ein Schauer den Rücken hinunterlief.

»Du kennst mich, Harry Sentas.«

Das war die Stimme meines zweijährigen Sohns.

Und auch wieder nicht. Sie drang aus seiner Kehle, aber es war eine andere, eine fremde Stimme. Haben Sie schon mal eine Vorstellung mit Marionetten gesehen, wo die erwachsenen Spieler mit hohen Stimmen sprechen, damit das Publikum glaubt, die Marionetten würden reden, obwohl sich ihre Lippen nicht bewegen? Genau so klang das – wie die Stimme einer Puppe, die im gekünstelten Falsett ihres Meisters redete.

»Du kennst mich, Harry Sentas. Du kennst mich.«

Sentas grunzte laut. Seine Miene war ausdruckslos, sein Gesicht wurde immer fahler.

»Was, verflucht noch mal, soll das hier?« knurrte er mit zittriger Stimme.

Ich öffnete den Mund, um ihm zu antworten, brachte aber kein Wort heraus.

»Du kennst mich, Harry Sentas«, sagte mein Sohn, sagte die Stimme. »Mein Name ist Helen Driscoll.«

Sentas und ich schraken wie auf Kommando zusammen. Er rannte ins Schlafzimmer, wirbelte dann herum, als führe er einen grotesken Tanz auf und drehte sich zu mir um.

»Was soll das sein, ein Scherz?« rief er.

»Ich schwöre, ich ...« murmelte ich.

»Du kennst mich, Harry Sentas«, sagte die Stimme.

Sentas warf mir eine ganze Weile wütende Blicke zu, bis er sich abrupt umdrehte und das Wohnzimmer durchquerte.

»Verdammt witzig«, schimpfte er. »Kümmern Sie sich doch selbst um Ihren Abfluß!«

Er warf die Tür so fest zu, daß die Hauswände wackelten.

Mit bleiernen Beinen begab ich mich ins Schlafzimmer, stellte mich vor Richards Bettchen. Ich hörte ihn im Dunkeln murmeln.

»Komm zurück«, sagte er mit dieser gräßlichen Puppenstimme. »Komm zurück, Harry Sentas.«

Von da an schwieg er. Er atmete tief durch und schlief wieder ein; schlief fest und ungestört.

Ich saß auf dem Sofa, als Anne nach Hause kam.

Ich denke, sie wußte in dem Moment Bescheid, in dem sie mich sah.

»Nein«, rief sie aufgeregt, »o nein.« Kummer lag in ihrer Stimme, Erschöpfung und Kapitulation.

»Anne, setz dich.«

»Nein.«

»Schatz, bitte. Lauf nicht davor weg. Das macht es nur noch schlimmer.«

Zitternd stand sie da und sah mich an.

»Setz dich. Bitte.«

»Nein.«

»Setz dich!«

Sie kam herüber, setzte sich auf die andere Seite der Couch, saß auf dessen Kante wie ein verängstigtes, gehorsames Kind und verschränkte die Arme, die sie so fest umklammerte, daß ihre Knöchel weiß wurden.

»Ich erzähle dir das«, begann ich, »weil ... weil es dich in Panik versetzen könnte, wenn ... wenn es dir zustößt und du nicht Bescheid weißt.«

Auf einmal legte sie die Hand über die Augen und weinte.

»O Gott, hilf uns«, schluchzte sie. »Ich dachte, es sei vorbei. Ich dachte, es sei vorbei.«

»Schatz, nicht.«

Sie biß die Zähne zusammen, hob den Blick, sah mich voller Entsetzen an.

»Ich ertrage es nicht mehr«, verkündete sie in einem Ton, der mir gerade deshalb so zusetzte, weil er so sanft war. *»Ich kann es nicht mehr ertragen.«*

»Anne, vielleicht ...«

Ich brach nervös ab. Für einen Moment hatte ich doch tatsächlich mit dem Gedanken gespielt, ihr vorzuschlagen, daß sie zu ihrer Mutter fahren sollte, bis alles vorbei war.

»Vielleicht was?« fragte sie.

»Nichts. Ich ...«

»Oh, werden wir wieder diese Geheimnisse haben?« fragte sie. Der Klang ihrer Stimme verriet mir, daß sie kurz davor war, einem Nervenzusammenbruch zu kriegen. »Diese kleinen Geheimnisse?«

»Schatz, so hör doch«, flehte ich sie an. »Wenn wir uns jetzt dieser Sache stellen, können wir ...«

»Uns ihr stellen!« explodierte sie. »Was habe ich denn die ganze Zeit über getan? Ich habe damit gelebt! Ich bin daran fast zugrundegegangen! Ich kann es nicht mehr ertragen!«

Ich rutschte zu ihr hinüber und drückte ihren zitternden Körper an mich.

»Pssst, Liebling«, flüsterte ich vergeblich, »nicht. Alles wird gut werden. Es ist jetzt anders, völlig anders. Ich bin nicht mehr hilflos.« Die Worte schienen aus mir herauszuströmen, und ich wußte, daß das, was ich sagte, wahr war. »Ich kann es jetzt kontrollieren, Anne. Es kann uns nicht schaden, solange wir uns dieser Sache stellen. Glaub mir, ich bin nicht mehr hilflos.«

»Nun, ich schon«, schluchzte sie. »Ich *schon.*«

Lange Zeit hielt ich sie fest, ohne ein Wort zu sagen. Und fällte eine Entscheidung; eine Entscheidung, die – darüber war ich mir im klaren – unausweichlich war. Jetzt machte alles einen Sinn für mich. Was ich Anne gegenüber behauptet hatte, stimmte voll und ganz. Ich war kein hilfloser Bauer in diesem Spiel mehr.

Ich würde dafür sorgen, daß die Dinge so liefen, wie ich es wollte.

SIEBZEHN

Zu jenem Zeitpunkt konnte ich Anne nichts darüber erzählen. Dazu regte sie sich viel zu sehr auf. All die Anspannung, die sich in ihr aufgestaut hatte, schien jetzt ein Ventil gefunden zu haben, und es gab nichts, was man dagegen tun konnte. Der Tod ihrer Mutter, die Panik, die mein Verhalten ausgelöst hatte, die Erleichterung, als sie glaubte, alles wäre vorbei, und nun, in diesem Stadium der Erlösung, kehrte die Bedrohung zurück. Das hätte jeden umgehauen.

Ich gab ihr ein Beruhigungsmittel, brachte sie zu Bett und blieb bei ihr, bis sie endlich eingeschlafen war. Sobald ich sicher sein konnte, daß sie tief schlief, kehrte ich in die Küche zurück und holte den Notizblock. Hinter dieser Geschichte steckte mehr, als Alan angenommen hatte. Wenn Helen Driscoll wieder hier leben wollte, warum bekam ich dann schriftliche Nachrichten von ihr? Wieso bediente sie sich – dieser Aspekt war mir überaus wichtig – ausgerechnet der Stimme meines Kindes? Warum wollte sie mit ihrem Schwager sprechen?

Es sei denn, ihr wäre im Osten etwas zugestoßen. Es sei denn, sie war …

Nein. Ich kämpfte dagegen an. Ich war nicht gewillt, mich wieder auf derlei Gedanken einzulassen. Das war eine Falle. Diesmal mußte ich mich dieser Sache mit kühlem Kopf stellen. Ich durfte nicht wieder alles unüberlegt hinnehmen, womit sich die größten Philosophen ein ganzes Leben lang beschäftigten. Ich würde den gleichen Fehler nicht noch einmal machen. Allerdings war ich bereit, zuzugeben, daß an dieser Geschichte mehr dran war, als Alan und ich zunächst angenommen hatten.

Ich nahm den Stift in die Hand, tippte ihn vorsichtig auf das Papier und sah aus dem Fenster. So verfährt man bei der *écriture automatique.* Es funktioniert nur, wenn man den Willen, das bewußte Denken ausschaltet, nicht ans Schreiben denkt. Es gibt Leute, die beim Schreiben lesen. Manche schlafen sogar.

Ich versuchte, nicht mehr an den Stift zu denken. Ich wollte den Gedanken an ihn verdrängen, damit mein Unterbewußtsein die Möglichkeit hatte, sich zu melden. Ich sah Elsie mit Ron und ihren Eltern in der Küche sitzen. Einmal pro Woche spielten sie Bridge miteinander. Elsies Miene verzog sich zu einem Lachen, das durchs offene Fenster zu mir herüberdrang. Ich fragte mich, ob der Lärm mich stören würde, kam aber zu dem Ergebnis, daß mir diese Form der Ablenkung nur recht sein konnte. Aufmerksam beobachtete ich Elsie.

Ich mußte daran denken, wie ich ihre verdrehten kleinen Gedanken gelesen hatte. Und überlegte, wie schrecklich die Welt sein würde, wenn die Menschheit über Nacht ihr Potential erkennen und jedermann wissen würde, was der andere dachte. Unsere Gesellschaft würde schlagartig aus den Fugen geraten. Es würde überhaupt *keine* Gesellschaft mehr geben, wenn jeder für alle anderen ein offenes Buch wäre. Es sei denn, die Menschheit hätte so etwas wie Reife entwickelt und wäre somit in der Lage, mit den neu errungenen Fähigkeiten umzugehen.

Eine Stunde verging, ohne daß etwas geschah. Meine Hand verkrampfte sich und begann zu schmerzen, doch der Stift bewegte sich nicht.

Eine zweite Stunde verstrich. Von einer Sekunde auf die andere gab ich auf. Offensichtlich brachte meine Methode nichts. Während ich meinen Pyjama anzog, fiel mir auf, daß Helen Driscoll immer unberechenbarer wurde. Einmal erschien sie mir, dann sprach sie mit der Stimme meines Kindes und als nächstes bediente sie sich meiner Hand und befahl ihr zu schreiben. Für den Fall, daß sie ein Geist war – und ich war nicht bereit, mir dies einzugestehen –, war sie ein hochgradig verwirrter Geist. Diese Theorie brachte mich zum Lachen. War das möglich? Ich hielt es tatsächlich für möglich. Zieht man eine Existenz nach dem Tod im Betracht, war die Annahme, daß Menschen ihr Bewußtsein, ihre Seele über den Zeitpunkt des Todes hinaus behielten, mitnichten eine Garantie dafür, daß sie auf einmal allwissend waren. Wenn überhaupt würde dieses plötzliche Eintauchen in eine Art Niemandsland sie höchstwahrscheinlich eher verstören. In einem Buch über Spiritualismus hatte ich einmal gelesen, daß die Seelen sich oftmals nicht damit abfinden können, daß sie tot sind, und alles daran setzen, auf der früheren Ebene weiter zu existieren. In dem Fall wäre Helen Driscoll …

Ich verwarf diesen Gedanken. Es war sinnlos, ihn weiterzuspinnen. Nach reiflicher Überlegung kam ich zu dem Ergebnis, daß ich mein gegenwärtiges Problem am ehesten lösen konnte, wenn ich die ursprüngliche Methode, mit Helen Driscoll in Kontakt zu treten oder sie zu sehen, anwendete. Diese Methode versetzte mich momentan nicht in Panik. Vor physischer Erschöpfung fürchtete ich mich nicht. Es konnte durchaus sein – das vermutete ich jedenfalls –, daß ich das wurde, was Alan eine »entwickeltes« Medium genannt hatte, also jemand, der seinem Bewußtsein nicht länger hilflos ausgeliefert war. Wieso das so sein sollte, konnte ich jedoch nicht genau sagen.

Gegen Viertel vor eins setzte ich mich auf das Sofa, schaltete die Lampen aus und begann mich zu konzentrieren.

Weder legte ich den Kopf zurück, noch schloß ich die Augen. Vermutlich war es nicht mal nötig, das Licht zu löschen. Hatte Alan nicht irgend etwas darüber verlauten lassen, daß echte Medien bei Tageslicht ganz eindeutige Eingebungen hatten? Ich hatte allerdings auch gelesen, daß Licht hellseherische Fähigkeiten beeinträchtigte. Daher entschied ich, es mir so einfach wie möglich zu machen, zumal ich ja noch Anfänger war.

Meine Suche nach Helen Driscoll war kein geradliniger, zielstrebiger Prozeß. Ich murmelte nicht: »Wo sind Sie? Wenn Sie da sind, klopfen Sie gegen das Tischbein, einmal für ja, zweimal für nein.« Im Grunde genommen verbannte ich alle unwichtigen Gedanken aus meinem Kopf und wartete darauf, daß sie sich zeigte. Ich war nicht Herrscher über übernatürliche Kräfte, sondern schlichtweg ein Medium, das ihnen half, sich zu artikulieren.

In diesem Zustand des Halbschlafes drängten sich mir Gedanken und Bilder auf. Da ich nur darauf aus war, mit Helen Driscoll Verbindung aufzunehmen, achtete ich nicht so sehr auf das, was passierte.

Mich überfiel Anspannung, was zweierlei Gefühle in mir auslöste. Ich empfand gleichzeitig Bestürzung und Beklemmung. Ich rutschte ein wenig auf dem Sofa hin und her und blickte mich um, als rechnete ich damit, sie im Zimmer zu sehen. Aber da war nichts, nur diese Rastlosigkeit, die sich auch damals in jener ersten Nacht meiner bemächtigt hatte. Und doch war es irgendwie anders, als gehörten all diese Empfindungen nicht wirklich zu mir.

Ich bildete mir ein, meine Gefühle hätten mit Helen Driscoll zu tun. Ich versuchte, sie dahingehend zu deuten. Waren das ihre Stimmung, ihre Empfindungen? Das konnte ich nicht mit Sicherheit sagen, aber es schien zu passen. Dann war da noch eine Aura, die ihr fremd war. Auf sie konzentrierte ich mich. War sie aufgebracht, fiel es ihr schwer, sich mir zu offenbaren? Bereitete ich ihr Probleme, weil ich mich anders als früher verhielt?

Ich wollte gerade aufstehen und Block und Bleistift holen.

Durch und durch animalische Empfindungen regten sich in mir. Ich ließ mich aufs Sofa fallen. Die Emotionen waren zu stark, zu nah. Sie dehnten sich nach allen Richtungen aus, flossen vor meinem geistigen Auge zusammen, bildeten kurzfristig eine Einheit, um dann wieder auseinanderzufallen. Mir war, als sähe ich Spiegelungen im Wasser, als würde jemand seine Hand hineintauchen und das Bild auslöschen, bevor es sich richtig zusammengesetzt hatte.

In meiner Unwissenheit dachte ich nur an Helen Driscoll, war überzeugt davon, ihre Empfindungen zu spüren. Sie versuchte, mir etwas zu vermitteln, doch was es war, konnte ich nicht sagen. Alles blieb vage und zusammenhangslos, ergab kein einheitliches Bild. Da war Zorn, unmäßiger Zorn: ich empfand Ablehnung, Haß. Gegen wen diese Gefühle sich richteten, wußte ich auch nicht. Mit Sicherheit konnte ich nur sagen, daß sie Helen Driscoll gehörten. Mir drängte sich der Gedanke auf, daß sie vielleicht Harry Sentas aus irgendeinem unerfindlichen Grund haßte. Schließlich hatte sie zu ihm gesagt: *Du kennst mich, Harry Sentas.*

Verschiedene Erklärungen, vage Assoziationen kamen mir ganz deutlich in den Sinn. Ich mutmaßte, daß sie ihrer Schwester nahegestanden hatte, daß Sentas gegen diese Nähe gewesen war und sie mit seinem unfreundlichen Verhalten vertrieben hatte. Daß sie in Sentas verliebt gewesen war und es vorgezogen hatte, abzuhauen, anstatt sich unabsichtlich zu verraten und mit der Scham darüber leben zu müssen. Selbst wenn Sentas eine Affäre mit ihr gehabt und Mrs. Sentas das herausgefunden hatte, könnte das der Grund gewesen sein, warum Helen Driscoll geflohen war. Immerhin hatte es den Anschein, als herrsche da permanent eine gewisse Gereiztheit zwischen Sentas und seiner Frau. Als wären sie Schauspieler, die ein altes Ehepaar mimten und dabei den Bogen überspannten und dieses Paar völlig überzogen darstellten.

Solche Gedanken waren es, die mir durch den Kopf gingen und die Bilder noch stärker verzerrten, sie in unlesbare Puzzleteilchen zerstückelten. Das einzige, was blieb, waren die Wogen anschwellenden Zorns.

Plötzlich bekam ich es mit der Angst zu tun. Ich bildete mir ein, es würde sich um Annes Gefühle handeln und ich wäre das Opfer ihrer Feindseligkeiten.

Ich versuchte, diese Vorstellung abzuschütteln, doch sie blieb haften. Diese Auslegung war meines Wissens gewiß nicht abwegig. Angesichts ihrer Verzweiflung, ihrer unterdrückten Wut darüber, daß sie mir vergeblich ihre geheimsten Wünsche und Hoffnungen offenbart hatte, angesichts der allgemeinen Beklemmung darüber, daß sie in diesem Haus des Schreckens schwanger war, erschien es mir durchaus nachvollziehbar, daß sie mich im Schlaf, der die Macht hat, Hemmschwellen zu senken, derartig haßte.

Ich stand auf. Setzte mich wieder hin. Ich konnte es nicht glauben. Ich konnte es einfach nicht glauben.

Der Zorn wurde heftiger. Wie körperlose Gliedmaßen rauschten Worte an mir vorbei, zuerst unzusammenhängend, zu widersinnig, als daß ich sie deuten konnte. Ich gab mir redliche Mühe, sie zu verstehen, doch je mehr ich mich bemühte, desto unsinniger wurden sie. Es dauerte nicht lange, bis ich begriff, daß ich lockerer werden mußte. Ich versuchte es. Wieder gingen mir die unterschiedlichsten Impressionen durch den Kopf. Worte. *Grausam. Herzlos. Heim. Ehefrau, du. Verachtung. Brutal und ich. Du weißt einfach nicht …*

Und dann *Ehebruch.*

Auf einmal war mir alles klar. Und dann hatte ich den Eindruck, als setzten sich Millionen von Spiegelglasscherben zu einem wahren, ganzen Bild zusammen. Verwirrt schnappte ich nach Luft.

Das Licht im Flur ging an.

Ich erschrak heftig. Mitten durch den Lichtkegel, der sich über den Wohnzimmerteppich ergoß, schritt langsam meine Frau.

»Tom?« fragte sie.

Ein schrecklicher Augenblick. Ein Augenblick, wo ich an zwei Orten gleichzeitig war – wo ich mir zwei unterschiedlicher Ereignisse, die gleichzeitig abliefen, bewußt war.

»Tom, bist da drinnen?« fragte sie ängstlich, leise.

»*Nicht*«, war alles, was ich sagen konnte.

»Tom, was …« Sie blieb stehen, und ich bemerkte, wie sie vor meinen Augen verschwamm, unscharf wurde. Dafür wurde die andere Szene um so deutlicher.

Frank und Elizabeth …

Dann konnte ich Anne wieder ganz deutlich erkennen. Ich sah, wie sie ganz langsam die Hand hochnahm und auf die Wange legte.

»Was machst du?« fragte sie mit bebender Stimme.

Ich schwieg. Ich beobachtete Elizabeths zorngerötete Miene, als sie Frank ansah. Und seinen halb mürrischen, halb schockierten Gesichtsausdruck.

Sie wußte, was er trieb.

»Tom, was machst du?« Annes Stimme dröhnte laut durch das dunkle Zimmer und katapultierte mich ins Hier und Jetzt zurück. Mit einem Mal hörte ich das Rascheln ihres Nachthemdes. Die Lampe auf einem der Beistelltische ging an. Mit fragendem Blick beugte sie sich über mich und sah mich an.

»Was tust du?«

»Es ist Elizabeth«, hörte ich mich mit heiserer Stimme sagen. Und während ich sprach, mußte ich an Alans Worte denken: *Hoffen wir, daß sie nicht geladen ist.*

»O mein Gott!« Ich sprang auf, rannte zur Tür.

»Was hast du vor?!« rief sie mit schriller Stimme.

»Ich muß ...« Ich brach ab, riß die Tür auf und lief barfuß nach draußen.

»Tom!« Der Schrei, der ihrer Kehle entwich, war beängstigend. Ihre Not und Verzweiflung ließen mich einen Moment innehalten.

Dann ertönte der Schuß.

ACHTZEHN

Keuchend sprang ich von der Veranda auf das kalte, nasse Gras und rannte zur Ecke.

Ich hatte die Straße zur Hälfte überquert, als der zweite Schuß durch die Nacht hallte. Ich biß die Zähne zusammen, erhöhte mein Tempo, stürmte um die Ecke und lief über ihren Rasen. In ihrem Wohnzimmer brannte nur eine einzige Lampe.

Alan hat sich geirrt. Seltsamerweise war das mein erster Gedanke, als ich stehenblieb und durchs Fenster spähte.

Denn Frank kauerte auf dem Wohnzimmerboden – *genau in der Position, wie ich ihn damals gesehen hatte.*

Alles war genau gleich, der Schmerz in seinen gepeinigten Zügen, der leere Blick, das Blut, das sein weißes Hemd tränkte.

Mit einem Unterschied.

Mit irrer, zorniger Miene stand Elizabeth wie eine Statue im Türrahmen zum Flur und hielt die Luger in der Hand. Es war so still, daß ich das Klicken hörte, als sie wieder und wieder abdrückte.

Kaum kam ich ins Haus gestürmt, drehte sie den Kopf und starrte mich kurz an, bevor sie ohnmächtig wurde und, ohne einen Ton von sich zu geben, zu Boden fiel. Ich hörte, wie die Luger über den Teppich polterte.

Von da an herrschte nur noch Durcheinander und Verwirrung.

Ich rannte zu Frank, kniete mich neben ihn und suchte seinen Puls. Sein Herz schlug noch, wenn auch schwach. Nur eine der Kugeln hatte ihn in die Brust getroffen, er schien schwer verletzt zu sein. Ich stand auf. Das Blut pochte in meinen Schläfen. Ich setzte erst ein Bein, dann das andere über Elizabeth, und suchte aus dem Schrank im Flur ein sauberes Laken heraus. Während ich zum zweiten Mal über Elizabeth stieg, schüttelte ich das Laken aus und faltete es der Länge nach. Dann kniete ich mich noch mal neben Frank und legte so sanft wie nur möglich einen Verband an. Dabei stöhnte er leise. Er hatte inzwischen das Bewußtsein verloren. Seine Augen waren geschlossen.

Als nächstes lief ich in den Flur und rief einen Krankenwagen. Danach machte ich mich daran, Elizabeths schweren Leib auf die Couch zu hieven. Ihr Gesicht war wächsern, fühlte sich kalt an. Ich knöpfte ihr Schlafanzugoberteil auf und fing an, ihre Handgelenke zu massieren. Kurze Zeit später schlug sie die Augen auf.

Sie starrte mich an, als hätte sie mich noch nie im Leben gesehen. Dann erhob sie sich überraschenderweise.

»Frank!« keuchte sie.

Ich hielt sie zurück. »Leg dich hin, Elizabeth, leg dich hin«, redete ich auf sie ein.

»Nein. Nein.«

Sie wehrte sich, behielt Frank die ganze Zeit über im Auge, stemmte sich mit den Schultern gewaltsam gegen meine Hände und wiederholte unablässig Franks Namen.

Irgendwann hatte sie keine Kraft mehr. Sie ließ sich auf das Sofakissen fallen und kniff fest die Augen zu. Ein langer, schwerer Seufzer kam ihr über die fahlen Lippen. Was sich hier abspielte, war mir ein Rätsel.

Ich sah gerade nach Frank, als ich draußen Schritte hörte. Zuerst nahm ich an, es wäre Anne, aber wie sich herausstellte, war es der Mann, der nebenan ein Haus weiter wohnte.

»Was ist pas …« begann er und brach sofort wieder ab. Ihm fiel die Kinnlade herunter. »Heilige Scheiße«, murmelte er bedächtig. Er stand einfach nur da und starrte auf Frank hinab.

Kurze Zeit später tauchte Anne in einem Mantel auf. Mit ausdrucksloser Miene betrachtete sie Frank und danach mich. Zu mehr war sie nicht fähig. Einige Zeit später setzte sie sich zu Elizabeth und nahm ihre Hand. Begleitet von Elizabeths trockenen, lautlosen Schluchzern schnürte ich das Laken fester zu, um die Blutung zu stoppen.

Der Krankenwagen traf fünf Minuten später ein. Und die Polizei kam gleich danach.

Daheim ging ich ins Badezimmer, um mir die Hände zu waschen. Als mein Blick auf das halbvolle Becken fiel, knirschte ich mit den Zähnen, machte auf dem Absatz kehrt und eilte in die Küche. Auf dem Weg dorthin begegnete ich Anne im Flur. Ich versuchte, meine blutverschmierten Hände vor ihr zu verbergen. Sie sagte kein Wort.

Die Uhr schlug eins, als ich die Küche betrat. Das war eine unglaubliche Nacht gewesen. Und Alan hatte noch behauptet, ich hätte jetzt wahrscheinlich nichts mehr zu befürchten. Seine Hoffnung kam mir grotesk und gleichzeitig höchst amüsant vor.

Während ich meine Hände abtrocknete, hörte ich ein Rascheln, was mich veranlaßte, mich umzudrehen. Anne stand in der Küchentür und sah mich an. Ich drehte mich um, hängte das Handtuch weg und fragte mich, was sie mir jetzt zu sagen hatte. Es gab nicht mehr viel, was sie noch schockieren konnte.

Ich wandte mich von der Spüle ab. Anne hatte sich gesetzt. Eigentlich wollte ich zu ihr gehen, doch statt dessen lehnte ich mich an den Spültisch und wartete.

Nach einer Weile begann sie zu sprechen.

»Wird er sterben?« fragte sie leise.

Damit hatte ich nicht gerechnet. Zuerst konnte ich sie nur verwundert anstarren.

»Keine Ahnung.«

Sie schluckte.

»Du weißt es schon«, vermutete sie. »Du willst es mir nur nicht sagen.«

»Nein. Ich weiß es nicht. Ich wußte ... was Elizabeth tun würde.«

Sie senkte den Blick. Ich fixierte sie, ging dann aber zu ihr hinüber und setzte mich neben sie.

»Hör mal, Anne, ich denke, du weißt – zumindest *hoffe* ich, daß du weißt –, wie gräßlich ich mich wegen all dem fühle. Ich bin kein Monster, Anne. Ich bin immer noch derselbe Mann, den du geheiratet hast. Ich finde es schlimm, daß ich dir angst mache. Ich finde es grauenvoll, daß mir dauernd so was passiert. Aber ich kann nichts dagegen unternehmen. Verstehst du das denn nicht? Denkst du, ich mache das absichtlich? Glaubst du, ich will dir weh tun? Was mit mir geschieht, ist nicht meine Schuld. Ich bin ein Opfer, genau wie du. Ich weiß nicht, was das bedeutet oder wieso mir das passiert. Aber es *passiert*, Anne. Dieser Tatsache muß ich mich stellen. Daran gibt es nichts zu rütteln. Und es wird nicht aufhören. Das spüre ich ganz genau. Ich weiß nicht, was das alles jetzt noch verhindern könnte. Es ist ein Teil von mir. Was sonst kann ich sagen? Wenn du das nur akzeptieren könntest, nicht so heftig dagegen ankämpfen würdest. Akzeptiere es, Anne. Dann ist es nicht so schlimm. Es kann dir nur schaden, wenn du dich dagegen wehrst, wenn du es für etwas Unnatürliches, für falsch hältst. Verstehst du das denn nicht?«

Ich muß mit großer Leidenschaft gesprochen haben, denn in ihrem Blick lag Anteilnahme, ja beinahe Verständnis.

Beide Empfindungen verflüchtigten sich schnell.

»Was ist mit uns?« fragte sie. »Wird es ... wie früher sein? *Kann* es überhaupt wie früher sein, wenn du so bist? Wird nicht jeder Tag neues Leid für uns bereithalten? Was, wenn ... Tom, was, wenn du irgendwann Visionen von mir, von *uns* kriegst? Ich würde es mitkriegen, Tom, das weißt du. Du könntest es nicht verbergen, du könntest nicht so tun, als hättest du sie nicht.« Sie schüttelte energisch den Kopf. »Wie soll das funktionieren? Das Leben wäre unerträglich. Und ich würde nur darauf ... warten, daß etwas Schreckliches passiert.«

»Schatz, was passiert ist, wäre sowieso passiert. Ich bin nicht der Auslöser. Denkst du das? Wie kannst du nur? Ich wußte im voraus, daß sie passieren würden ... aber ich habe sie nicht ausgelöst. Siehst du das denn nicht?«

Sie preßte die Hände fest zusammen, betrachtete sie und biß auf ihre Unterlippe.

»Ich denke, du hast recht, aber ...« Sie blickte zu mir auf. »Liest du jetzt meine Gedanken?«

»Anne, ich ...« Ich war sprachlos. »Wofür, in Gottes Namen, hältst du mich? Für einen Hexenmeister? Nein, selbstverständlich lese ich deine Gedanken nicht. Ich könnte es wahrscheinlich nicht mal, auch wenn ich mir Mühe geben würde. Ich habe dir gesagt, daß es nun anders ist. Früher ist es nicht freiwillig gewesen. Jetzt muß ich mich konzentrieren. Ich weiß nicht, was ich deiner Meinung nach alles tun kann. Aber ... glaube mir, ganz so phantastisch sind meine Fähigkeiten nicht. Du bist mir nicht schutzlos ausgeliefert. Das ist niemand. Ich, ich … weiß nicht mehr, was ich noch sagen soll.«

Sie atmete langsam aus.

»Ich weiß nicht«, sagte sie. »Ich weiß ja auch nicht. Ich kann nicht sagen, ob ich damit zurechtkomme. Ob ich Tag für Tag so leben kann.« Sie schüttelte den Kopf.

»Liebling, es wäre ja nicht jeden Tag so. Wird Elizabeth jeden Tag ihren Mann erschießen? Wird deine Mutter …?« Ich brach ab.

»Und was ist mit der Frau?« fragte sie. »Mit Helen Driscoll, falls sie es ist?«

»Das ist etwas, was sich ändern muß«, räumte ich ein, »aber, wenn es sich geändert hat …«

»Und du denkst, daß du das ändern kannst?«

»Ich werde es jedenfalls versuchen, Anne.«

Sie schwieg. Aus dem Küchenschrank tönte das hohle Ticken der Uhr. Ich wartete noch eine Minute, ehe ich mich erhob.

»Und wenn ich es versuche«, meinte sie.

Ich nahm wieder Platz und sah sie an.

»Wenn ich es versuche«, sagte sie, »wirst du … mir dann alles erzählen? Alles, Tom?«

»Ich habe dir gesagt, daß …«

»Ich meine alles«, sagte sie. »Alles über uns.«

»Wenn du das willst, werde ich das selbstverständlich tun.« Ich griff über den Tisch und nahm ihre Hand. »Ich möchte doch nur, daß du mir beistehst«, sagte ich. »Ich möchte nicht, daß du wieder davor wegläufst. Ich brauche dich, Anne. Daran hat sich nichts geändert.«

Sie versuchte zu lächeln.

»Ich habe meiner Tante geschrieben«, berichtete ich. »Und müßte demnächst Antwort von ihr erhalten. Dann werden wir wissen, ob es da etwas gibt, womit wir etwas anfangen können. Das wird dir die Sache erleichtern, nicht wahr? Wenn du weißt, daß es etwas ist, das es in unserer Familie gibt.«

Sie zögerte kurz, ehe sie meine Hand drückte.

»Ich werde mir Mühe geben, Tom«, versprach sie. »Mehr kann ich nicht versprechen. Ich glaube, ich werde mich zu Tode ängstigen, aber ich werde es versuchen.«

Eine Weile lang schwiegen wir beide. Dann fragte sie: »Wird er sterben, Tom?«

»Ich weiß es nicht, Anne. Das ist die Wahrheit. Diese Eingebung, die mit dem Tod in Zusammenhang stand, kam von Elizabeth, nicht von Frank. Das begreife ich nicht ganz. Aber … nun, ich weiß auch nicht.«

Ihr Blick durchbohrte mich. Sie biß auf ihre Unterlippe.

»Tom«, begann sie.

»Was?«

»Was … was ist mit mir?«

»Liebling, ich weiß nichts über dich … über uns.«

Da fiel es mir wieder ein. Ich grinste.

»Es sei denn …«

Sie bekam es mit der Angst zu tun. »Was ist?« fragte sie.

»Würdest du dich schlecht fühlen«, sagte ich, »wenn ich dir sagen würde, daß ich annehme, daß wir ein Mädchen bekommen?«

Es verschlug ihr die Sprache. Ihr Blick wurde weicher, ihre Mundwinkel hoben sich einen Millimeter.

»Wirklich?« murmelte sie.

Ich hielt ihre Hände. »Ich denke schon. Verdirbt dir das den Spaß? Daß du es weißt, meine ich?«

Ich glaube nicht, daß sie mich gehört hat. Sie blickte in die Zukunft.

»Ein Mädchen«, flüsterte sie. »Ein kleines Mädchen.«

Als ich am darauffolgenden Nachmittag von der Arbeit nach Hause kam, sprengte Elsie den Rasen in ihrem Garten. Kaum hatte ich auf der Auffahrt geparkt, kam sie herüber.

»Ist das nicht *schrecklich?*« meinte sie.

Einen Augenblick lang kapierte ich nicht, was sie meinte.

»Oh«, sagte ich dann. »Ja. Ja, es ist schrecklich.«

»Wir sind alle richtig *schockiert.* Was für eine schreckliche Sache. *Ooooh.*« Sie erschauerte. Genauso wie an jenem Abend, wo Phil ihr von den Nadeln erzählt hatte, mit denen er hypnotisierten Menschen in den Hals gepiekst hatte.

»Warum *tut* sie so etwas?« fragte Elsie. »Ich war der Meinung, die beiden seien miteinander sehr glücklich.«

Ich mußte nicht hellsehen oder auf andere übernatürliche Fähigkeiten zurückgreifen, um zu merken, daß hier die gute alte weibliche Neugier ins Spiel kam.

»Ich weiß es nicht, Elsie«, meinte ich.

Elsie schnalzte mit der Zunge. »Es ist richtig schokkierend.«

»Ja.« Ich wandte mich ab.

»Vor allem wegen des Babys!« rief sie.

Für einen Sekundenbruchteil hielt ich mitten im Schritt inne. Die Freude darüber, daß ich mich nicht mit ihren Gedanken herumschlagen mußte, war wie weggewischt.

»Das …« begann ich, ging dann schnell um die Hausecke und nach drinnen.

In der Küche wusch Anne Kartoffeln.

»Das Baby?« fragte ich, nachdem ich sie geküßt hatte.

Sie nickte traurig.

»Heute morgen«, sagte sie. »Ich denke, es lag am Schock. Sie hatte eine Fehlgeburt.«

»Ach …« Ich fühlte mich beschissen. Dann war die Vision also doch klar gewesen. Der Tod *hatte* mit Elizabeth zu tun gehabt. Und zwar noch viel mehr, als ich es mir hätte vorstellen können.

»Das arme Kind«, sagte ich.

»Ja, jetzt hat sie alles verloren.«

Wir schwiegen.

»Und Frank ist nicht gestorben?« wollte ich wissen.

Anne schüttelte den Kopf.

»Nein, er wird leben.« Verbittert preßte sie die Lippen aufeinander. »Er wird leben.«

Zwei Tage später holten wir Elizabeth im Krankenhaus ab. Da Frank immer noch im Hospital lag, gab es keinen Verwandten, der sie hätte nach Hause bringen können. Strafanzeige war nicht gegen sie erhoben worden. Frank hatte der Polizei erzählt, daß es ein Unfall gewesen sei, daß sie nicht gewußt habe, daß die Waffe geladen gewesen war. Ich vermute mal, er hatte das Gefühl, irgend etwas gutmachen zu müssen, auch wenn das jetzt nicht mehr viel brachte.

Auf dem Weg von der Krankenstation zum Wagen war sie überhaupt nicht in der Laune zu reden. Anne und ich nahmen sie in unsere Mitte. Ihre Schritte waren tatterig, zögernd, als hätte sie sich über Nacht in eine alte und gebrechliche Frau verwandelt.

Auf der Heimfahrt schwiegen wir die meiste Zeit. Anne versuchte hin und wieder, übers Wetter oder ein anderes unwichtiges Thema zu plaudern, doch Elizabeth schwieg oder antwortete so leise, daß sie kaum zu verstehen war.

Und gerade auf dieser Fahrt hatte ich die stärkste Eingebung, die mich bislang heimgesucht hatte. Die schlimmsten Momente, erkannte ich, konnten sich bei strahlendem Sonnenschein ereignen, an durch und durch gewöhnlichen Orten. Es muß nicht dunkel sein, es braucht weder Donner, peitschenden Wind noch Regen, der auf die Dächer wahnsinniger Ärzte trommelte. Wir waren keine Monster, nur drei menschliche Wesen. Keine seltsamen Kreaturen der Nacht. Keine beunruhigenden Geräusche, keine verschwommenen Bilder. Und dennoch werde ich die Übelkeit, die mich befiel, niemals vergessen.

Die Empfindung übertrug sich von Elizabeth auf mich, das war ganz eindeutig. Es fing ganz harmlos an. Zuerst spürte ich kraftlose Reue, Verzweiflung, mitleiderregendes Verlangen. Doch das änderte sich bald. Das Gefühl wurde stärker, verwandelte sich, schüttelte alles ab, bis da nur noch pure Emotion war, wuchs sich zu einem unersättlichen, grausamen Hunger aus, der jede andere Empfindung dem Erdboden gleichmachte. Es wurde immer intensiver. Ich mußte mich nicht darauf konzentrieren. Da war unstillbares Verlangen, kaltes, triebhaftes Verlangen, beängstigend in seiner Intensität.

Als mir das Bild durch den Kopf schoß, merkte ich, wie ich auf dem Sitz hin und her rutschte, wie ich das Lenkrad so fest umklammerte, daß meine Hände ganz weiß wurden.

Die Vision kam von Elizabeth. Sie streckte ihre krallenartigen, zitternden Finger aus und bohrte sie in Annes Schoß. Sie riß Annes Fleisch auf, riß das Baby heraus, bis da nur noch blutige Fetzen waren. Sie schrie unablässig, riß ihr eigenes, zugenähtes Fleisch auf – und legte unser Kind in ihre Bauchhöhle.

Ich war heilfroh, als wir endlich zu Hause ankamen.

Anne erbot sich, bei ihr zu bleiben, doch Elizabeth sagte, daß sie lieber allein sein mochte, was mich freute. Auf der Veranda hörten wir, wie sie die Tür abschloß.

»Tom, wird sie … sich etwas antun?« wollte Anne wissen. Kindliches Vertrauen schwang in ihrer Frage mit, ein Vertrauen in meine Fähigkeiten, das Vertrauen in einen Mann, der die Gabe der Vorhersage besaß.

Ich wollte schon sagen, daß das durchaus möglich sei, hielt mich aber zurück. Ich hatte kein Recht, das zu sagen, denn ich wußte nicht, wozu Elizabeth fähig war.

»Keine Ahnung, Anne«, sagte ich. »Ich weiß es nicht. Ich habe dir gesagt, daß ich kein Zauberer bin.«

»Entschuldige.« Sie nahm meinen Arm. »Aber ich sollte bei ihr bleiben.«

»Sie wird auch allein zurechtkommen.«

Auf unserer Straßenseite angekommen, ging Anne nach nebenan, zu Elsie. Sie wollte sich vergewissern, daß Richard noch mit Candy spielte. Ich ging auf die Veranda.

Der Brief steckte im Briefkasten.

Ich las ihn im Wohnzimmer und habe vermutlich geschmunzelt. Der Inhalt brachte mich tatsächlich auf den Boden der Tatsachen zurück.

Später reichte ich Anne den Brief. Ihre Lippen bewegten sich beim Lesen.

»Dein Großvater«, wisperte sie.

»Urgroßvater«, klärte ich sie auf. »Castor James Wallace aus Yorkshire, England. Komisch, ich habe seit Ewigkeiten nicht mehr an ihn gedacht. Ich glaube, meine Mutter hat mir, als ich klein war, Geschichten über ihn erzählt.«

»Dann ist er also ein Medium gewesen«, sagte Anne.

»Offenbar.«

Anne faltete den Brief zusammen und steckte ihn in ihre Tasche.

»Und?« fragte ich.

Sie schnaufte leise. »Nun«, sagte sie, »ich denke, das war es dann.«

»Kannst du es akzeptieren?« fragte ich sie. »Kannst du nun damit leben?«

Anne seufzte. Auf mich machte sie einen hilflosen Eindruck.

»Du bist mein Mann, Madame Wallace.«

Ich drückte sie so fest, bis sie stöhnte. »Sei sachte mit Sam«, meinte sie. »Er kann Druck nicht ausstehen.«

»Sandra«, sagte ich.

Ich strich mit der Wange über ihr weiches Haar und mußte daran denken, daß sie mich gebeten hatte, ihr nichts zu verheimlichen. Nun, ich hatte keineswegs die Absicht, ihr zu sagen, was Elizabeth durch den Kopf ging. Andererseits war ich mir darüber im klaren, daß ich mein Versprechen in Zukunft nicht immer halten konnte. Schließlich gab es solche und solche Lügen.

»Na«, sagte sie schließlich, »was nun?«

»Da ist noch eine Sache«, meinte ich, »die geregelt werden muß.«

»Helen Driscoll?«

Ich nickte. »Helen Driscoll.«

NEUNZEHN

Mrs. Sentas kam an die Tür. Es war abends, kurz nach sieben.

»Ja?« sagte sie sehr höflich, aber auch sehr zurückhaltend.

»Dürfte ich mal kurz mit Ihnen und Ihrem Mann sprechen, Mrs. Sentas?« bat ich.

»Über was möchten Sie mit uns sprechen?« fragte sie und runzelte neugierig die Stirn.

Ich räusperte mich. »Das ist eine … ziemlich heikle Angelegenheit«, meinte ich. »Darf ich reinkommen?«

Sie starrte mich an, als könnte sie sich nicht entscheiden, ob ich menschlich oder etwas anderes wäre. Schließlich fragte sie leicht genervt: »Ist das wirklich nötig? Mein Mann und ich sind gerade im Begriff, das Haus zu verlassen.«

»Es geht um Ihre Schwester.«

Hätte ich sie mit einer Nadel gestochen, wäre sie bestimmt nicht heftiger zusammengezuckt.

»Meine …?« Sie sprach den Satz nicht zu Ende.

»Darf ich reinkommen?« fragte ich.

Schwer schluckend wich sie zurück. Ich ging an ihr vorbei ins Wohnzimmer und sie schloß hinter mir die Tür.

»Nehmen Sie doch Platz«, forderte sie mich auf.

Als ich auf dem Sofa saß, blickte ich mich um. Ihr Wohnzimmer war genauso groß wie unseres, doch da hörte die Ähnlichkeit auch schon auf. Während wir unseres mit amerikanischen Stilmöbeln, deren Raten wir noch abstotterten, eingerichtet hatten, hatten die Sentas sich für sehr elegantes Mobiliar im französischen Landhausstil entschieden: Tische mit schwarzen Marmorplatten, antike Sessel und Sofas, goldene Spiegel, schwere Vorhänge und dicke Teppiche. Auch ohne hellseherische Fähigkeiten hätte ich gewettet, daß die Einrichtung Mrs. Sentas' Geschmack entsprach.

Sie setzte sich gerade auf die Kante eines antiken Stuhls, als Mr. Sentas mit einem Drink in der Hand aus der Küche kam.

»Was gibt es?« fragte er und musterte mich, als wäre ich ein Vertreter, der ihnen die Zeit stahl.

»Mr. Wallace sagt, er habe uns etwas zu erzählen, über Helen«, sagte seine Frau.

»Ach?« Sentas nahm auf einem anderen Stuhl Platz. »*Nun?*« fragte er.

Ich schluckte nervös. Es war eine Sache, Anne gegenüber Behauptungen aufzustellen, und eine ganz andere, den Sentas gegenüberzusitzen und meine Geschichte zu erzählen.

»Ich … ich habe mich gefragt«, begann ich, »ob Sie mir sagen können, ob Sie in letzter Zeit von Ihrer Schwester gehört haben …«

»Wieso fragen Sie?« unterbrach mich Harry Sentas mitten im Satz.

»Ich habe gute Gründe«, sagte ich. »Haben Sie von ihr gehört?«

»Mir ist schleierhaft, wieso Sie sich dafür inter …« begann er.

»Harry.« Obwohl sie ganz leise sprach, schaffte sie es, ihn mit einem Wort mundtot zu machen. Ich wandte mich an Mrs. Sentas. Sie kam mir ein wenig verhärmt vor.

»*Warum* fragen Sie?« hakte sie nach.

»Was haben Sie gemacht, einen von ihren Briefen an uns geöffnet?« unterstellte Harry Sentas mir.

Ich fixierte sie eine Weile, ehe ich antwortete.

»Nein«, sagte ich und warf ihm einen Blick von der Seite zu.

»Mr. Wallace, ich habe Ihnen eine Frage gestellt«, sagte Mrs. Sentas kühl.

Mein Blick kehrte zu ihr zurück. Hinter diesem gebieterischen Äußeren spürte ich große Angst.

»Ich habe gefragt, Mrs. Sentas, weil ich Ihnen etwas über Ihre Schwester erzählen möchte. Doch zuvor muß ich wissen, ob …«

»Uns was erzählen?« drängte sie.

»Ich fürchte, Sie müssen sich mir schon anvertrauen.«

»Mr. Wallace, ich möchte auf der Stelle erfahren, wovon Sie sprechen!«

»Ich spreche von Ihrer Schwester, Mrs. Sentas«, sagte ich. »Und ich vermute, sie ist tot.«

Mrs. Sentas zuckte zusammen, beherrschte sich dann aber.

»Wovon reden Sie!« rief Harry Sentas laut. Abrupt stellte er sein Glas ab und erhob sich. »Hör mal, Junge!«

»Harry …« Ihre Stimme brach.

Schweigen legte sich über das Zimmer. Ich bereute, derart unverblümt gesprochen zu haben, obwohl sie mich buchstäblich dazu aufgefordert hatte.

Mrs. Sentas holte tief Luft.

»Wieso sagen Sie, daß sie …« Anscheinend war sie nicht in der Lage, den Satz zu beenden.

Ich wappnete mich.

»Weil«, sagte ich, »ich sie in unserem Haus gesehen habe.«

»*Wie bitte?*« Mrs. Sentas beugte sich vor. In ihren dunklen Augen spiegelte sich Panik.

»Ich habe sie gesehen«, wiederholte ich.

Mrs. Sentas erschauderte.

»Was glauben Sie, wem Sie so eine dämliche Geschichte auftischen können!« schimpfte Sentas. »Verflucht noch mal, am liebsten würde ich …!«

»Es ist kein …« begann ich.

»Ich weiß nicht, worauf Sie aus sind«, sagte er und zeigte auf mich, »aber sehen Sie sich vor. Ich warne Sie.«

»Harry …«

Er sprach nicht weiter und warf Mrs. Sentas einen nervösen Blick zu. »Hör mal, Mildred«, sagte er, »das hier ist doch ein …« Auf ihr Kopfschütteln hin brach er sofort ab.

»Sie haben nichts von ihr gehört, oder?« fragte ich.

»Nicht seit sie nach New York zurückgegangen ist«, antwortete sie mit hohler Stimme.

»Wie lange ist das her?«

»Fast ein Jahr.«

»Hör mal, Freundchen, wir haben keine Lust mehr, uns diesem Mist anzuhören. Kapiert?« sagte Sentas.

»Harry, bitte.«

»Hör mal«, sagte er zu seiner Frau, »sollen wir hier sitzen und uns diesen Scheiß anhör …« Er hielt inne und warf mir einen finsteren Blick zu. »Sie verschwinden von hier«, befahl er. »Und zwar sofort!«

Ich stand auf.

»Mr. Wallace, was meinen Sie damit, daß Sie meine Schwester in ihrem Haus gesehen haben?« hob Mrs. Sentas ihre Stimme.

»Ich meine, was ich sagte. Ich habe sie *gesehen.* Wenn Sie sie ebenfalls sehen möchten, kommen Sie in einer Stunde zu mir hinüber.«

»Verdammt, Junge, zieh endlich Leine!« brüllte Sentas. Er kam auf mich zu.

»Lassen Sie mich in Ruhe«, sagte ich auf dem Weg zur Tür.

»Mr. Wallace!«

Ich drehte mich um. Mrs. Sentas war aufgesprungen und starrte mich an.

»Wenn Sie sich über uns lustig machen wollen ...« begann sie erregt.

Ich öffnete die Tür. »Das ist kein Scherz«, meinte ich.

Sentas stieß mit voller Wucht die Tür hinter mir zu. Das Holz stieß gegen meinen Absatz.

»Wenn Sie noch mal hier auftauchen, rufe ich die Polizei!« schrie er.

Auf dem Gehweg rang ich erschöpft nach Atem. Auf der anderen Straßenseite saß Elizabeth auf ihrem Rasen. Anne stand neben ihr. Beide sahen zu mir hinüber. Zweifelsohne hatte die zugeschlagene Tür sie beunruhigt. Anne wechselte ein paar Worte mit Elizabeth und kam dann zu mir.

»Na, das war vergebliche Liebesmüh«, sagte ich, als sie nach mir das Haus betrat.

»Sie werden nicht kommen?«

»Mist, nein«, beklagte ich mich. »Sentas hat mich praktisch aus dem Haus geworfen. Er wird uns vermutlich nächsten Monat kündigen. Das heißt, *sie* wird uns kündigen.«

Anne schnalzte mit der Zunge. »Was nun?« fragte sie.

Ich zuckte mit den Achseln und atmete schwer. »Was weiß ich?« sagte ich.

Anne betrachtete mich stumm.

»Wie geht es Elizabeth?« wollte ich wissen.

»Wie soll es ihr schon gehen?« fragte sie. »Sie lebt, mehr nicht.«

»Die arme Frau.«

»Ich … habe ihr erzählt von …«

»Was?«

»Was passiert ist. Natürlich nicht alles. Nur von Helen Driscoll.«

»Oh.« Ich schüttelte den Kopf. »Das wird sie sicherlich aufheitern.«

»Nun, sie hat dich in Sentas' Haus gehen sehen und gefragt, ob du Ärger mit ihnen hast.«

Ich nickte und ließ mich dann in den grünen Sessel fallen. »Tja«, sagte ich, »wir haben überhaupt nichts erreicht. Wenn nur …«

Das Telefon läutete. »Ach, Richard wird aufwachen«, rief Anne und hastete in den Flur.

»Hallo?« hörte ich sie sagen. Stille. Dann, »Oh?« Pause. »Ja, ist gut.« Wieder Pause. »Auf Wiederhören.«

Als sie ins Wohnzimmer kam, schien sie überrascht zu sein.

»Sie kommen«, sagte sie.

Um Viertel nach acht klingelte es an der Tür.

»Ich gehe ran«, sagte ich. Wir waren gerade in der Küche und spülten das Geschirr.

»Tom?«

Ich blieb im Türrahmen stehen. »Ja?«

»Wird … es schlimm werden?«

Ich wollte ihr schon eine Lüge auftischen, besann mich aber eines Besseren. »Ich weiß es nicht, Schatz. Ehrlich. Ich weiß nicht, was passieren wird. Aus diesem Grund wäre es mir auch lieber, wenn du zu Elizabeth hinübergehst, bis es vorbei ist.«

Wieder läutete es an der Tür. Anne schüttelte den Kopf.

»Ich werde dich nicht allein lassen«, sagte sie. »Wenn du … in Trance fällst oder so, will ich hier sein.«

Ich grinste. »Vielleicht geschieht ja gar nichts«, sagte

ich, »aber wir können genausogut versuchen, diese Sache endlich hinter uns zu bringen.«

Die Klingel läutete nun in einem fort. Vor meinem geistigen Auge sah ich Sentas dünnlippig und ungeduldig gegen die Tür hämmern.

»Du machst lieber auf, sonst schlägt er noch die Tür ein«, riet Anne mir, die einen bemüht heiteren Ton anschlug.

»Keine Sorge«, meinte ich. »Der würde nicht sein Eigentum demolieren. Oder besser gesagt, das Eigentum seiner Frau.«

Ich ging durchs Wohnzimmer und öffnete die Tür.

»Hallo«, begrüßte ich die beiden.

Sentas grummelte etwas vor sich hin. Mrs. Sentas nickte einmal. Als sie eintraten, fiel mir auf, daß ihre Blicke auf den Kartentisch mit den vier Stühlen fielen, die mitten im Wohnzimmer standen.

Anne kam herein. »Guten Abend.«

Sentas grummelte wieder. »Mrs. Wallace«, sagte Mildred Sentas höflich, aber steif.

Die beiden setzten sich umständlich hin. Es gelang ihnen nicht zu verbergen, wie unwohl sie sich fühlten.

»Hören Sie«, begann Sentas, noch bevor wir Platz genommen hatten. »Bilden Sie sich ja nicht ein, wir würden da mitspielen und Ihnen diese Geschichte abkaufen. Das tun wir nicht. Aber meine Frau hier macht sich Sorgen, weil sie nichts von ihrer Schwester gehört hat, müssen Sie wissen. Deshalb sind wir hier. Und falls das ein Scherz oder so was sein sollte ...« Er beendete den Satz nicht. Das war auch nicht nötig.

»Ich versichere Ihnen, daß das kein Scherz ist«, behauptete ich.

»Was ist es dann?« fragte Mrs. Sentas. »Was haben Sie

damit gemeint, als Sie uns eingeladen haben, hierher zu kommen, falls wir meine Schwester sehen möchten?«

»Ich meinte damit ...«

»Und was war das neulich abend mit Ihrem Jungen, als er mit mir geredet hat?« griff Sentas mich an. »Ich denke mal, da haben Sie mich nicht auf den Arm genommen.«

Ich musterte sein zorniges Gesicht.

»Sie glauben doch nicht allen Ernstes, daß *er* gesprochen hat, oder?« fragte ich ihn.

Er wollte mir schon antworten, brach dann aber mit offenem Mund ab. »Was soll das heißen?« fragte er leicht beunruhigt.

»Ich denke, das ist Ihre Schwägerin gewesen«, meinte ich.

»Was?«

»Mr. Wallace, jetzt reicht es mir aber!« meldete sich Mrs. Sentas erbost zu Wort. »Entweder Sie geben uns eine Erklärung oder wir gehen wieder!«

»Das tue ich gern«, sagte ich.

Ich gab ihnen eine Kurzfassung von der Hypnose und den Folgen. Auf die Details ging ich nicht näher ein.

»Ist das ... *wahr?*« fragte Mrs. Sentas hinterher ungläubig.

»Wenn Sie möchten, können Sie Mr. Porter anrufen. Er wird es Ihnen bestätigen.«

»Das werde ich vielleicht machen«, sagte sie.

»Nun, so einen Haufen Mist habe ich in meinem ganzen Leben noch nicht zu hören gekriegt«, höhnte Sentas, doch er klang längst nicht so selbstgefällig wie sonst.

»Ich verstehe immer noch nicht, wieso Sie behaupten, meine Schwester ... wäre tot«, bekannte Mrs. Sentas.

»Ich sagte, ich *glaube,* sie ist tot«, erwiderte ich. »Aus diesem Grund habe ich Sie auch gefragt, ob Sie von ihr gehört haben. Da dem nicht so ist …«

»Sie wollen uns weismachen, daß Sie ihren … Geist gesehen haben?« fragte sie verächtlich.

»Ich denke, ja«, antwortete ich. Anne sah ich nicht an.

»Ich vertraue …«

»Ach Quatsch!« rief Sentas.

»Ich vertraue darauf, daß Sie sich darüber im klaren sind, was Sie von uns verlangen«, wiederholte Mrs. Sentas steif.

»Darüber bin ich mir bewußt«, sagte ich. »Dennoch habe ich Ihre Schwester gesehen. Dessen bin ich mir mittlerweile ganz sicher.«

»Woher wissen Sie, daß sie es ist?« wollte Mrs. Sentas erfahren. »Unter der Voraussetzung, daß Sie etwas gesehen haben … was ich bezweifle.«

Ich erzählte von dem Kleid und daß Elizabeth mir dies bestätigt hatte.

»Das haben Sie gesehen?« flüsterte sie. »Hier *drin?*«

»Um Himmels willen!« mischte Sentas sich ein. »Er hat ein Foto von Helen gesehen und versucht nun, uns zu verarschen! Was haben …«

»Inwiefern verarschen, Mr. Sentas?« schnitt ich ihm kaltschnäuzig das Wort ab. »Was habe ich denn zu gewinnen, wenn ich Ihnen diese Dinge erzähle?«

Er wollte etwas sagen, hielt sich dann aber doch zurück und warf mir einen finsteren Blick zu. Erneut richtete ich das Wort an seine Frau.

»Wann hat Ihre Schwester Kalifornien verlassen?« fragte ich sie.

»Letzten September.«

»Ich möchte ja nicht neugierig sein«, sagte ich, »aber … hatte sie einen bestimmten Grund?«

Sie schüttelte den Kopf. »Nein, den hatte sie nicht.«

»Und sie hat sich nicht … eigenartig verhalten, als sie fortging?«

»Wir haben nicht mitgekriegt, wie sie gegangen ist, Mr. Wallace.«

Die Worte hatten auf mich die gleiche Wirkung wie ein elektrischer Schlag. Ich starrte sie an. »Ich verstehe nicht.«

»Sie hat uns nur eine Nachricht hinterlassen«, berichtete Mrs. Sentas.

Ich versuchte, daß wilde Pochen meines Herzens in den Griff zu kriegen.

»Aha«, sagte ich. »Nun, sollen wir es jetzt versuchen …?« Ich zeigte auf den Kartentisch und die Stühle.

»Komm, Mildred, laß uns hier abhauen«, schlug Sentas vor.

Mit einer Handbewegung tat sie seinen Vorschlag ab. Sie musterte mich sehr intensiv. »Was hoffen Sie, damit zu erreichen, Mr. Wallace?« fragte sie. »Ich möchte Ihnen gleich sagen, daß ich nichts von all dem glaube. Doch ich mache mir Sorgen um Helen.«

»Es ist ganz einfach«, meinte ich. »Wir setzen uns an den Kartentisch, und ich versuche … Ihre Schwester zu lokalisieren, um es mal so auszudrücken.«

»Ach, du …!« Sentas erhob sich schwerfällig. »Vielleicht bist du ja verrückt genug und bleibst hier, Mildred, aber ich hau ab!«

»Wir werden bleiben.« Das war alles, was sie sagte. Von einer Sekunde auf die andere ahnte ich, was für eine Beziehung sie und Sentas führten: er spielte den ignoranten, lauten Mann, der eine häßliche, aber gutsituierte Frau geheiratet hatte, und die Frau führte lieber diese Ehe, als bis in alle Ewigkeit zu einem Dasein als alte Jungfer verdammt zu sein.

Ich erhob mich. »Sollen wir uns jetzt an den Tisch setzen?« schlug ich vor.

Wortlos nahmen Anne und Mrs. Sentas ihre Plätze am Tisch ein. Mrs. Sentas saß ganz steif da; ihr Antlitz glich einer ausdruckslosen Maske. Leise fluchend nahm ihr Gatte mir gegenüber Platz. Der Stuhl knarzte unter der Last seines Gewichtes. Mit verschränkten Armen musterte er mich leicht angewidert. In seinen Augen blitzte etwas Triebhaftes auf – in seiner Seele ebenfalls. Ich spürte kalte Mißbilligung.

»Na gut«, sagte ich und versuchte, ihn zu ignorieren. »Bitte bewegen Sie sich nicht.«

Mrs. Sentas saß ganz still. Anne betrachtete mich ängstlich und erschauderte. Sentas lehnte sich zurück. Sein Stuhl knarzte. »Was für ein Unsinn«, murmelte er.

Dann machte sich Schweigen breit. Ich wartete, bis alle richtig saßen, ehe ich die Augen schloß. Das einzige Geräusch, das ich hörte, war Harry Sentas' schwerer Atem. Ich versuchte, alle Gedanken zu verbannen, rang um eine positive Einstellung. Schließlich würde gleich etwas passieren. Ich weiß nicht, warum ich mir dessen so sicher war, aber ich war davon hundertprozentig überzeugt.

Nach einer Weile fragte ich mich, wieso Sentas so laut schnaufte. Plötzlich mußte ich feststellen, daß ich das war. Mein Brustkorb hob und senkte sich. Dunkle Wolken legten sich über meine Seele. Ich spürte, wie meine Füße und Fußgelenke, meine Hände und Fesseln eiskalt wurden. Das Atmen fiel mir immer schwerer, steigerte sich, bis das Luftholen so heftig wurde, daß es schmerzte. Für einen Sekundenbruchteil erhaschte ich einen Blick auf die drei, die mich anstarrten. Dann war ich weg.

Hinterher erzählte Anne mir, was geschehen war.

Sobald meine Augen geschlossen waren, hatte sich meine Atmung noch beschleunigt. Mein Kopf fiel nach vorn, rollte von einer Seite auf die andere, meine Hände rutschten von meinem Schoß, hingen schlaff herunter und zuckten in unregelmäßigen Abständen, mein Mund stand offen, meine Gesichtszüge wirkten leer und konturlos.

Dieser Zustand hielt ein paar Minuten an.

Dann atmete ich auf einmal ganz langsam und gleichmäßig. Totenstille senkte sich herab.

Sie hielten die Luft an, als ich mit geschlossenen Augen den Kopf hob. Zuerst schluckte ich trocken, dann entwich meiner Kehle ein Rasseln, gefolgt von einem unterdrückten Kichern – allesamt Geräusche, die ein Idiot produziert, wenn er zu sprechen versucht.

Und dann sprach ich.

»Mildred«, sagte ich mit flacher, ausdrucksloser Stimme.

Mrs. Sentas zuckte zusammen, wand sich auf ihrem Stuhl und war nicht in der Lage, den Blick von mir abzuwenden.

»Mildred«, wiederholte ich. »Mildred.«

Sie schnappte nach Luft.

»Es … es ist besser, wenn Sie antworten«, riet Anne ihr mit gesenkter Stimme.

»Mildred«, insistierte ich.

»… ja«, sagte sie.

Auf meinem Gesicht spiegelte sich urplötzlich totale Verzweiflung. *»Mildred«,* sagte ich. Meine Stimme zitterte. »O Gott, Mildred. Wo *bist* du?«

»Ach …« Mrs. Sentas bebte, starrte mich entsetzt an.

Ich streckte die Hand aus. »Mildred?«

»Nein«, wimmerte sie und wich zurück.

»Mildred?« Meine Hand suchte sie.

»Verdammt noch mal, aufhören«, murmelte Sentas.

Ich berührte ihre kalte, bebende Hand und hielt sie fest. Mrs. Sentas stöhnte. Sie versuchte, mir ihre Hand zu entziehen, doch das ließ ich nicht zu.

»Es tut mir leid, Mildred«, rief ich gequält. »O Gott, es tut mir so leid, meine Liebe.«

Mit weit aufgerissenen Augen wollte Sentas nach mir greifen, doch Anne hielt ihn mit erhobener Hand davon ab. »Nein«, flüsterte sie böse.

»Mildred«, sagte ich, »ich bin es, Helen.«

Auf einmal beugte Mrs. Sentas sich vor und wimmerte hilflos.

»Mildred, hasse mich nicht«, sagte ich, »Hasse mich bitte nicht.«

»Aufhören, ver ...!«

Sentas sprach den Satz nicht zu Ende, da ich leise zischend den Kopf hochriß, eine aufrechte Haltung einnahm und unvermittelt die Augen aufschlug.

Ich starrte ihn an.

»Komm, laß uns gehen«, sagte er zu seiner Frau. Offenbar ging er davon aus, daß ich aus der Trance aufgewacht war.

»Harry.« rief ich verzweifelt.

Er warf mir einen feindseligen Blick zu. »Hör mal, Junge«, begann er und starrte mich dann nur noch mit offenem Mund an. Endlich hatte er begriffen, daß ich immer noch weg war.

»Harry«, sagte ich, »Harry Sentas.« Ich biß die Zähne zusammen, atmete stoßweise. »In der Hölle sollst du schmoren, Harry, du elender Mistkerl. Du gemeiner Dreck ...«

In diesem Moment schloß ich die Augen und legte

die Hand über sie. »*O Gott, was habe ich getan?*« schluchzte ich und nahm den Kopf hoch. Meine Hände suchten Harry Sentas. Tränen liefen über meine Wangen.

»Harry, warum?« fragte ich. »Warum, Harry, *warum?*«

Unter lautem Gebrüll warf Harry Sentas den Tisch um und stieß mich zu Boden.

ZWANZIG

Blitzschnell kam ich wieder zu mir. Visionen und Geräusche brachen über mir zusammen, als würde jemand mit einem Baseballschläger auf mich eindreschen. Mit zorniger Miene kam Sentas auf mich zugerannt. Seine Frau versuchte, ihn zurückzuhalten. Anne sprang auf, um mir zu Hilfe zu eilen. Das Zimmer drehte sich, schwankte heftig. Meine Kehle, meine Brust waren wie ausgetrocknet, als hätte man meinem Körper alle Flüssigkeit entzogen. Ich litt unter starken Kopfschmerzen.

»Liebling!« Ich blickte in Annes ängstliches Gesicht, die neben mir kniete.

»Laß mich los!« hörte ich Sentas keifen. »Für wen hält der sich? Wieso zieht er so eine Nummer ab?«

»Hör auf! *Hör auf!*« redete Mrs Sentas hysterisch auf ihn ein.

Ich bekam nicht richtig mit, wieso sie sich zu Anfang noch in unserem Wohnzimmer stritten und um welche Uhrzeit sie unser Haus verließen. Zeit und Bewegung verschmolzen auf unerklärliche Weise miteinander. Zuerst dachte ich, sie wären noch da, dann waren sie von der Bildfläche verschwunden. Ich glaubte, auf dem Boden zu liegen, lag aber auf dem Sofa. Anne beugte sich über mich und tupfte mit einem kalten, nassen Waschlappen mein Gesicht ab.

»Wasser.« Das war das erste Wort, das ich herausbrachte. Ich hörte mich wie ein Legionär an, der völlig ausgetrocknet und heiser in der Wüste aufgefunden worden war. Ich bat noch mal um Wasser und muß mich schlimm angehört haben, denn Anne rannte gleich in die Küche und brachte mir eins von den großen braunen Gläsern, das ich in einem Zug leer trank.

Dann sank ich nach hinten und stöhnte. »Gott«, sagte ich, »das hatte ich vergessen.«

»Was?« Sie schien immer noch sehr bestürzt zu sein.

Ich tätschelte ihre Hand und lächelte unsicher. »Es geht mir gut«, behauptete ich. »Ich habe nur vergessen, daß Medien furchtbar durstig werden. Allerdings hatte ich auch nicht vor, die Sache richtig durchzuziehen. Was hat sich denn hier abgespielt?«

Sie schilderte mir die Ereignisse.

»Kein Wunder, daß sie gegangen sind«, meinte ich.

»Und zwar mit Pauken und Trompeten«, sagte Anne. Sie schüttelte den Kopf, lächelte gequält. »Das ist ein *verrückter* Sommer gewesen«, stellte sie fest.

Auch ich lächelte gequält. Wir hielten einander fest, der Spaß war uns beiden gründlich vergangen. Ich spürte ganz deutlich, wie dieser durchaus vertraute, quälende Horror und diese undefinierbare Ehrfurcht zurückkehrten.

»Anne«, sagte ich.

»Sei still«, wies sie mich an.

Ich schluckte. »Na schön«, willigte ich ein, »aber ... was ist mit Sentas?«

Sie wich zurück, musterte mich besorgt. »Du hast ihn ziemlich in Rage gebracht.«

»Ich denke, ich weiß, wieso.«

Sie sprach die Frage nicht aus. Das brauchte sie auch nicht. Ich wußte ganz genau, was sie dachte.

»Helen Driscoll ist niemals nach Osten gegangen«, sagte ich.

»Sie ...?« Anne sprach nicht weiter. Sie wartete.

»Sie ist hier gestorben«, sagte ich. »Sentas hat sie umgebracht.«

»*Was?*«

»Darauf würde ich wetten. Es paßt alles. Wenn er wußte, daß sie drüben im Osten ist, wieso macht ihm die Sache dann so zu schaffen? Das, was sich heute nacht hier abgespielt hat, meine ich.«

»Nun, ich habe irgendwie ...«

»Was, Liebling?«

»Ich dachte, er hätte ... vielleicht eine Affäre mit dieser Helen Driscoll gehabt und wäre nun in Sorge, daß du Bescheid weißt und womöglich versuchst, ihn zu erpressen oder so. Ich glaube nicht, daß er dir das, was du über diese ... diese Sache mit dem Medium gesagt hast, abgekauft hat.«

»Das glaube ich auch nicht, aber seine Reaktion ist viel zu heftig gewesen für das, was du denkst, und was ich im übrigen auch denke. Ich glaube, er *hat* mit Helen Driscoll geschlafen. Ich gehe aber auch davon aus, daß er sie getötet und dann einen Brief geschrieben hat, damit es so aussah, als wäre sie in den Osten, nach New York, zurückgekehrt.«

»Aber ... wo ist sie dann?«

»Wahrscheinlich hat er sie in irgendeiner Schlucht vergraben.«

Anne lief ein kalter Schauer den Rücken hinunter. »Wie *schrecklich*«, rief sie. »Aber ... wie können wir da sicher sein? Falls sie tot ist, wie soll die Polizei das beweisen?« Mir war klar, daß sie so schnell sprach und sich an den Tatsachen festhielt, damit sie nicht darüber nachdenken mußte, was es bedeutete, daß Helen Driscoll tot war und trotzdem noch zu sehen und zu hören war.

»Keine Ahnung. Ich bin allerdings davon überzeugt,

daß man mich vor Gericht wegen meiner Aussage auslachen würde.«

»Wenn sie nur wüßten, wo diese Frau begraben ist«, sagte Anne. »Unter der Voraussetzung, daß du Recht hast – und ich bin halbwegs geneigt, dir zu glauben. O Gott! Und dieser Mensch ist hier gewesen, hatte es auf dich abgesehen.«

»Pssst.« Ich schlang den Arm um sie, klopfte ihr sanft auf den Rücken und suchte krampfhaft nach einer Antwort. Doch was ich gesagt hatte, entsprach der Wahrheit. Was konnte ich der Polizei erzählen, womit sollte ich sie überzeugen? *Ich bin ein Medium, und eine Frau, die ermordet wurde, ist mir erschienen?* Sie *würden* mich vor Gericht auslachen. Sie würden mich erst gar nicht vor Gericht aussagen lassen, sie würden mich gleich auf dem Polizeirevier auslachen.

Was nichts daran änderte, daß ich die Wahrheit kannte. Ich kannte sie. Alles deutete in dieselbe Richtung. Sentas Reaktion, als Richard in jener Nacht zu ihm gesprochen hatte. Seine Reaktion auf das, was ich heute abend gesagt hatte. Seine offensichtlichen Versuche, seine Frau von unserem Haus fernzuhalten, damit sie ja nichts erfuhr. Die Nachricht, die Helen Driscoll anscheinend hinterlassen hatte. Der Umstand, daß ihre Schwester von ihrem Umzug nichts mitgekriegt hatte. Und die eigentliche Ausgangsbasis: eine unattraktive, diktatorische Frau, ein triebgesteuerter Mann und – um das Bild abzurunden – die gutaussehende Schwester, die gleich nebenan wohnt. Und womöglich damit droht, über Sentas Untreue kein Stillschweigen zu bewahren. Außerdem war da noch die Wut, die Sentas empfand, diese irren, kleinen Augen, die Ausschau hielten nach etwas, womit man um sich schlagen …

»Ich fasse es nicht«, sagte ich.

»Was?«

»Der Schürhaken.« Ich ging hinüber, nahm all meinen Mut zusammen und hob ihn auf.

Anne sah, wie ich zusammenzuckte. »Darum habe ich ihn neulich abend nicht aufgehoben. Das ist es …« Ich ließ ihn vorsichtig fallen. »Damit wurde sie umgebracht.«

Anne sah zuerst mich, dann den Schürhaken an.

»Bring ihn doch bitte dort hinüber, zur Lampe«, bat ich sie.

»Muß … ich das tun?«

»Ich kann ihn nicht anfassen.«

Mit spitzen Fingern, als hätte sie es mit einer Schlange zu tun, kam sie meiner Bitte nach und hielt ihn ins helle Licht.

»Das dachte ich mir«, sagte ich.

»Was?«

»Er hat ihn abgeschrubbt. Ich bin sicher, daß daran nicht mal der kleinste Beweis klebt.«

Anne verzog das Gesicht. Sie wußte ganz genau, was ich mit Beweis meinte. Ich konnte ihre Gedanken lesen. Sie stellte den Schürhaken wieder in den Ständer, während ich in den Kamin starrte.

»Müßte es nicht noch andere Beweise geben?« fragte sie.

»Die sind mittlerweile wahrscheinlich alle verschwunden. Ich wüßte nicht mal, wo ich mit der Suche beginnen sollte.«

»Wenn dem so ist«, sagte Anne, »können sie ihn nicht … dazu *bringen,* ein Geständnis abzulegen?«

Ich schüttelte den Kopf. »Ohne Leiche wäre das …«

Es traf mich wie ein Schlag. »Ich frage mich …«, sagte ich.

Sie schwieg, doch ich spürte, wie die Furcht sie übermannte.

»Diese alten Geschichten«, sagte ich, »über ... Geister, über Häuser, in denen es spukt. Da kommt es oft vor, daß vergraben, unter dem Haus ...«

»*Tom.*« Sie war ganz krank vor Angst. »Um Himmels willen.«

»Tut mir leid. Ich weiß, daß das eine unangenehme Vorstellung ist ... aber so könnte es sein, Anne. Der Blick dieser Frau. Flehend.«

»Tom, bitte ...«

»Es gibt nur eine Möglichkeit, sich Klarheit zu verschaffen.«

»Nein«, murmelte sie und fragte dann angewidert, »Jetzt?«

»Sentas könnte sich aus dem Staub machen, Anne. Wenn er annimmt, ich hätte etwas Eindeutiges gegen ihn in der Hand, könnte er abhauen.«

»Ja, aber ...« Sie ließ sich aufs Sofa fallen. »Ich kann dir nicht helfen«, gestand sie und schüttelte den Kopf. »O Gott, ich hoffe nur, daß das alles ein Traum ist. Falls ich herausfinde, daß wir auf einem ...« Sie schloß die Augen.

»Es dauert nur ein paar Minuten«, versprach ich und lief in die Küche.

»Tom?«

Im Türrahmen drehte ich mich um.

»Wo ... wo wirst du suchen?«

Ich winkte ab. »Unter dem Haus, denke ich. Er hat sie bestimmt nicht im Garten verscharrt. Dort könnte sie aus Versehen ausgegraben werden.«

Mir entging nicht, wie entsetzt sie mich ansah, ehe ich mich abwandte. »Ich bin gleich zurück«, versprach ich.

Ich trat in die kühle Nacht hinaus, lief den schmalen

Pfad hinunter zum Seiteneingang der Garage, schaltete das Licht ein und suchte die Schaufel mit dem kurzen Griff, denn unter dem Haus war es zu beengt für einen langen. Ich nahm die batteriebetriebene Laterne vom Haken und ging wieder nach draußen.

Kein Wunder, daß Anne sich so schlecht fühlte, dachte ich auf dem Weg in den Garten. Die Vorstellung, daß wir seit mehr als zwei Monaten auf dem Grab einer Ermordeten wohnten, war nicht gerade angenehm.

Einen Keller gab es nicht. Die sind in Kalifornien sehr selten. Es gab nur eine halbhohe Betonmauer neben dem Wasseranschluß für den Garten und daneben eine Öffnung, die gerade groß genug war, um hindurchkriechen zu können. Ich nahm das Metallgitter weg, lehnte es an die Wand und ließ Schaufel und Laterne hinab, die ich zuvor einschaltete. Dann kroch ich unter das Haus.

Dort unten herrschte eine Temperatur wie im Kühlschrank. Das sandige Erdreich war kalt und feucht. Ich bewegte die Laterne und war jedes Mal richtig erleichtert, wenn der Lichtschein nur auf plane, unberührte Erde fiel.

Doch dann entdeckte ich etwas. Vor Schreck konnte ich meinen Arm nicht mehr bewegen, als der Lichtstrahl auf einen kleinen Erdhügel fiel. Mein Herz schlug schneller. Zuerst wollte ich instinktiv zurückweichen und fliehen, die Polizei informieren, sie die Drecksarbeit machen lassen.

Aber dann wurde mir bewußt, daß das nicht möglich war. Vielleicht war der Erdhaufen nicht das, wofür ich ihn hielt. Schließlich war das Haus nicht besonders alt. Es war immerhin möglich, daß die Bauarbeiter dort Müll vergraben hatten, Putz, Holzreste, Zement.

Ich schluckte und kroch zu dem Erdhaufen hinüber. Währenddessen wichen all meine Zweifel. Denn mir war, als würde jemand in meinem Kopf ein Wort sagen. Dieses Wort lautete *ja.*

In der Nähe des Hügels war es sehr eng, und ich mußte mehr oder minder im Liegen arbeiten. In der Stille, die hier unten herrschte, kam mir das Geräusch der nassen braunen Erde, die ich beiseite schaufelte, unnatürlich laut vor. Ich versuchte zu ignorieren, daß meine Empfindungen immer deutlicher wurden. Beeile dich, schien mein Bewußtsein mir einzubleuen, *beeile* dich. Ich riß mich zusammen und stellte mir vor, wie froh ich sein würde, wenn das hier vorbei war, wenn wir endlich wieder zu so etwas wie einem normalen Alltag zurückkehren konnten. Vielleicht gelang es mir ja, ein echtes Medium zu finden, das mir zeigen konnte, wie man diese Fähigkeit, dieses »unkontrollierbare Talent« in den Griff kriegte. Dann würden wir nicht mehr darunter leiden, dann könnte ich …

Ich schrie laut auf, als mein Blick auf die Hand fiel, die ich ausgegraben hatte.

Erde rieselte vom Rand des Loches über die Finger. Ich war nicht in der Lage, den Blick abzuwenden.

Dann stach ich wie aus heiterem Himmel mit der Schaufel in die Erde und wich, so schnell es ging, zurück. »In Ordnung«, murmelte ich. »In Ordnung, das wäre geschafft. Das wäre geschafft.« Es war tatsächlich geschafft. Der Beweis war gefunden.

Draußen richtete ich mich auf, klopfte Hemd und Hose aus, brachte das Metallgitter an, ging zur Küchentür hinüber und schaltete die Laterne aus, bevor ich sie in der Küche auf den Tisch stellte.

Im Wohnzimmer drehte Anne sich um und warf mir einen fragenden Blick zu, ohne ein Wort zu sagen. Ich ging zu ihr.

»Oh«, sagte ich überrascht. »Hallo, Elizabeth.« Sie

saß in ihrem Mantel in dem grünen Sessel und nickte kurz.

»Ich habe Elizabeth angeboten, herüberzukommen, wenn sie sich einsam fühlt«, sagte Anne. Mir war klar, daß sie das nur sagte, um Zeit zu schinden. In Wahrheit ging ihr etwas ganz anderes durch den Kopf.

»Nun …« sagte ich mit Blick auf Elizabeth. »Hast du … erzählt …«

»Nein.«

Elizabeth musterte meine Klamotten. Ich schaute an mir herab und mußte feststellen, daß sie völlig verdreckt waren.

»Na, hast du was gefunden?« platzte Anne heraus.

Ich schluckte. »Sie liegt da unten.«

»O Gott.«

Es raschelte leise. »Sieh an«, hörte ich Elizabeth sagen.

Als ich mich umdrehte, zielte sie mit der Luger auf mich.

EINUNDZWANZIG

»Liz, was hast du ...« Weiter kam Anne nicht. Fassungslos blickte sie auf die Pistole. Ich stand da, ohne ein Wort zu sagen, und betrachtete Elizabeths blasses, nervöses Gesicht. Nach dem ganzen Geschwätz, dachte ich, und trotz meiner vielgepriesenen Vorahnungen überrumpelte mich diese Situation, als hätte ich bislang noch nie eine Vorahnung gehabt.

»Liz, was soll das?« fragte Anne.

Elizabeths Blick war schauerlich.

»Du«, sagte ich ungläubig. *»Du?«*

»Wage es ja nicht, so mit mir zu sprechen!« rief Elizabeth. Als ihr Finger den Abzughahn weiter nach hinten drückte, schreckte ich zurück.

»Elizabeth?« Anne verstand nicht, was sich hier abspielte. Man hörte ihr die Verwirrung und Nervosität, die sie empfand, deutlich an.

»Du mußtest dich einmischen«, meinte Elizabeth. »Mußtest dich einmischen.«

»Elizabeth«, sagte ich, »nimm ... nimm die Waffe runter.«

»Das würde dir so passen, nicht wahr. Dir wäre es am liebsten, die Polizei hätte sie mir weggenommen. Aber das haben sie nicht getan ... denn Frank hat ausgesagt, es sei ein Unfall gewesen. War das nicht nett von ihm?« All die Verachtung und der Haß, die sie seit Monaten unterdrückte, brachen aus ihr heraus.

»*Was* soll das?« wollte Anne wissen.

»Darf ich mich setzen?« fragte ich Elizabeth.

»Du darfst dich setzen«, willigte sie gehässig ein. »Welchen Unterschied macht es schon, was du tust.«

Ich setzte mich ganz langsam hin, um zu vermeiden, daß die Bewegung sie in Panik versetzte, dann legte ich meine Hand auf die von Anne.

»Liz?« sagte meine Frau.

»Gebt ihr beide nicht ein hübsches Bild ab?« fragte Elizabeth, ohne auf Anne einzugehen. »Ein hübsches Bild.« Was sich anfangs noch wie Spott anhörte, bekam einen weinerlichen Unterton.

»Elizabeth, nimm die Waffe ...«

»Halt die Klappe!« Eine Träne lief ihr die Wange hinunter, doch das schien sie nicht zu bemerken. »Ich will nichts von dir hören.«

»Elizabeth, was ist denn los?« fragte Anne, die immer noch nicht begriff, was sich hier abspielte.

»Elizabeth ist die ...« begann ich.

»Sprich laut!« befahl Elizabeth.

»Liz, du wirst ...« Anne brach ab, zitternd vor Panik. Ich drückte ihre Hand.

»... Richard aufwecken?« beendete Elizabeth den Satz für sie. »Dein *Baby?*«

Ich hörte, wie Anne nach Luft schnappte. »Was ...?« murmelte sie.

»Erzähl es uns, Elizabeth«, sagte ich schnell. »Falls wir helfen können, werden wir ...«

»Helfen ...« Sie brach in ein gestörtes, krampfhaftes Gelächter aus. »Ihr wollt mir helfen? Wollt ihr mir mein Baby zurückgeben? Wollt ihr das?«

Ich mußte schwer schlucken. »Nein, Elizabeth, aber wir können dir mit der Polizei behilflich sein.«

Sie setzte sich aufrecht hin. Die Haut ihrer fahlen Wangen wirkte wie ein straffgespanntes Laken.

»Die Polizei werdet ihr nie zu sehen kriegen«, prophezeite sie. »Ihr werdet überhaupt niemanden zu sehen kriegen. Und du bist ein Schnüffler. Ein verdammter Schnüffler. Ich habe gehört, was du gesagt hast, als die Sentas hier gewesen sind. Ich war draußen auf der Veranda. Ich habe alles gehört. Verdammter *Schnüffler ...!*« Ihre Stimme brach wieder. Sie atmete tief durch, um zu vermeiden, daß sie in Tränen ausbrach.

»Elizabeth ...« sagte meine Frau ganz leise.

»Du möchtest gern wissen, wie ich sie getötet habe, nicht wahr?« fragte Elizabeth. »Wie ich diese ... *Hexe* umgebracht habe.«

Ihre Worte waren grausam.

»Denn das ist sie gewesen«, sagte sie. »Ihr war es scheißegal. Ja, es war ihr scheißegal. Für sie ist immer gerade Jagdsaison, wenn es um Männer geht. Immer. Egal, was für einer, Hauptsache Mann. Jeder ist ihr recht gewesen. Sogar Ehemänner. Jeder Ehemann.«

Anne weinte leise. Der gute alte Frank, dachte ich, der *gute* alte Frank.

»Es reichte ... reichte ja nicht, daß sie ihrer eigenen Schwester den Mann ausgespannt hat«, erzählte Elizabeth. »O nein, das reichte nicht.« Die Waffe in ihrer Hand bewegte sich. »Sie mußte so weitermachen, mußte auch noch anderen Ehemännern nachstellen. Ihr war jeder, *jeder* recht. Solange er nur *in ihr dreckiges Bett gekrochen kam.*« Die letzten Worte preßte sie zwischen den Zähnen hervor. Ihr Körper bebte vor Wut.

»Liz«, begann ich, doch sie hörte mir nicht zu.

»Ich habe es rausgekriegt«, sagte sie und nickte. »Ich habe es rausgekriegt. Jeder hält mich für ... ganz schön dumm. Die arme alte Liz. *Arme alte Liz.* Weiß nichts, weiß gar nichts. Die arme alte Liz. Ist nur eine ... dumme alte ...« Wieder erschauderte sie.

Ich wollte aufstehen.

»Bleib sitzen!« rief sie bestimmt. Ich setzte mich gleich wieder. Ihre wütenden Blicke durchbohrten mich. In dem Moment wurde mir klar, daß sie nicht mehr ganz bei Sinnen war. Bei allem, was sie durchgemacht hatte, war das auch keine große Überraschung.

»Ich habe es rausgekriegt«, fuhr sie fort. Sie nickte und grinste freudlos. »Ich habe es rausgekriegt. Frank dachte, ich wisse nicht Bescheid, aber das tat ich. Darum hat er mir auch ein Baby gemacht. Das habt ihr nicht gewußt, nicht wahr? Ich mußte es mir erkämpfen. Einen Handel abschließen. Ich mußte ein Handel abschließen, für ein Baby. Für ein Baby ...«

Unvermittelt strich sie mit der freien Hand über ihre Wange, ihr Auge. »Mit meinem eigenen Mann mußte ich einen Handel abschließen, damit ich ein Baby kriegen durfte! Das ist doch großartig, ist das nicht großartig?«

»Liz, nicht«, versuchte ich sie mit sanfter Stimme zu beschwichtigen. Es war quälend, ihrer mitleiderregenden Stimme zu lauschen und zu hören, welche Kränkungen sie hatte erdulden müssen.

»Ihr sollt alles erfahren«, sagte sie und richtete die Luger auf uns. Ich rückte näher an Anne heran, stellte mich innerlich darauf ein, mich vor sie zu werfen, falls die Situation es erforderte. *»Jede schmutzige Einzelheit.«*

Sie lehnte sich zurück.

»Frank ist an jenem Abend ausgegangen. Ich weiß nicht, wohin. Wen interessiert das auch? Wahrscheinlich hat er sich mit irgendeinem Mädchen getroffen, irgendeiner billigen ...« Sie brach ab, zitterte am ganzen Leib, preßte die Lippen zusammen. Ihr Antlitz war das einer Wahnsinnigen.

»Ich sah, daß Sentas herüberkam«, berichtete sie. »Seine Frau war nicht da. Und darum ... *kam er hier her-*

über geschlichen.« Sie wimmerte voller Abscheu. »Wie ein Köter, der die Nase in die Luft hält und riecht, daß es in der Nähe eine läufige Hündin gibt.«

Die kleine Elizabeth, die schüchterne, schweigsame Elizabeth.

»Er ist nicht lange geblieben«, sagte sie. »Die beiden waren schnell fertig. Dann kam er heraus. In dem Haus brannte kein Licht, also bin ich hinübergegangen. Die Tür war nicht abgeschlossen. Ich ging hinein.«

»Sie war nicht im Wohnzimmer. Ich wußte, daß sie dort nicht sein würde. Es gab nur einen Ort, wo sie sich aufhalten konnte, nur einen Ort, wo eine wie sie steckt. Im Bett. Und ich … ich …« Die Erinnerung erregte sie so sehr, daß sie die Luft anhielt. »Ich schnappte mir diesen Schürhaken … den dort drüben, das hast du nicht gewußt, was? Und dann bin ich nach oben ins Schlafzimmer gegangen.«

In dem Raum herrschte Totenstille. Nur Elizabeth Wannamakers schwerer Atem war zu hören, der Atem einer Frau, die sich nur danach sehnte, ein Baby zu haben und geliebt zu werden.

»Sie war noch angekleidet«, fuhr sie mit harter, böser Stimme fort. »Sie hatte immer noch ihr Kleid an. Das schwarze!« Als sie mich angrinste, war mir ganz schrecklich zumute. »Das Kleid, nach dem du gefragt hast, weißt du noch? Mit … mit den aztekischen Symbolen? Sie hatte es nicht mal abgelegt.« Wieder hörte sich ihre Stimme wie ein haßerfülltes Wimmern an. »Sie hatte es nur über die Hüften hochgeschoben. Mehr nicht! Mehr brauchte es nicht. Hat es hochgezogen wie eine … wie eine …«

Sie legte ihre schmale Hand über die Augen und schluchzte herzzerreißend. »O Gott!« rief sie. »O *Gott!* Ich habe sie wieder und wieder getötet! Wieder und wieder und wieder und wieder!« Spucke lief über ihr Kinn. Sie merkte es nicht.

Sie saß einfach nur da und keuchte laut.

»Ich habe sie getötet«, erinnerte sie sich gutgelaunt. »Ich habe ihr den Kopf eingeschlagen, als sie auf dem Bett lag. Dann ist sie aufgestanden, und ich habe noch mal zugeschlagen. Sie fiel zu Boden. Wieder schlug ich auf sie ein. Sie kroch in den Flur, ich folgte ihr. Schlug wieder auf sie ein. Sie ist ins Wohnzimmer gekrochen. Ich schlug wieder auf sie ein. Und wieder. Und wieder. Und wieder.«

Mechanisch trug sie ihre Geschichte vor, wiederholte unablässig dieselben Worte, bis sie plötzlich abbrach und den Blick auf uns richtete.

»Und«, fragte sie, »bist du nicht überrascht, Anne? Wundert dich nicht, wozu die kleine Lizzie fähig ist? Was sie mit diesen *Miststücken* macht? Und mit den Ehemännern, die mit diesen Weibern schlafen?«

»Elizabeth.« Anne konnte sie nicht ansehen. Sie senkte den Blick, schloß die Augen.

»Elizabeth«, sagte ich.

Sie sah zu mir hinüber.

»Hör mal«, schlug ich vor. »Laß dir von uns helfen. Es geht dir nicht gut, Liz. Kein Mensch wird dich für etwas bestrafen, was du getan hast, als es dir nicht gutging. Du …«

»Gut!« sagte sie und lachte schallend. »Nicht gut! *Oh!* Wie aufmerksam? Bist du nicht großartig? *Mir geht es nicht gut?* Du bist wirklich verdammt schlau!«

In aller Seelenruhe beugte sie sich vor. Ihre Stimmung war von einer Sekunde auf die andere umgeschlagen.

»Mir ist doch egal, was mit mir passiert«, sagte sie. »Verstehst du? *Es ist mir egal.* Ich habe mein Kind verloren. Ich habe es verloren. Und kann keine anderen mehr bekommen. Ich habe meinen Mann verloren. Ich will nicht mehr. Ich habe eine Frau getötet – dieses Miststück. Und habe versucht, einen Mann umzubringen. Meinst du, mich interessiert, was jetzt mit mir passiert? Glaubst du, es gibt irgend etwas, das mir noch unter die Haut geht? *Glaubst* du das?«

»Willst du noch mehr Schaden anrichten, Eliz …«

»Ja!« keuchte sie und bleckte die Zähne. »Ja, ich will Schaden anrichten. Ich will verletzen. Ich möchte, daß andere Menschen erfahren, wie es ist, wenn man … man *leidet!* Ich möchte, daß die Menschen das erfahren.«

»Eizabeth, wenn du die Waffe weglegst, wird dir nichts geschehen«, sagte ich. »Falls du das nicht …«

»Nichts wird geschehen!« kreischte sie und lachte noch lauter. »Gott, du bist komisch! O *Gott,* du bist so komisch!«

»Mama!«

Wir alle fuhren hoch. Mein Herz machte einen Satz in meiner Brust, als wäre es ein eigenständiges Wesen. Anne hielt die Luft an, gab keinen Laut von sich. Elizabeth schaute in den Flur.

Und sprang dann ganz überraschend auf. *»Ja?«* rief sie.

»Nein!« Ich stand auf und stellte mich ihr in den Weg, ohne zu überlegen. Mit einem ohrenbetäubendem Schrei riß Elizabeth die Pistole herum und feuerte. Anne kreischte. Etwas streifte meinen Kopf. Ächzend fiel ich zu Boden. Ich merkte, wie ich fiel, kniete mich dann instinktiv hin und versuchte aufzustehen. Etwas Heißes, Feuchtes lief in mein rechtes Auge. Ich sah, daß Elizabeth in den Flur stürmte, und warf mich auf sie. Meine Nägel scharrten über ihre Schuhe.

Auf einmal hallte ein durchdringender Schrei von

den Wänden wider. Ich wischte die heiße Flüssigkeit weg, die über meine Augen lief, und ließ mich aufs Sofa fallen.

Mit angstverzerrter Miene kam Elizabeth aus dem Flur hereingestürmt.

»Nein«, murmelte sie. »Nein. Nein.«

Sie stolperte, fand ihr Gleichgewicht wieder, hielt nach irgend etwas Ausschau. *Da war etwas, das ihr folgte.* Ich konnte nichts erkennen, wußte aber auf einmal, was es war. Ich hörte Richard weinen.

»Hau ab«, rief Elizabeth mit blutleerer, totenloser Stimme. »Verschwinde ...«

Sie knickte um und fiel nach hinten. Ein Schrei entwich ihren Lippen. »Hau ab«, preßte sie heraus. Sie riß die Pistole hoch und feuerte in die Luft. Der Schuß, der durchs Zimmer hallte, war schrecklich laut. Richard kreischte. Gurgelnd und ächzend zog Elizabeth sich mit einer Hand über den Teppich. Spucke glitzerte auf ihrem bebenden Kinn.

»Nein!« rief sie. Dann nahm sie die Luger hoch und drückte ab. Als der Hahn auf die leere Kammer traf, klickte es hohl. Wieder drückte sie ab, vergeblich. Dann verdrehte sie panisch die Augen, kreischte. Sie fiel nach hinten. Ihr Kopf knallte auf den Boden.

Ich starrte zu ihr hinunter. Mit weit aufgerissenen Augen beugte Anne sich über mich.

»Es geht mir gut«, murmelte ich. »Nimm Richard ...«

Und dann tauchte ich in die Dunkelheit hinab.

In einem fremden Bett kam ich wieder zu mir. Anne saß neben mir und musterte mich besorgt. Als ich die Augen öffnete, nahm sie meine Hand.

»Wie geht es dir?« fragte sie mich.

»Gut.« Blinzelnd sah ich mich um. »Wo sind wir?«

»In Inglewood. Im Krankenhaus.«

»Oh.« Die Erinnerung kehrte zurück. »Wie geht es Richard?« fragte ich.

»Ihm geht es gut. Er ist draußen im Wartezimmer. Eine von den Krankenschwestern hat ihn ins Herz geschlossen und liest ihm eine Geschichte vor.«

»Gott sei Dank«, sagte ich. »Als Liz in den …« Ich litt unter höllischen Kopfschmerzen und stöhnte auf. »Was ist mit mir passiert?«

»Eine Kugel hat deinen Kopf gestreift.«

»Bin ich schwer verletzt?«

»Nein, der Doktor sagt, daß es nicht schlimm aussieht.« Sie beugte sich über mich und küßte mich. »Mein Gott, hatte ich eine Angst«, flüsterte sie.

Ich küßte sie auf die Wange. »Wie geht es der Kleinen?« wollte ich wissen.

»Ist immer noch da drinnen«, sagte Anne. »Wieso, weiß nur Gott.«

Ich kicherte erschöpft. »Nach dem, was wir in letzter Zeit durchgemacht haben, wird sie nie rauskommen wollen.«

Sie lächelte und drückte meine Hand. »Ich werde nie vergessen, wie du aufgestanden bist und dich vor diese Waffe gestellt hast, um Richard zu schützen.«

»Na, viel habe ich nicht erreicht«, sagte ich. »Seine Rettung haben wir Helen Driscoll zu verdanken.«

»Meinst du …?«

»Selbstverständlich«, sagte ich. »Elizabeth hat sie gesehen. Ist mir allerdings schleierhaft, wieso *ich* sie nicht gesehen habe. Wo steckt sie überhaupt?«

»In einem Gefängniskrankenhaus.«

»Die arme Frau.« Ich seufzte. Aus irgendeinem Grund mußte ich an den Kamm denken. Erst jetzt wurde mir klar, daß ich bei der Berührung *Helen Driscolls* Tod gespürt hatte. Ich weiß nicht genau, aber ich hätte schwören können, daß Elizabeth in der Nacht, in der sie Helen Driscoll tötete, diesen Kamm in der Tasche gehabt hatte. Sie hatte sie im Dunkeln so brutal niedergemetzelt, daß Helen Driscoll nicht einmal mitgekriegt hatte, wer für ihren Mord verantwortlich war. Sie hatte ihren Schwager für den Täter gehalten.

Sogar noch hinterher.

»Und ich Blödmann bin noch hinübergegangen und habe Elizabeth über diese Sache ausgefragt«, sagte ich und erinnerte mich an die aufkeimende Furcht und das Mißtrauen, das sie in jenem Moment empfunden hatte. »Was für ein Medium bin ich eigentlich?« wunderte ich mich.

»Gehst du davon aus, daß du … immer noch eins bist?« fragte Anne.

»Was weiß ich.«

Doch ich war kein Medium mehr. Ich kann nicht erklären, was geschehen ist – es sei denn, die Kopfverletzung wirkte sich in irgendeiner Form auf meinen Verstand aus. Oder vielleicht war mir diese Fähigkeit nur für einen begrenzten Zeitraum verliehen worden – oder aus einem ganz bestimmten Grund. Wie dem auch sei – das ist nun endgültig vorbei.

Aber ich kann immer sagen, daß ich mit meinen Vorahnungen nicht gänzlich falsch gelegen habe. Denn Ende September ging Anne ins Krankenhaus, und als ich sie gleich nach der Entbindung besuchte, fragte sie mich mit ihrer sanften Stimme, die nach der Einnahme von Medikamenten auch ein bißchen schläfrig klang: »Ist es ein Mädchen?«

Ich küßte sie und schmunzelte.

»Was sonst?« fragte ich.

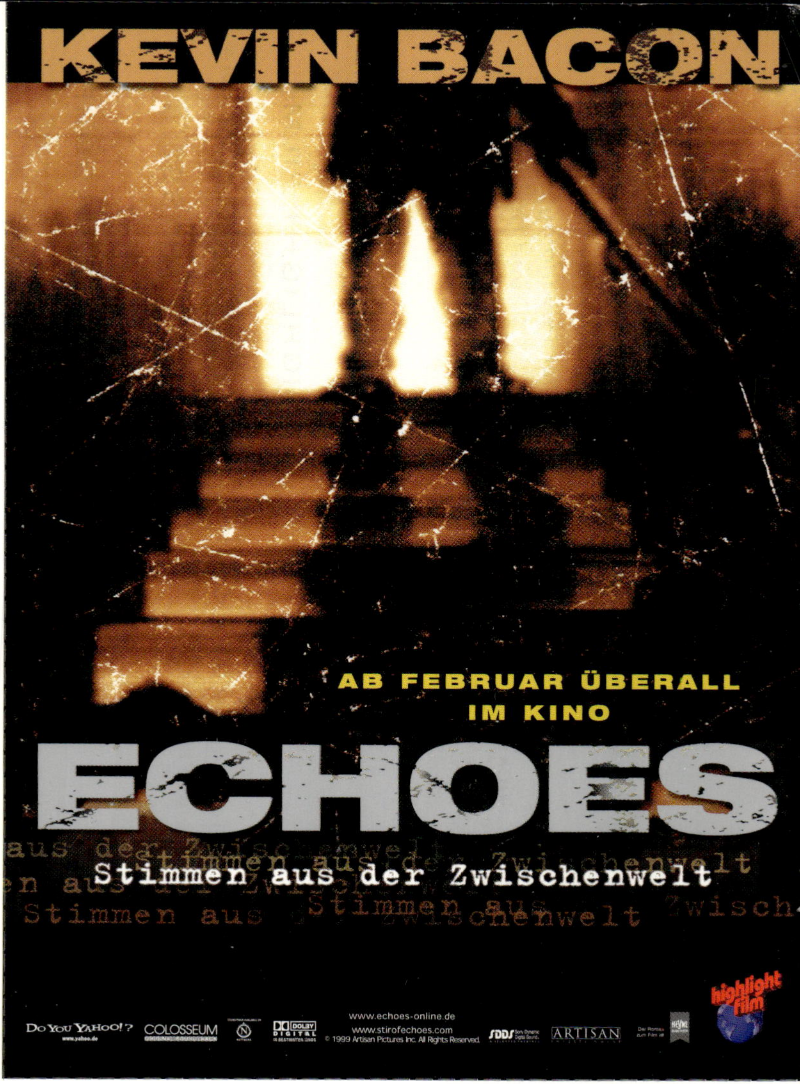
KEVIN BACON
AB FEBRUAR ÜBERALL
IM KINO
ECHOES
Stimmen aus der Zwischenwelt
Do You Yahoo!?
www.yahoo.de
COLOSSEUM
www.echoes-online.de
www.stirofechoes.com
© 1999 Artisan Pictures Inc. All Rights Reserved.
ARTISAN
highlight film